CLARABOYA

JOSÉ SARAMAGO

CLARABOYA

Traducción de Pilar del Río

ALFAGUARA

ALFAGUARA

Título original: Claraboia
© 2011, José Saramago y Editorial Caminho, S. A. Lisboa
Mediante acuerdo con Literarische Agentur Mertin Inh.
Nicole Witt e. K., Frankfurt, Alemania.
© De la traducción: Pilar del Río
De esta edición:
    D. R. © Santillana Ediciones Generales, S.A. de C.V
    Av. Río Mixcoac 274, Col. Acacias
    México, 03240, D.F. Teléfono 5420 7530
    www.alfaguara.com/mx

ISBN: 978-607-11-1722-9

Primera edición: febrero de 2012

© Diseño de cubierta:
    Rui Garrido
© Ilustración de cubierta:
    Carlos Benito

Impreso en México

PRISA EDICIONES

A la memoria de Jerónimo Hilário, mi abuelo

En todas las almas, como en todas las casas, además de fachada, hay un interior escondido.

RAUL BRANDÃO

El libro perdido y hallado en el tiempo

Saramago se estaba afeitando cuando sonó el teléfono. Se colocó el auricular en la parte no enjabonada y pronunció pocas palabras: «¿De verdad? Es sorprendente», «No se molesten, estaré ahí en menos de media hora». Y colgó. Su baño jamás fue tan rápido. Luego me dijo que iba a recoger una novela que escribió entre los años cuarenta y cincuenta y que estaba perdida desde entonces. Cuando regresó traía *Claraboya* bajo el brazo, es decir, un mazo de folios escritos a máquina, que el tiempo no había amarilleado ni gastado, tal vez porque el tiempo fue más respetuoso con el original que quienes lo recibieron en 1953. «Para la editorial sería un honor publicar el manuscrito encontrado en una mudanza de las instalaciones», le dijeron ceremoniosamente a José Saramago en 1989, en los días en que se aplicaba para acabar *El Evangelio según Jesucristo*. «*Obrigado,* ahora no», respondió y salió a la calle con la novela recuperada y, por fin, con una respuesta, la que le fue negada cuarenta y siete años atrás, cuando tenía treinta y uno y todos los sueños a punto. Aquella actitud de la editorial le sumió en un silencio doloroso, imborrable y de décadas.

«El libro perdido y hallado en el tiempo», así se hablaba de *Claraboya* en casa. Quienes leyeron la novela entonces intentaron convencer al autor de la necesidad de su publicación, pero obstinadamente José Saramago se negaba, decía que no se editaría mientras viviera. Sin otra explicación que no fuera su norma de vida, tantas veces escrita y pronunciada: nadie está obligado a amar a nadie, todos estamos obligados a respetarnos. Según esta lógica, Saramago consideraba que ninguna empresa tiene la obligación de publicar los manuscritos que le llegan, pero existe el deber de ofrecer una respuesta a quien la espera día tras día, mes a mes, con impaciencia y hasta con desasosiego porque el libro entregado, ese manuscrito, es algo más que una montaña de letras, lleva un ser humano dentro, con su inteligencia y su sensibilidad. La humillación que le supuso al joven Saramago no recibir unas simples líneas, un breve y formal «nuestro programa de publicaciones está cerrado», podría reabrirse cada vez que se topara con el libro, es lo que pensamos quienes le rodeábamos, de modo que no insistimos más en que se publicara. A este dolor antiguo atribuimos el descuido con el que abandonó el manuscrito sobre su mesa, entre mil papeles. José Saramago no leyó *Claraboya,* no echó de menos el original cuando lo llevé a encuadernar en piel, y me llamó exagerada cuando se lo ofrecí. Sin embargo, él sabía —porque era el autor— que no estaba mal, que algunos hallazgos de esa obra fueron recurrentes en el resto de su trabajo literario y que ya se observaba lo que después acabaría desarrollando plenamente: su propia voz narrativa.

«Todo puede ser contado de otra manera», dijo Saramago cuando había cruzado desiertos y navegado aguas tenebrosas. Si aceptamos esa afirmación, ahora, después de narrados los hechos y las suposiciones, tendremos que interpretar signos y entender su obstinación a la luz de una vida completa, compartida y con imperiosa necesidad de comunicación. «Morir es haber estado y ya no estar», dijo José Saramago. Y es verdad que murió y no está, pero de pronto donde *Claraboya* ha sido publicada, Portugal y Brasil, las patrias de su idioma, las personas se pasan de mano en mano un libro nuevo y comentan con renovada emoción la lectura y la sorpresa. Entonces descubres que Saramago ha vuelto a publicar un libro, una novela que trae una frescura iluminadora, que penetra nuestra sensibilidad y nos arranca exclamaciones de júbilo y de asombro y entendemos, por fin entendemos, que es la ofrenda que el autor quiso dejar para seguir compartiendo, ya que definitivamente no está. Y se dice hasta la extenuación: este libro es una joya, ¿cómo es posible que el jovencito de veintitantos años escribiera con tanta madurez, tan seguro, que ya enunciara obsesiones literarias y dejara ver su mapa de trabajo y sentimental de una forma tan explícita? Sí, es la pregunta que se hacen los lectores. ¿De dónde sacó Saramago la sabiduría, la capacidad de retratar personajes con tanta sutileza y economía narrativa, de proponer situaciones anodinas y sin embargo tan profundas como universales, de transgredir de forma tan serenamente violenta? Un joven, recordémoslo, de menos de treinta años, que no fue a la universidad, hijo y nieto de analfabetos, mecánico de profesión, oficinista en esos días, que se atreve a interpretar el cosmos que es una casa, con brújula propia y con Pessoa, Shakespeare, Eça de Queirós, Diderot y Beethoven como amable compañía. Ésta es la entrada en el universo Saramago, así quedó definido ya entonces.

En *Claraboya* están contenidos los personajes masculinos de Saramago, el que simplemente se llama H, de *Manual de pintura y caligrafía,* Ricardo Reis, de *El año de la muerte de Ricardo Reis,* Raimundo Silva, de *Historia del cerco de Lisboa,* don José, de *Todos los nombres,* el músico de *Las intermitencias de la muerte,* Caín, Jesucristo, Cipriano Algor, esa colección de hombres de pocas palabras, solitarios, libres, que necesitan el encuentro amoroso para romper, siempre de forma momentánea, su forma concentrada e introvertida de estar en el mundo.

También en *Claraboya* están las mujeres fuertes de Saramago. Cuando el autor se recrea en los personajes femeninos la capacidad transgresora se hace más evidente y descarnada: Lidia, mujer mantenida por un empresario al que le da lecciones de dignidad, el amor lésbico, la sumisión heredada, que se descubre como un hecho patético en el seno de la familia, la insoportable condena social, la violación, el instinto, la fuerza para mantener posiciones, la pequeñez de las vidas y la honestidad que pueden encerrar algunos cuerpos, pese al cansancio de vivir tantas estrecheces e infortunios.

Claraboya es una novela de personajes. Se sitúa en Lisboa, en los años cuarenta, cuando la Segunda Guerra ha terminado, no la dictadura salazarista, que aparece como una sombra o un silencio que todo lo envuelve. No es una novela política, por tanto no cabe pensar que sufriera los rigores de la censura y que por eso no fuera publicada en su día. Sin embargo, para las pacatas costumbres del momento, una novela que transgrede los valores establecidos, donde la familia no es sinónimo de hogar, sino de infierno, las apariencias tienen más fuerza que la realidad, ciertas utopías que aparecen como objetivos loables son, páginas después, descritos como relativos, donde se condenan de forma explícita los malos tratos a las mujeres o se narra con naturalidad el amor entre personas del mismo sexo, expresado con angustia personal aunque sin condena por la mirada del autor, todo esto y lo demás que el libro es, sin duda influyó en la decisión de dejarlo inédito. Demasiado fuerte, demasiado arriesgado viniendo de un autor desconocido, demasiado trabajo defenderlo ante la censura y la sociedad, para el poco provecho que aportaría. De ahí que el libro se quedara relegado, sin un sí comprometido, sin un no que pudiera comprometer en el futuro. Tal vez, y de nuevo volvemos a las conjeturas, lo dejaron para más adelante, cuando los tiempos cambiaran, sin imaginar que necesitarían décadas para que el llamado aperturismo comenzara a ser visible y mientras tanto las generaciones se sucedieron y con ellas vino el olvido. En el mundo y en la editorial. También José Saramago tenía otro oficio, el de editor, había realizado su travesía de silencio y soledad y se preparaba para escribir otros libros.

La vida no fue sencilla para José Saramago. Al desaire de la falta de respuesta de los editores con *Claraboya,* libro escrito en horas nocturnas tras jornadas de trabajo en empleos que no eran fáciles, tuvo que sumar otros desplantes por su condición de desconocido, de no universitario, de no procedente de la élite, que son factores importantes en una sociedad pequeña, como era la lisboeta de los años cincuenta y sesenta. Quienes más tarde serían sus colegas se mofaban de él porque tartamudeaba, y este problema, que consiguió superar, le hizo ser siempre retraído, la locuacidad la dejaba para otros, él observaba y vivía muy instalado en su mundo interior, quizá por eso pudo escribir tanto. Desde la entrega de *Claraboya* hasta que volvió a publicar pasaron veinte años. Se reinició con la poesía en *Los poemas posibles* y *Probablemente alegría,* porque el tercero, *El año 1993,* ya es un puente hacia la narrativa, y luego dos libros de crónicas periodísticas que son embriones de ficciones. También *Claraboya* está contenida en sus crónicas, aunque nadie sabía que esa novela existía, estaba guardada esperando el momento para llegar al lector como algo más que un libro perdido.

Claraboya es el regalo que los lectores de Saramago se merecían. No es cerrar una puerta, por el contrario, es abrirla de forma rotunda, de par en par, para volver a leer la obra con la luz y la perspectiva de lo que el escritor, cuando joven, ya venía diciendo. *Claraboya* es la puerta de entrada a Saramago y será un descubrimiento para cada lector. Como si un círculo perfecto se cerrara. Como si la muerte no existiera.

PILAR DEL RÍO,
Presidenta de la
Fundación José Saramago

1

Por entre los velos oscilantes que le poblaban el sueño, Silvestre comenzó a oír trasteos de loza y casi juraría que se transparentaban claridades a través del punto suelto de los velos. Iba a enfadarse, pero de repente se dio cuenta de que estaba despierto. Parpadeó repetidas veces, bostezó y se quedó inmóvil, mientras sentía cómo el sueño se alejaba despacio. Con un movimiento rápido, se sentó en la cama. Se desperezó, haciendo crujir ruidosamente las articulaciones de los brazos. Debajo de la camiseta, los músculos del dorso se contornearon y tensaron. Tenía el tronco fuerte, los brazos gruesos y duros, los omoplatos revestidos de músculos entrelazados. Necesitaba esos músculos para su oficio de zapatero. Las manos las tenía como petrificadas, la piel de las palmas tan gruesa que podía pasarse por ella, sin que sangrase, una aguja enhebrada.

Con un movimiento más lento de rotación sacó las piernas fuera de la cama. Los muslos delgados y las rodillas blancas por la fricción de los pantalones que le dejaron rapado el vello entristecían y enfadaban profundamente a Silvestre. Se enorgullecía de su tronco,

sin duda, pero le daban rabia sus piernas, tan escuáli-
das que ni parecían pertenecerle.

Contemplando con desaliento los pies descalzos
asentados en la alfombra, Silvestre se rascó la cabeza
grisácea. Después se pasó la mano por el rostro, palpán-
dose los huesos y la barba. De mala gana se levantó y dio
algunos pasos por el dormitorio. Tenía una figura algo
quijotesca, encaramado en las altas piernas como si fueran ancas, en calzoncillos y camiseta, el mechón de pelo
manchado de sal y pimienta, la nariz grande y adunca, y
ese tronco poderoso que las piernas apenas soportaban.

Buscó los pantalones y no dio con ellos. Aso-
mando el cuello al otro lado de la puerta, gritó:

—Mariana, eh, Mariana, ¿dónde están mis pantalones?

(Voz de dentro.)

—Ya los llevo.

Por el modo de andar se adivinaba que Mariana era gorda y que no podría ir más deprisa. Silvestre
tuvo que esperar un buen rato y esperó con paciencia.
La mujer apareció en la puerta:

—Aquí están.

Traía los pantalones doblados en el brazo derecho, un brazo más gordo que las piernas de Silvestre.
Y añadió:

—No sé qué les haces a los botones de los pantalones, que todas las semanas desaparecen. Estoy viendo que los voy a tener que coser con alambre...

La voz de Mariana era tan contundente como su dueña. Y era tan franca y bondadosa como sus ojos. Estaba lejos de pensar que hubiera dicho una gracia, pero el marido sonrió con todas las arrugas de la cara y con los pocos dientes que le restaban. Recibió los pantalones, se los puso bajo la mirada complaciente de la mujer y se quedó satisfecho ahora que el vestuario hacía su cuerpo más proporcionado y regular. Silvestre estaba tan orgulloso de su cuerpo como Mariana desprendida de lo que la naturaleza le diera. Ninguno de ellos se engañaba acerca del otro y bien sabían que el fuego de la juventud se había apagado para siempre jamás, pero se amaban tiernamente, hoy como hacía treinta años, cuando se casaron. Tal vez ahora su amor fuera mayor, porque ya no se alimentaba de perfecciones reales o imaginadas.

Silvestre siguió a la mujer hasta la cocina. Se metió en el cuarto de baño y regresó diez minutos después, ya aseado. Venía sin peinar porque era imposible domar la greña que le dominaba (*dominar* es el término) la cabeza, «el lambaz del barco», como lo llamaba Mariana.

Las dos tazas de café humeaban sobre la mesa y había en la cocina un olor bueno y fresco a limpieza. Las mejillas redondas de Mariana resplandecían y todo su cuerpo obeso retemblaba y vibraba al moverse entre los fogones.

—¡Cada vez estás más gorda, mujer!...

Y Silvestre rió. Mariana rió con él. Dos niños, sin quitar ni poner nada. Se sentaron a la mesa. Tomaron café caliente con grandes sorbos ruidosos, jugueteando. Cada uno quería vencer al otro sorbiendo.

—A ver, ¿qué decidimos?

Ahora Silvestre ya no reía. Mariana también puso cara ceñuda. Hasta las mejillas parecían menos sonrosadas.

—Yo no sé. Tú eres quien decide.

—Te lo dije ayer. La suela está cada vez más cara. Los parroquianos se quejan de que cobro mucho. Es la suela... No puedo hacer milagros. Ya me gustaría que me dijeran quién trabaja más barato que yo. Y todavía se quejan...

Mariana cortó la protesta. Por ese camino no llegarían a ningún sitio. Lo que necesitaban decidir era la cuestión del huésped.

—Pues sí, estaría bien. Nos ayudaría a pagar la renta y, si fuera un hombre solo y tú te quisieras encargar de su ropa, se redondearían las cuentas.

Mariana apuró el café dulzón del fondo de la taza y respondió:

—A mí no me importa. Siempre es una ayuda...

—Pues lo es. Pero estamos otra vez metiendo huéspedes, después de vernos libres de esa caballería que por fin se fue...

—¡Qué remedio! Con que sea buena persona...

Yo me llevo bien con toda la gente, si la gente se lleva bien conmigo.

—Probamos una vez más... Un hombre solo, que venga a dormir, eso es lo que nos conviene. Luego, por la tarde, iré a poner el anuncio —masticando todavía el último bocado de pan, Silvestre se levantó y declaró—: Bueno, me voy a trabajar.

Regresó al dormitorio y caminó hacia la ventana. Corrió la cortina que hacía de pequeño biombo separador del dormitorio. Al otro lado de la habitación había una tarima alta y sobre ella, el banco de trabajo. Herramientas, hormas, trozos de hilo, latas de tachuelas pequeñas, retales de seda y de piel. A un lado, la caja de tabaco francés y los fósforos.

Silvestre abrió la ventana y echó un vistazo al exterior. Nada nuevo. Poca gente pasaba por la calle. No muy lejos, una mujer pregonaba habas secas. Silvestre no entendía cómo podía vivir aquella mujer. Ninguno de sus conocidos comía habas secas, él mismo no las comía desde hacía más de veinte años. Otros tiempos, otras costumbres, otras comidas. Resumida la cuestión con estas palabras, se sentó. Abrió la caja de tabaco, pescó el papel de entre el batiburrillo de objetos que abarrotaban la mesa y se lió un cigarro. Lo encendió, saboreó una calada y puso manos a la obra. Tenía unos contrafuertes delanteros que poner y ése era un trabajo en el que siempre aplicaba todo su saber.

De vez en cuando miraba de reojo la calle. La mañana iba clareando poco a poco, aunque el cielo estuviera cubierto y hubiese en la atmósfera un ligero velo de niebla que desdibujaba los contornos de las cosas y de las personas.

Entre la multitud de ruidos que ya despertaban en el edificio, Silvestre comenzó a distinguir un taconeo en las escaleras. Lo identificó inmediatamente. Oyó abrir la puerta de la calle y se asomó:

—Buenos días, señorita Adriana.

—Buenos días, señor Silvestre.

La mujer se detuvo debajo de la ventana. Era bajita y usaba gafas de lente gruesa que le transformaban los ojos en dos bolitas minúsculas e inquietas. Estaba a mitad de camino entre los treinta y los cuarenta, y alguna que otra cana le aparecía en el peinado sencillo.

—Conque al trabajo, ¿no?

—Eso es. Hasta luego, señor Silvestre.

Era así todas las mañanas. Cuando Adriana salía de casa, ya el zapatero estaba en la ventana del entresuelo. Imposible escapar sin ver aquella guedeja desgreñada y sin oír y corresponder a los inevitables saludos. Silvestre la seguía con la mirada. Vista de lejos le parecía, según la comparación pintoresca del zapatero, «un saco mal atado». Al llegar a la esquina de la calle, Adriana se volvió y lanzó un gesto de adiós al segundo piso. Después, desapareció.

Silvestre dejó el zapato y asomó la cabeza fuera de la ventana. No era cotilla, pero le gustaban las vecinas del segundo, buenas clientas y buenas personas. Con la voz alterada por la posición del cuello, saludó:

—¡Hola, señorita Isaura! ¿Qué tal va el día hoy?

Del segundo piso, atenuada por la distancia, llegó la respuesta:

—No está mal, no. La niebla...

No se llegó a saber si la niebla perjudicaba, o no, la belleza de la mañana. Isaura dejó morir el diálogo y cerró la ventana despacio. No le disgustaba el zapatero, su aire al mismo tiempo reflexivo y risueño, pero esa mañana no se sentía con ánimo para conversaciones. Tenía un montón de camisas para acabar antes del fin de semana. El sábado debería entregarlas, fuera como fuera. De buena gana acabaría de leer la novela. Sólo le faltaban unas cincuenta páginas y estaba en el capítulo más interesante. Esos amores clandestinos, sustentados a través de mil peripecias y contrariedades, la tenían prendida. Además, la novela estaba bien escrita. Isaura tenía experiencia suficiente de lectora para saber juzgar. Dudó. Demasiado bien sabía que ni siquiera tenía derecho a dudar. Las camisas la esperaban. Oía dentro un sonido de voces: la madre y la tía hablaban. Mucho hablaban aquellas mujeres. ¿Qué tenían que decirse todo el santo día, que no estuviera ya dicho mil veces?

Atravesó la habitación donde dormía con la hermana. La novela se hallaba en la cabecera. Le echó dos miradas, pero siguió adelante. Se detuvo ante el espejo del armario, que la reflejó de la cabeza a los pies. Llevaba puesta una bata de estar por casa que le modelaba el cuerpo plano y flaco, pero flexible y elegante. Con las puntas de los dedos se recorrió las mejillas pálidas donde las primeras arrugas abrían surcos finos, más adivinados que visibles. Suspiró ante la imagen que el espejo le mostraba y huyó de ella.

En la cocina, las dos viejas seguían hablando. Muy parecidas, el pelo blanco, los ojos castaños, los mismos vestidos negros de corte sencillo, hablaban con vocecitas agudas y rápidas, sin pausas y sin modulación:

—Ya te lo he dicho. Hay más tierra que carbón. Es necesario ir a la carbonería y reclamar —decía una.

—Está bien —respondía la otra.

—¿De qué hablan? —preguntó Isaura mientras entraba.

Una de las viejas, la de mirada más viva y de cabeza más erguida, contestó:

—Del carbón, que es una pena. Hay que reclamar.

—Está bien, tía.

La tía Amelia era, por decirlo de alguna manera, la gestora de la casa. Era ella la que cocinaba, hacía las cuentas y dividía las raciones en los platos. Cándida, la madre de Isaura y Adriana, se ocupaba de las tareas domésticas, de las ropas, de los pequeños bordados que ornamentaban profusamente los muebles y de los solitarios con flores de papel que sólo en los días festivos eran sustituidas por flores auténticas. Cándida era la mayor y, tal como Amelia, viuda. Viudas a las que la vejez ya había tranquilizado.

Isaura se sentó ante la máquina de coser. Antes de comenzar el trabajo, miró el río tan ancho, la otra orilla oculta por la niebla. Parecía el océano. Los tejados y las chimeneas estropeaban la ilusión, pero, incluso así, haciendo un esfuerzo para no verlos, el océano surgía en esos pocos kilómetros de agua. Una alta chimenea de fábrica, a la izquierda, embadurnaba el cielo blanco con bocanadas de humo.

A Isaura siempre le gustaban esos momentos en que, antes de curvar la cabeza sobre la máquina, dejaba correr los ojos y el pensamiento. El paisaje era siempre igual, pero sólo lo encontraba monótono en los días de verano, pesadamente azules y luminosos, en que todo es evidente y definitivo. Una mañana de niebla como ésta, de niebla liviana que no acababa de impedir la visión, cubría la ciudad de imprecisiones y de sueños. Isaura saboreaba todo esto. Prolongaba el placer. Por el río pasaba una fragata, con tal suavidad que era como si flotara en una nube. La vela roja parecía rosa a través de las gasas de la niebla. De súbito se sumergió en una nube más espesa que rozaba el agua y, cuando iba a emerger de nuevo ante los ojos de Isaura, desapareció tras la zaga de un edificio.

Isaura suspiró. Era el segundo suspiro de esa mañana. Sacudió la cabeza como quien sale de una inmersión prolongada, y matraqueó la máquina con furia. El tejido corría debajo del pie prensatelas y los dedos lo guiaban mecánicamente, como si formaran parte del engranaje. Aturdida por el sonsonete, le pareció a Isaura que alguien le hablaba. Detuvo la rueda de golpe y el silencio refluyó. Volvió la cabeza:

—¿Qué?

La madre repitió:

—¿No crees que es un poco pronto?

—¿Pronto? ¿Por qué?

—Ya lo sabes... El vecino...

—Pero, madre, ¿qué voy a hacer? ¿Qué culpa tengo yo de que el vecino de abajo trabaje de noche y duerma de día?

—Por lo menos podías esperar hasta más tarde. No me gusta nada tener problemas con la vecindad...

Isaura se encogió de hombros. Pedaleó otra vez y le dijo, elevando la voz por encima del ruido de la máquina:

—¿Quieres que vaya a la tienda a pedirles que esperen?

Cándida movió la cabeza sin perder la paciencia. Era una criatura siempre perpleja e indecisa, que sufría el dominio de su hermana, tres años más joven que ella, y con la conciencia aguda de que vivía a costa de sus hijas. Deseaba, por encima de todo, no molestar a nadie, pasar inadvertida, apagada como una sombra en la oscuridad. Iba a responder, pero al oír los pasos de Amelia se calló y regresó a la cocina.

Entretanto, Isaura, lanzada en el trabajo, llenaba la casa de ruido. El suelo vibraba. Las mejillas pálidas se le coloreaban poco a poco y una gota de sudor comenzaba a brotarle en la frente. Sintió una vez más que alguien se aproximaba y redujo el ritmo.

—No necesitas trabajar tan deprisa. Te cansas.

La tía Amelia nunca decía palabras superfluas. Apenas las necesarias y no más que las indispensables. Pero las decía de una manera que quienes las oían apreciaban el valor de la concisión. Las palabras parecían nacerle en la boca en el momento en que eran dichas: venían todavía repletas de significado, pesadas de sentido, vírgenes. Por eso dominaban y convencían. Isaura aminoró la velocidad.

Pocos minutos después, sonó el timbre de la puerta. Cándida abrió, tardó unos instantes y regresó apurada y temblorosa, murmurando:

—¿No te lo decía?... ¿No te lo decía?...

Amelia levantó la cabeza:

—¿El qué?

—Es la vecina de abajo, que viene a reclamar. Este ruido... Sal tú, sal tú...

La hermana dejó los platos que estaba lavando, se secó las manos con un paño y se dirigió a la puerta. En el rellano se encontraba la vecina de abajo.

—Buenos días, doña Justina. ¿Qué desea?

Amelia, en cualquier momento y en cualquier circunstancia, era la delicadeza en persona. Pero le bastaba un leve toque en esa calidez para ser terriblemente fría. Las pupilas pequeñísimas se clavaban en el rostro que miraban, provocándole una impresión de malestar y de incomodidad imposible de reprimir.

La vecina se entendía bien con la hermana de Amelia y había estado a punto de decirle lo que la obligaba a subir. Ahora le aparecía delante un rostro menos tímido y una mirada más directa. Articuló:

—Buenos días, doña Amelia. Es mi marido... Trabaja toda la noche en el periódico, como sabe, y sólo puede descansar por la mañana... Se pone de mal humor cuando lo despiertan y soy yo quien lo tiene que oír. Si pudiesen hacer menos ruido con la máquina, lo agradecería...

—Bueno, no sé. Mi sobrina necesita trabajar.

—Lo entiendo. Por mí está bien, no me importa, pero ya sabe cómo son los hombres...

—Lo sé, lo sé. Y también sé que su marido no se preocupa mucho por el descanso de los vecinos cuando entra de madrugada.

—Y ¿qué puedo hacer yo? Ya he desistido de intentar convencerlo de que suba las escaleras como una persona.

La figura larga y macilenta de Justina se animaba. En sus ojos comenzaba a brillar una pequeña luz maligna. Amelia terminó la conversación.

—Esperaremos un poco más. Esté tranquila.

—Muchas gracias, doña Amelia.

Amelia murmuró un «con permiso» seco y breve y cerró la puerta. Justina bajó las escaleras. Vestía luto cerrado y, así, muy alta y fúnebre, con el pelo negro y una raya larga en el centro, parecía un muñeco mal articulado, demasiado grande para ser mujer y sin la menor señal de gracia femenina. Sólo los ojos negros, hundidos en las ojeras maceradas de diabética, eran paradójicamente hermosos, pero tan graves y serios que la gracia no habitaba en ellos.

Al llegar al rellano se detuvo ante la puerta que quedaba enfrente de la suya y aproximó el oído. De dentro no llegaba sonido alguno. Hizo un gesto de desprecio y se apartó. Cuando iba a entrar, oyó abrirse una puerta en el piso de arriba y, a continuación, un ruido de voces. Recolocó el felpudo, a fin de tener un pretexto para no salir de allí.

De arriba llegaba un diálogo animado:

—Ella, lo que no quiere es ir a trabajar —decía una voz femenina con irritada aspereza.

—Sea lo que sea, da lo mismo. Es necesario tener cuidado de la niña: está en una edad peligrosa —respondió una voz de hombre—. Nunca se sabe por dónde pueden ir las cosas.

—¿Qué edad peligrosa? ¿Por qué? Siempre estás con lo mismo. ¿Con diecinueve años, edad peligrosa? Tienes cada ocurrencia...

Justina creyó conveniente sacudir el felpudo con fuerza para anunciar su presencia. La conversación de arriba se interrumpió. El hombre comenzó a bajar la escalera, al mismo tiempo que decía:

—No la obligues a ir. Si hay alguna novedad, me llamas a la oficina. Hasta luego.

—Hasta luego, Anselmo.

Justina cumplimentó al vecino con una sonrisa sin amabilidad. Anselmo pasó por delante, hizo un gesto solemne tocándose el ala del sombrero y articuló con bello timbre una salutación ceremoniosa. La puerta de la calle, abajo, se cerró con un golpe lleno de personalidad cuando él salió. Justina saludó dirigiéndose hacia arriba.

—Buenos días, doña Rosalía.

—Buenos días, doña Justina.

—¿Qué le pasa a María Claudia? ¿Está enferma?

—¿Cómo lo sabe?

—Estaba aquí, sacudiendo el felpudo, y he oído a su marido. Me ha parecido entender...

—Eso son mimos. Anselmo no puede oír a su hija quejarse. Es superior a sus fuerzas... Dice que le duele la cabeza. Cuento es lo que tiene. ¡Tan grande es el dolor de cabeza, que ya está durmiendo otra vez!

—Nunca se sabe, doña Rosalía. Así me quedé yo sin mi hija, que Dios la tenga en su gloria. No era nada, no era nada, le decían, y se la llevó una meningitis... —sacó un pañuelo y se sonó con fuerza. Luego siguió—: Pobrecilla... Con ocho años... No se me olvida... Y ya hace dos años. ¿Se acuerda, doña Rosalía?

Doña Rosalía se acordaba y se enjugó una lágrima de circunstancia. Justina iba a insistir, a recordar pormenores ya sabidos apoyada en la compasión aparente de la vecina, cuando una voz ronca le cortó las palabras:

—Justina.

La cara pálida de Justina se endureció como si fuera piedra. Continuó la conversación con Rosalía hasta que la voz se oyó más alta y violenta:

—¡¡¡¡Justina!!!!

—¿Qué pasa? —preguntó.

—Haz el favor de venir adentro. No me gustan las conversaciones en las escaleras. ¡Si estuvieras tan harta de trabajar como yo, no tendrías tantas ganas de darle a la lengua!

Justina se encogió de hombros con indiferencia y siguió con la charla. Pero la otra, incómoda por la escena, se despidió. Justina entró en casa. Rosalía bajó algunos escalones y aguzó el oído. A través de la puerta pasaron exclamaciones ásperas. Después, súbitamente, el silencio.

Era siempre así. Se oía al hombre bufar, luego la mujer pronunciaba algunas pocas e inaudibles palabras y él se callaba. Rosalía encontraba eso muy raro. El marido de Justina tenía fama de bravucón, con su corpachón hinchado y sus modos groseros. Aún no había cumplido los cuarenta años y parecía mayor por culpa del rostro flácido, las bolsas de los ojos y el labio inferior reluciente siempre caído. Nadie entendía cómo y por qué se habían casado dos seres tan distintos. La verdad es que tampoco nadie recordaba haberlos visto juntos en la calle. Y, más aún, nadie se explicaba cómo de dos personas nada bonitas (los ojos de Justina eran bellos pero no bonitos) pudo nacer una hija de tal manera graciosa como lo era la pequeña Matilde. Se diría que la naturaleza se equivocó y que, más tarde, descubriendo el engaño, trató de enmendarlo haciendo desaparecer a la criatura.

Lo cierto es que el violento y áspero Caetano Cunha, linotipista en el *Diario de Noticias,* siempre a punto de estallar de grasa, novedades y mala educación, tras tres exclamaciones agresivas se callaba ante el murmullo de la mujer, la diabética y débil Justina, a la que un soplo bastaría para derrumbar.

Era un misterio que no conseguían desvelar. Esperó más, pero el silencio era total. Se recogió en su casa, cerrando la puerta con cuidado para no despertar a la hija que dormía.

Que dormía o fingía dormir. Rosalía echó una mirada por el resquicio de la puerta. Le pareció ver que temblaban los párpados de la hija. La abrió completamente y avanzó hasta la cama. María Claudia cerraba los ojos con demasiada e innecesaria fuerza. Las arrugas pequeñitas, subrayadas por el esfuerzo, señalaban el lugar donde más tarde acabarían apareciendo las patas de gallo. La boca carnosa conservaba todavía restos del pintalabios del día anterior. El pelo castaño, corto, le daba un toque de muchacho rufián que otorgaba a su belleza un aire picante y provocador, casi equívoco.

Rosalía miraba a la hija, desconfiando de ese sueño profundo que tenía todo el aspecto de la impostura. Dio un pequeño suspiro. Después, en un gesto de cariño maternal, arregló el embozo alrededor del cuello de la chica. La reacción fue inmediata. María Claudia abrió los ojos. Se rió, quiso disimular, pero ya era tarde:

—Me haces cosquillas, mamita.

Furiosa por el engaño y, sobre todo, porque la hija la sorprendió en flagrante delito de amor maternal, Rosalía respondió malhumorada:

—¿Conque estabas durmiendo? Ya no te duele la cabeza, ¿verdad? Tú lo que no quieres es ir a trabajar, eres una vaga.

Como para darle la razón a la madre, la muchacha se desperezó despacio, saboreando la distensión de los músculos. El camisón adornado de encajes se abría con el movimiento del pecho al hincharse y dejaba ver dos senos pequeños y redondos. Incapaz de explicar el porqué, entendía que ese movimiento descuidado la ofendía, así que Rosalía no pudo reprimir su desagrado y protestó:

—¡A ver si te tapas! ¡Hoy sois de tal manera, que no tenéis vergüenza ni delante de vuestra madre!

María Claudia abrió los ojos. Los tenía azules, de un azul brillante, aunque frío, tal como las estrellas que están lejos y de las que, por eso, sólo nos llega la luminosidad.

—Pero ¿qué tiene de malo? Vale. Ya estoy tapada.

—Cuando yo tenía tu edad, si aparecía así delante de mi madre, me llevaba una bofetada.

—Pues mira que era pegar por poco...

—¿Eso crees? Pues es lo que tú estás necesitando.

María Claudia levantó los brazos desperezándose con disimulo. Luego bostezó.

—Los tiempos son otros, madre.

Rosalía respondió, mientras abría la ventana:

—Sí, son otros. Y peores —luego volvió hacia la cama—. Vamos a ver: ¿vas a ir a trabajar o no?

—¿Qué hora es?

—Casi las diez.

—Ahora ya es tarde.

—Pero hace poco no lo era.

—Me dolía la cabeza.

Las frases cortas y rápidas denunciaban irritación por una y otra parte. Rosalía hervía de cólera reprimida, María Claudia estaba molesta con las observaciones moralistas de la madre.

—¡Te dolía la cabeza, te dolía la cabeza!... Valiente fingidora eres...

—He dicho que me dolía la cabeza, ¿qué quieres que haga?

Rosalía explotó:

—¿Es así como se responde? Que soy tu madre, ¿me oyes?

La chica no se amilanó. Se encogió de hombros, queriendo decir con el gesto que ese punto no merecía discusión, y, de un salto, se levantó. Se quedó de pie, con el camisón de seda marcándole el cuerpo suave y bien formado. En el hervor de la irritación de Rosalía cayó la frescura de la belleza de la hija y el arrebato desapareció como agua en arena seca. Se sentía orgullosa de María Claudia, del lindo cuerpo que tenía. Las palabras que dijo acto seguido eran una rendición.

—Hay que avisar a la oficina.

María Claudia no dio muestras de percibir el cambio de tono. Respondió indiferente:

—Voy abajo, a casa de doña Lidia, a telefonear.

Rosalía se irritó de nuevo, tal vez porque la hija se puso una bata de andar por casa y, ahora, discretamente vestida, era incapaz de agradarla.

—Sabes bien que no me gusta que entres en casa de doña Lidia.

Los ojos de María Claudia eran más inocentes que nunca:

—¿Y eso? ¿Por qué? No lo entiendo.

Si la conversación continuara, Rosalía tendría que decir cosas que prefería callar. Sabía que la hija no las ignoraba, pero entendía que hay asuntos que es perjudical tocar delante de una joven soltera. De la educación recibida se le quedó una noción del respeto que debe existir entre padres e hijos y la aplicaba. Simuló no haber comprendido la pregunta y salió del dormitorio.

María Claudia, sola, sonrió. Ante el espejo se desabotonó la bata, se abrió el camisón y contempló los senos. Se estremeció. Una leve rojez le tiñó el rostro. Sonrió de nuevo, un poco nerviosa, pero contenta. Lo que había hecho le provocó una sensación agradable, con un sabor a pecado. Después se abotonó la bata, se miró una vez más al espejo y dejó la habitación.

En la cocina, se aproximó a la madre, que tostaba rebanadas de pan, y le dio un beso. Rosalía no podría negar que le gustó el beso. No se lo devolvió, pero el corazón hizo palmas de alegría.

—Ve a lavarte, que las tostadas están casi listas.

María Claudia se encerró en el cuarto de baño. Regresó fresquísima, la piel brillante y limpia, los labios sin pintura ligerísimamente entumecidos por el agua fría. Los ojos de la madre centellearon al verla. Se sentó a la mesa y comenzó a comer con apetito.

—Sabe bien quedarse en casa alguna que otra vez, ¿no? —preguntó Rosalía.

La muchacha rió con gusto:

—¿Ves? ¿Tengo o no tengo razón?

Rosalía sintió que había cedido demasiado. Quiso enmendar, componer la frase.

—Está bien, pero es bueno no abusar.

—En la oficina no están descontentos conmigo.

—Podrían estarlo, hija. Es necesario que conserves el empleo. El salario de tu padre no es grande, ya lo sabes.

—Tranquila. Sé hacer las cosas.

A Rosalía le gustaría saber cómo, pero no quiso preguntar. Acabaron el desayuno en silencio. María Claudia se levantó y dijo:

—Voy a pedirle a doña Lidia que me deje llamar por teléfono.

La madre todavía abrió la boca para objetar, pero se calló. La hija iba ya por el pasillo:

—No es necesario que cierres la puerta, ya que no vas a tardar.

En la cocina, Rosalía oyó cerrarse la puerta. No quiso pensar que la hija lo hubiera hecho a propósito, para contrariarla. Llenó el fregadero y comenzó a lavar la loza sucia del desayuno.

María Claudia no compartía los escrúpulos de la madre en cuanto a la inconveniencia de las relaciones con la vecina de abajo, y, por el contrario, encontraba a doña Lidia muy simpática. Antes de llamar, se enderezó el cuello de la bata y se pasó la mano por el pelo. Lamentó no haberse puesto un poco de color en los labios.

El timbre emitió un sonido estridente que se expandió en el silencio de la escalera. Por un pequeño ruido que oyó, María Claudia tuvo la certeza de que Justina la observaba por la mirilla. Iba a volverse, con un gesto de provocación, cuando en ese momento se abrió la puerta y apareció doña Lidia.

—Buenos días, doña Lidia.

—Buenos días, Claudiña. ¿Qué te trae por aquí? ¿No quieres entrar?

—Si me lo permite...

En el pasillo penumbroso la muchacha sintió que la envolvía la tupidez perfumada del ambiente.

—Dime, ¿qué tal va todo?

—Vengo a molestarla una vez más, doña Lidia.

—Por favor, no molestas nada. Bien sabes el gusto que me da que vengas a mi casa.

—Gracias. Quería pedirle que me dejara llamar por teléfono a la oficina para decirles que hoy no voy a trabajar.

—Por supuesto.

La empujó suavemente hacia el dormitorio. María Claudia nunca entraba allí sin perturbarse. La habitación de Lidia tenía una atmósfera que la entontecía. Los muebles eran bonitos, no había visto otros iguales, espejos, cortinas, un sofá rojo, una alfombra gruesa en el suelo, frascos de perfume en el tocador, un olor a tabaco caro, pero nada de esto, por separado, era responsable de su turbación. Tal vez el conjunto, tal vez la presencia de Lidia, alguna cosa imponderable y vaga, como un gas que pasa a través de todos los filtros y corroe y quema. En la atmósfera del dormitorio perdía siempre el dominio de sí misma. Se quedaba aturdida como si hubiera bebido champán, con unas irresistibles ganas de hacer disparates.

—Allí está el teléfono —dijo Lidia—. A voluntad.

Hizo un movimiento para retirarse, pero María Claudia añadió rápidamente:

—No, por mí no, doña Lidia. Esto no tiene ninguna importancia...

Pronunció la última frase con una entonación y una sonrisa que parecían querer decir que otras cosas tendrían importancia y que doña Lidia bien sabía cuáles. Estaba de pie, y Lidia exclamó:

—Siéntate, Claudiña. Ahí mismo, en el borde de la cama.

Con las piernas temblándole, se sentó. Posó la mano libre sobre el edredón forrado de satén azul y, sin darse cuenta, se puso a acariciar el tejido acolchado, casi con voluptuosidad. Lidia no parecía estar atenta. Abrió una pitillera y encendió un Camel. No fumaba por vicio o por necesidad, pero el cigarro formaba parte de una complicada red de actitudes, palabras y gestos, todos con el mismo objetivo: impresionar. Eso, en sí mismo, ya se había transformado en una segunda naturaleza: si estaba acompañada, fuese cual fuese la compañía, trataría de impresionar. El cigarro, el arrastrar lento de la cerilla, la primera bocanada de humo, larga, soñadora, todo eran cartas del juego.

María Claudia explicaba por teléfono, con muchos gestos y exclamaciones, su «terrible» dolor de cabeza. Lo hacía con expresiones entrecortadas, expresiones propias de quien está muy enfermo. A hurtadillas, Lidia observaba la mímica. Por fin, la muchacha colgó y se levantó:

—Ya está, doña Lidia. Muchas gracias.

—Anda. Ya sabes que está siempre disponible.

—Por favor, aquí le dejo los cinco céntimos de la llamada.

—No seas ridícula. Guarda tu dinero. ¿Cuándo vas a perder el hábito de pagarme las llamadas?

Sonrieron ambas, mirándose. Súbitamente, María Claudia tuvo miedo. No había de qué tener miedo, por lo menos ese miedo físico e inmediato, pero, de un momento a otro, sintió una presencia asustadora en la habitación. Tal vez la atmósfera, que hasta hacía poco la aturdía, se tornó, de pronto, sofocante.

—Bien, me voy. Y una vez más, gracias.

—¿No quieres quedarte un poco más?

—Tengo cosas que hacer. Mi madre me está esperando.

—No te retengo, entonces.

Lidia llevaba una bata de tafetán recio, rojo, con reflejos verdosos como el de los élitros de ciertos abejorros, y dejaba tras de sí un rastro de perfume intenso.

Oyendo el frufrú de la tela y, sobre todo, aspirando el aroma cálido y embriagador que se desprendía de Lidia, aroma que no era sólo del perfume, que era, también, el del propio cuerpo, María Claudia sentía que estaba a punto de perder completamente la serenidad.

Cuando Claudiña, después de repetir los agradecimientos, salió, Lidia regresó al dormitorio. El cigarro se quemaba lentamente en el cenicero. Le aplastó la punta para apagarlo. Después se tumbó en la cama. Unió las manos bajo la nuca y se acomodó sobre el blando edredón que María Claudia había acariciado. El teléfono sonó. Con un gesto lleno de pereza, levantó el auricular:

—Sí... Soy yo... Ah, sí. (...) Quiero. ¿Cuál es el menú de hoy? (...) Está bien. Sirve. (...) No, eso no. (...) Mmm... Está bien. (...) ¿Y la fruta? (...) No me gusta. (...) No se moleste. No me gusta. (...) Puede ser. (...) Bueno. No lo mande tarde. (...) Y no se olvide de enviarme la cuenta del mes. (...) Buenos días.

Colgó el auricular y se dejó caer otra vez en la cama. Bostezó de forma abierta, con la tranquilidad de quien no teme observadores indiscretos, un bostezo que ponía en evidencia la ausencia de los últimos molares.

Lidia no era bonita. Rasgo por rasgo, el análisis concluiría que era ese tipo de fisonomía que está tan lejos de la belleza como de la vulgaridad. En este momento le perjudicaba no estar maquillada. Tenía el rostro brillante por la crema de noche, y las cejas, en los extremos, exigían depilación. Lidia no era, de hecho, bonita, sin contar el dato importante de que el calendario ya había marcado el día en que cumplió treinta y dos años y que los treinta y tres no venían lejos. Pero de toda ella se desprendía una seducción absorbente. Tenía los ojos marrón oscuro y el pelo negro. La cara adquiría, en momentos de cansancio, una dureza masculina, especialmente alrededor de la boca y en torno a la nariz, pero Lidia sabía, con una ligera transformación, convertirla en acariciante, seductora. No pertenecía al tipo de mujeres que atrae por las formas del cuerpo, y, sin embargo, de la cabeza a los pies irradiaba sensualidad. Era bastante hábil para provocar en sí misma cierto estremecimiento que dejaba al amante sin raciocinio, imposibilitado para defenderse de lo que suponía que era natural, esa ola simulada en que el amante se ahogaba creyéndola verdadera. Lidia lo sabía. Todo eran cartas de su juego: su cuerpo, delgado como un junco y vibrante como una vara de acero, su mayor triunfo.

Dudó entre dormir y levantarse. Pensaba en María Claudia, en su belleza fresca de adolescente, y, por un instante, pese a considerar indigna de ella la comparación con una niña, sintió un brusco golpe en el corazón, un movimiento de envidia que le frunció la frente. Quiso arreglarse, pintarse, poner entre la juventud de María Claudia y su seducción de mujer experimentada la mayor distancia posible. Se levantó aprisa. Encendió el calentador: el agua del baño estaba lista. Con un solo gesto se despojó de la bata. Después se levantó el camisón por los bordes y se lo quitó por la cabeza. Se quedó completamente desnuda. Comprobó la temperatura del agua y se metió en la bañera. Se lavó despacio. Lidia conocía el valor del aseo en su situación.

Limpia y fresca, se envolvió en un albornoz y fue a la cocina. Antes de regresar al dormitorio encendió el hornillo de gas y puso en el fuego un recipiente para hacerse el té.

En su habitación, eligió un vestido sencillo pero gracioso, que le marcaba las formas haciéndola más joven, y se arregló sumariamente la cara, contenta de sí misma y de la crema que usaba. Regresó a la cocina. El agua ya hervía. Retiró el recipiente. Cuando abrió la lata del té observó que estaba vacía. Puso cara de contrariedad. Dejó la lata y volvió al dormitorio. Iba a llamar a la tienda, llegó a levantar el auricular, pero al oír que alguien hablaba en la calle, abrió la ventana.

La niebla ya se iba levantando y el cielo aparecía azul, de un azul aguado de comienzo de primavera. El sol llegaba de muy lejos, tan lejos que la atmósfera estimulaba la frescura.

En la ventana del entresuelo izquierdo del edificio, una mujer le daba, y volvía a darle, un recado a un niño rubio que la miraba desde abajo, con la nariz fruncida por el esfuerzo de atención que estaba haciendo. Hablaba con acento español y abundantemente. El chico ya había entendido que la madre quería diez céntimos de pimienta y estaba dispuesto a partir, pero ella repetía el encargo sólo por el gusto de hablar con el hijo y de oírse a sí misma. Parecía que no había más recomendaciones. Lidia intervino:

—¡Doña Carmen, doña Carmen!

—*¿Quién me llama? ¡Ah, buenos días!,** doña Lidia.

—Buenos días. ¿Permite que Enriquito me haga un recado en la tienda? Necesito té...

Le dio el recado y lanzó un billete de veinte escudos para el chico. Enrique echó a correr calle arriba, como si lo persiguieran perros. Lidia le dio las gracias a doña Carmen, que respondía en su lengua de trapo, alternando palabras españolas con frases portuguesas y dejando éstas chorreando sangre en su pronunciación. Lidia, a quien no le gustaba exhibirse en la ventana, se despidió. Poco después llegó Enriquito, muy colorado por la carrera, con el paquete de té y el cambio. Lo gratificó con diez céntimos y un beso y el chico se fue.

La taza llena, un plato de pastas al lado, Lidia se instaló de nuevo en la cama. Mientras comía iba leyendo un libro que había sacado de un pequeño armario

---

* En español en el original. (*N. de la T.*)

del comedor. Llenaba el vacío de sus días desocupados con la lectura de novelas y tenía algunas, de buenos y de malos autores. En este momento estaba interesadísima en el mundo fútil e inconsecuente de *Los Maya*. Iba bebiendo el té a pequeños sorbos, mordía un palito *de la reine* y leía un párrafo, exactamente ese en que María Eduarda le espeta a Carlos la declaración de que «además de tener el corazón adormecido, su cuerpo permanece siempre frío, frío como el mármol...». A Lidia le gustó la frase. Buscó un lápiz para marcarla, pero no lo encontró. Entonces se levantó con el libro en la mano y fue hasta el tocador. Con el lápiz de labios hizo una señal al margen de la página, una línea roja que dejaba subrayado un drama o una farsa.

De la escalera le llegó un ruido de escoba. Enseguida, la voz aguda de doña Carmen entonó una copla melancólica. Y, al fondo, tras esos ruidos de primer plano, el zumbido perforador de una máquina de coser y los golpes secos de un martillo sobre una suela.

Con una pasta delicadamente sostenida entre los dientes, Lidia recomenzó la lectura.

2

El viejo reloj de la sala, que Justina heredó a la muerte
de los padres, tocó nueve campanadas gangosas, tras
un trajín de maquinaria cansada. La casa, de tan silenciosa, parecía deshabitada. Justina usaba zapatos de
suela de fieltro y pasaba de un cuarto a otro con la
sutileza de un fantasma. Estaban tan hechas la una a
la otra, ella y la casa, que, viéndolas, se comprendía
inmediatamente por qué ambas eran así y no de otro
modo. Justina sólo podía existir en aquella casa, y la
casa, así, tan desnuda y silenciosa, no podría ser lo que
era sin la presencia de Justina. De los muebles, del
suelo, subían emanaciones de humedad. Había en el
aire olor a moho. Las ventanas siempre cerradas producían esa atmósfera de túmulo y Justina era tan lenta
y tardona que la limpieza de la casa nunca se realizaba
completamente.

El sonido del reloj, que expulsaba el silencio,
moría en vibraciones cada vez más tenues y distantes.
Después de apagar todas las luces, Justina se sentó en
una silla, cerca de una ventana que daba a la calle. Le
gustaba estar allí, inmóvil, desocupada, las manos aban-

donadas en el regazo, los ojos abiertos hacia la oscuridad, a la espera ni ella sabía de qué. A sus pies se le enroscó el gato, su único compañero de veladas. Era un animal tranquilo, de ojos interrogadores y andar sinuoso, que parecía haber perdido la facultad de maullar. Aprendió el silencio con la dueña y, como ésta, a él se abandonaba.

El tiempo fluía lentamente. El tictac de los relojes empujaba el silencio, insistía en su afán de apartarlo, pero el silencio le oponía su masa espesa y pesada, donde todos los sonidos se ahogaban. Luchaban, sin desfallecimiento, uno y otro, el sonido contra la obstinación de la desesperanza y la certeza de la muerte, el silencio contra el desdén de la eternidad.

Después, otro ruido mayor se interpuso: personas que bajaban la escalera. Si fuera de día, Justina no dejaría de asomarse, más por no tener otra cosa que hacer que por curiosidad, pero la noche la dejaba siempre sin fuerzas, muy cansada, con una estúpida voluntad de llorar y de morir. Sin embargo, apostaría sin dudar a que eran Rosalía, el marido y la hija que iban a ver una película. Esto lo sabía por el modo de reír de María Claudia, que era una loca del cine.

Cine... ¿Cuánto tiempo hacía que no iba Justina al cine? Sí, la muerte de la hija... Pero, ya antes de eso, ¿cuánto tiempo hacía que no entraba en un cine? Matilde iba con el padre, pero ella se quedaba siempre en casa. ¿Por qué? Ni idea... No iba. No le gustaba andar por la calle con el marido. Ella era muy alta y muy delgada, y él era gordo y achaparrado. El día de la boda los niños de la calle se rieron al verla salir de la iglesia. Nunca olvidó aquellas risas, como no podía olvidar la foto, con los padrinos y los convidados colocados en las escaleras de la iglesia como los espectadores de a pie en el estadio de fútbol. Ella, estirada, con el ramo de flores colgando, los ojos negros deslucidos por la perplejidad; y él, ya gordo, embutido en el frac y con el sombrero alto prestado. Enterró esa fotografía en el fondo de una gaveta y nunca más la quiso ver.

El diálogo del reloj y del silencio fue interrumpido otra vez. De la calle llegó el rodar sordo de unas ruedas de goma sobre el pavimento irregular. El automóvil se detuvo. Hubo una confusión de ruidos en la noche: el muelle del freno de mano, el sonido característico de la puerta al abrirse, el golpe seco al cerrar, un tintinear de llaves. Justina no necesitó levantarse para saber quién llegaba. Doña Lidia recibía una visita, su visita, el hombre que venía a verla tres veces por semana. Sobre las dos de la madrugada, el visitante saldría. Nunca pasaba allí la noche. Era metódico, puntual, correcto. A Justina no le gustaba la vecina de al lado. Le tenía rabia porque era bonita y, sobre todo, porque era una de esas mujeres mantenidas y, además, porque disponía de una casa bien puesta, de dinero para pagarle a una empleada y pedir las comidas a un restaurante, y podía salir a la calle cargada de joyas y emanando perfumes. Pero le estaba agradecida porque le proporcionó el pretexto para romper con el marido definitivamente. Gracias a Lidia, pudo unir a sus mil razones la razón mayor.

Con un esfuerzo lento y penoso, como si el cuerpo se negara al movimiento, se levantó y encendió la luz. El comedor, donde se encontraba, era grande, y la lámpara que lo iluminaba tan débil que de la oscuridad apartada quedaron penumbras por las esquinas. Las paredes desnudas, las sillas de espaldar vertical duras e inapetentes, la mesa sin brillo y sin flores, los muebles carentes de lustre y casi desguarnecidos, y Justina sola, en medio de este frío, muy alta y delgada, el vestido negro, y los ojos negros, profundos y callados.

El reloj desanduvo dos ruedas y dio una campanada tímida. Nueve y cuarto. Justina bostezó lentamente. Después apagó la luz y entró en el dormitorio. Sobre la cómoda, el retrato de la hija abría una sonrisa alegre, la única claridad viva de aquel cuarto sombrío y húmedo. Con un suspiro resignado, Justina se acostó.

Dormía siempre mal. Se pasaba la noche barajando sueños, sueños confusos que la despertaban exhausta y perpleja. A pesar del esfuerzo de memoria que hacía, le resultaba imposible reconstruirlos. Lo único que no podía olvidar, más como un presentimiento o tal vez el recuerdo de un presentimiento que como una certeza, era la obsesiva presencia de alguien detrás de una puerta que ni todas las fuerzas del mundo podrían abrir. Antes de dormirse le retumbaban en el cerebro el recuerdo del rostro de Matilde, las inflexiones de su voz, los gestos, las carcajadas e, incluso, su cara muerta, como si todo esto pudiera, en el sueño, derribar aquella puerta siempre sellada. Inútil. Nada más cerrar los párpados Matilde se escondía, tan escondidamente se escondía que Justina sólo la encontraba, sin misterio, al despertar al día siguiente. Pero encontrarla sin misterio era perderla. Verla como en vida era ignorarla.

Los párpados bajaron despacio con el peso de las sombras y del silencio. Poco a poco, el silencio y las sombras pasaron al cerebro de Justina. Iba ya a comenzar el lento guirigay de los sueños, a repetirse la angustiosa presencia extraña y la puerta cerrada que guardaba el misterio. De repente, muy a lo lejos, sonaron gemidos sordos y desesperados. La noche tembló de misterio. Los ojos ya nublados de Justina se abrieron a la oscuridad. Rodando por montañas y planicies, despertando ecos en las grutas sombrías y en las cavidades de los árboles antiguos, lanzando en la noche mil resonancias trágicas, los gemidos se aproximaban y su gemir ya era llorar y cada lamento una lágrima que caía como un puño cerrado, con la fuerza de un puño cerrado.

Los ojos perdidos de Justina lucharon contra la angustia de los sonidos que le llenaban los oídos. Sentía que estaba siendo arrastrada hasta un abismo negro y hondo, y luchaba para no hundirse. En la caída, le apareció la sonrisa clara de Matilde. Se agarró a ella con desesperación y se sumergió en el sueño.

Atravesando las paredes y subiendo hasta las estrellas se quedó la música, el movimiento lento de la *Heroica,* clamando el dolor, clamando la injusticia de la muerte del hombre.

3

Los últimos compases de la *Marcha fúnebre* caían como violetas en el túmulo del héroe. Después, una pausa. Una lágrima que se desliza y muere. E, inmediatamente, la vitalidad dionisiaca del *scherzo,* todavía abrumado por la sombra de Hades, aunque disfrutando ya la alegría de la vida y de la victoria.

Un estremecimiento recorrió las cabezas inclinadas. El círculo encantado de la luz que bajaba del techo unía a las cuatro mujeres en la misma fascinación. Los rostros graves tenían la expresión tensa de los que asisten a la celebración de ritos misteriosos e impenetrables. La música, con su poder hipnótico, levantaba barreras en el espíritu de las mujeres. No se miraban. Tenían los ojos atentos al trabajo, aunque sólo las manos estaban presentes.

La música corría libremente en el silencio y el silencio la recibía en sus labios mudos. El tiempo pasó. La sinfonía, como un río que baja de la montaña, inunda la llanura y se adentra en el mar, acabó en la profundidad del silencio.

Adriana alargó el brazo y apagó la radio. Un estallido seco como el correr de una cerradura. El misterio había terminado.

Tía Amelia levantó los ojos. Sus pupilas, habitualmente duras, tenían un brillo húmedo. Cándida murmuró:

—Es tan bonito...

No era elocuente la tímida e irresoluta Cándida, pero sus labios cortados temblaban, como tiemblan los de las jóvenes cuando reciben el primer beso de amor. Tía Amelia no se quedó satisfecha con la clasificación:

—¿Bonito? Bonita es una cancioncilla cualquiera. Esto es..., es...

Dudaba. Le estallaba en los labios la palabra que quería pronunciar, pero le parecía que sería una profanación decirla. Hay palabras que se retraen, que se niegan, porque tienen demasiado significado para nuestros oídos cansados de palabras. Amelia había perdido un poco de firmeza en su articulación. Fue Adriana quien, con una voz que temblaba, una voz de secreto traicionado, murmuró:

—Es bello, tía.

—Sí, Adriana. Es justo eso.

Adriana centró la mirada en los calcetines que estaba zurciendo. Una tarea prosaica, como la de Isaura, que le hacía los ojales a una camisa, como la de la madre, que contaba los puntos de un *crochet,* como la de tía Amelia, que sumaba los gastos del día. Tareas

de mujeres feas y apagadas, tareas de una vida peque-
ñita, de una vida sin ventanas al horizonte. La música
había pasado, la música compañera de sus veladas, visita diaria de la casa, consoladora y estimulante, y ahora podían hablar de belleza.

—¿Por qué costará tanto decir la palabra *bello*?
—preguntó Isaura, sonriendo.

—No sé —respondió la hermana—. Lo cierto
es que cuesta. Y, mirándolo bien, debería ser como otra
cualquiera. Es fácil de pronunciar, son sólo cuatro letras... Tampoco lo entiendo.

Tía Amelia, todavía sorprendida por su falta de
reacción de unos momentos antes, quiso aclarar:

—Yo lo entiendo. Es como la palabra *Dios* para
los que creen. Es una palabra sagrada.

Sí. Tía Amelia decía siempre la palabra necesa-
ria. Pero impedía la discusión. Quedaba todo dicho.
El silencio, un silencio sin música, cargó la atmósfera.
Cándida preguntó:

—¿No hay nada más?

—No. El resto del programa no es interesante
—respondió Isaura.

Adriana soñaba, el calcetín se quedó olvidado
sobre el regazo. Recordaba la máscara de Beethoven
que vio en el escaparate de una tienda de música, hacía
ya muchos años. Tenía todavía en los ojos esa cara larga y poderosa, que hasta en la inexpresividad del yeso
mostraba la marca del genio. Lloró un día entero porque

no tenía dinero para comprarla. Eso sucedió poco antes de perder al padre. Su muerte, la disminución de los recursos económicos, la necesidad de dejar la antigua residencia... Y la máscara de Beethoven era hoy, más que entonces, un sueño imposible.

—¿En qué piensas, Adriana? —le preguntó la hermana.

Adriana sonrió y se encogió de hombros:

—En tonterías.

—¿Te ha ido mal el día?

—No. Es siempre lo mismo: facturas que se reciben, facturas que se pagan, débitos y créditos de dinero que no es nuestro...

Rieron ambas. Tía Amelia, que acababa las cuentas, colocó una pregunta:

—¿No se habla por allí de aumentos?

Adriana se encogió de hombros otra vez. No le gustaba que le hicieran esa pregunta. Era como si los demás encontraran insuficiente lo que ella ganaba, y eso la ofendía. Respondió con sequedad:

—Dicen que si no se hace negocio...

—Es siempre la misma historia. Para unos mucho, para otros poco y para otros nada. ¿Cuándo aprenderá esa gente a pagar lo que necesitamos para vivir?

Adriana suspiró. Tía Amelia era intratable en asuntos de dinero, de patrones y de empleados. No es que fuera envidiosa, es que la indignaba el derroche del mundo cuando millones de personas sufrían hambre y miseria. Allí, en casa, no existía miseria, sobre la mesa había alimentos en todas las comidas, pero existía la rigidez del presupuesto apretado, del que estaba excluido todo lo superfluo, hasta lo superfluo necesario, ese sin el que la vida del hombre se desenvuelve casi al nivel de los animales. Tía Amelia insistió:

—Es necesario hablar, Adriana. Hace dos años que estás en la empresa y el sueldo casi no te alcanza para pagar los tranvías.

—Pero, tía, ¿qué más puedo hacer?

—¿Que qué puedes hacer? ¡Dejar de mirarme así, con ojos asustados!

La frase le dolió a Adriana como un puñetazo. Isaura miró a la tía con severidad:

—¡Tía!

Amelia se volvió hacia ella. Luego miró a Adriana y dijo:

—Perdonad.

Se levantó y dejó la sala. Adriana se levantó también. La madre hizo que se sentara de nuevo.

—No le hagas caso, hija. Tú sabes que ella es la que hace las compras. Se rompe la cabeza para que el dinero llegue y el dinero no llega. Vosotras ganáis, trabajáis, pero ella, la pobre, es la que sufre. Sólo yo sé hasta qué punto.

Tía Amelia apareció en la puerta. Parecía conmovida, pero ni por ésas su voz fue menos brusca, o tal vez por eso mismo no pudo dejar de serlo.

—¿Queréis una taza de café?

(Como en los viejos tiempos... Una taza de café... Venga, pues, la taza de café, tía Amelia. Siéntese aquí, cerca, así, con ese rostro de piedra y ese corazón de cera. Tome una taza de café y mañana rehaga las cuentas, invente presupuestos, suprima gastos, suprima incluso esta taza de café, esta inútil taza de café.)

La velada recomenzó, ahora más apagada y silenciosa. Dos mujeres viejas y dos que ya le dan la espalda a la mocedad. El pasado para recordar, el presente para vivir, el futuro para recelar.

Cerca de la medianoche el sueño se introdujo en la sala. Algunos bostezos. Cándida sugirió (siempre procedía de ella esta sugerencia):

—¿Y si nos fuésemos a la cama?

Se levantaron, con un ruido de sillas arrastradas. Como de costumbre, sólo Adriana se quedó, para dar tiempo a que las otras se acostaran. Después, recogió la costura y entró en el dormitorio. La hermana leía la novela. Sacó de su bolso un manojo de llaves y abrió un cajón de la cómoda. Con otra llave más pequeña abrió una caja y extrajo de ella un cuaderno grueso. Isaura miró por encima del libro y sonrió:

—¡Ya estás con el diario! Un día voy a leer lo que escribes en ese cuaderno.

—No tienes derecho —respondió la hermana, de mala manera.

—Venga, no te enfades...

—A veces, hasta me dan ganas de enseñártelo, sólo para que no te pases la vida hablando de lo mismo.

—¿Te molesta?

—No, pero podías callarte. Creo que es muy feo estar siempre con esos dimes y diretes. ¿O es que no tengo el derecho de guardar lo que me pertenece?

Los ojos de Adriana, tras las gafas de cristales gruesos, rebrillaban irritados. Con el cuaderno apretado contra el pecho, enfrentaba la sonrisa irónica de la hermana.

—Pues sí —dijo Isaura—. Sigue escribiendo. Habrá un día en que tú misma me darás el cuaderno para que lo lea.

—Espera sentada —respondió Adriana.

Y salió del dormitorio. Isaura se acomodó mejor debajo de la ropa, colocó el libro en ángulo propicio para la lectura y se olvidó de la hermana. Ésta, después de pasar por el dormitorio, ya a oscuras, donde dormían la madre y la tía, se encerró en el cuarto de baño. Sólo allí, protegida de la curiosidad de la familia, dado el lugar, se sentía suficientemente segura para escribir en el cuaderno sus impresiones del día. Comenzó el diario poco tiempo después de emplearse. Ya había escrito decenas de páginas. Sacudió la pluma y arrancó:

Miércoles, 19/3/52, doce menos cinco de la madrugada. Tía Amelia está hoy más iracunda. Detesto que me hablen de lo poco que gano. Me ofenden. Estuve a punto de responderle que gano más que ella. Menos mal que me arrepentí antes de haber hablado. Tía Amelia, la pobre... Dice madre que se mata haciendo cuentas. Me lo creo. Es lo que hago yo. Esta noche oímos la 3ª Sinfonía de Beethoven. Madre dijo que era bonita, yo dije que era bella y la tía Amelia estuvo de acuerdo conmigo. Me gusta la tía. Me gusta madre. Me gusta Isaura. Pero lo que no saben ellas es que no estaba pensando en la Sinfonía o en Beethoven, es decir, no pensaba en eso sólo... También pensaba... Hasta recordé la máscara de Beethoven y mi deseo de tenerla... Pero también pensaba en *él*. Estoy contenta, hoy. Me habló muy bien. Cuando me dio las facturas para comprobarlas, me tocó con la mano derecha en el hombro. ¡Me gustó tanto! Me puse a temblar por dentro y sentí que hasta las orejas se me ponían coloradas. Tuve que bajar la cabeza para que nadie lo notara. Lo peor vino después. Creyó que no lo oía y comenzó a hablar con Sarmento acerca de una muchacha rubia. No lloré porque estaría mal y porque no quiero comprometerme. *Él* jugó con la chica durante unos meses y después la dejó. Dios mío, ¿hará esto conmigo? Menos mal que *él* no sabe que me gusta. Sería capaz de burlarse. Si lo hiciera, ¡me mataría!

Aquí se interrumpió mordisqueando el extremo de la pluma. Había escrito que estaba contenta y ahora ya hablaba de matarse. Consideró que no estaba bien. Pensó un poco y cerró con esta frase:

¡Me ha gustado tanto que *él* me tocara en el hombro!...

Ahora sí. Cerraba como debía, con una esperanza, con una pequeña alegría. No le daba importancia al hecho de no ser completamente sincera en su diario, cuando los acontecimientos del día la conducían al desánimo y la tristeza. Releyó lo escrito y cerró el cuaderno.

Del dormitorio se había traído un camisón blanco, cerrado, sin escote, de manga larga porque las noches todavía eran frescas. Se desnudó rápidamente. Su cuerpo inelegante, liberado del constreñimiento del vestuario, se soltó y se quedó más pesado e irregular. El *soutien-gorge* le apretaba la espalda. Cuando se lo quitó, una marca roja le rodeaba el cuerpo como la huella de un latigazo. Se puso el camisón y, tras completar el arreglo nocturno, se fue al dormitorio.

Isaura no dejaba el libro. Tenía el brazo libre curvado sobre la cabeza, y la posición le dejaba visible la axila ennegrecida y el arranque de los senos. Absorta en la lectura, ni se movió cuando la hermana se acostó.

—Ya es tarde, Isaura. Deja eso —murmuró Adriana.

—Ya voy —respondió impaciente—. No tengo la culpa de que no te guste leer.

Adriana se encogió de hombros, con un movimiento que le era peculiar. Le dio la espalda a la hermana, tiró del embozo de manera que la luz no le diera en los ojos y poco después se durmió.

Isaura continuó leyendo. Tenía que acabar el libro esa noche porque el plazo de alquiler terminaba al día siguiente. Era cerca de la una cuando llegó al final. Le ardían los ojos y tenía el cerebro agitado. Puso el libro en la mesilla de noche y apagó la luz. La hermana dormía. Le oía la respiración rítmica, irregular, y tuvo un movimiento de impaciencia. A su entender, Adriana era de hielo y aquel diario una niñería para hacer creer que guardaba misterios en su vida. En el dormitorio había una tenue luminosidad que llegaba de un farol de la calle. Se oía en lo oscuro el roer de la carcoma. Del dormitorio de al lado llegaban voces apagadas: tía Amelia soñaba en alto.

Todo el edificio dormía. Con los ojos abiertos a la noche, las manos cruzadas bajo la cabeza, Isaura pensaba.

4

—No hagáis tanto ruido, que ya sabéis que no se debe despertar a los vecinos —murmuró Anselmo.

Subía la escalera llevando detrás a la mujer y a la hija e iluminaba el camino encendiendo fósforos. Distraído con las recomendaciones, se quemó. Soltó una interjección involuntaria y prendió otra cerilla. María Claudia sofocaba la risa. La madre la riñó en voz baja.

—Calla, niña, ¿qué modales son ésos?

Llegaron a casa. Entraron atropellándose, como rateros. En la cocina, Rosalía se sentó en una banqueta.

—Ay, qué cansada.

Se quitó los zapatos y las medias y mostró los pies hinchados:

—Mirad esto...

—Tienes la albúmina alta, eso es lo que te pasa —declaró el marido.

—Vaya —sonrió María Claudia—. Lo de quitar hierro no es cosa tuya.

—Si tu padre dice que tengo la albúmina alta es porque es verdad —replicó la madre.

Anselmo asintió con gesto grave. Miraba atentamente los pies de la mujer y de la observación extraía nuevas razones para el diagnóstico.

—Es lo que yo digo...

El pequeño rostro de María Claudia se fruncía de pesar. El espectáculo de los pies de la madre y la posible enfermedad la horrorizaban. Todo lo que fuera feo la horrorizaba.

Más para huir de la conversación que por amor al trabajo, sacó tres tazas del armario y las llenó de té. Dejaban siempre lleno el termo, para el regreso. Esos cinco minutos dedicados a la pequeña colación les daban una sensación particular, como si de repente hubieran dejado la mediocridad de su vida para subir unos peldaños en la escala del bienestar económico. La cocina desaparecía para dar lugar a una salita íntima con muebles caros y cuadros en las paredes y un piano en una esquina. Rosalía dejaba de tener esa albúmina, María Claudia llevaba un vestido a la última moda. Sólo Anselmo no mudaba. Era siempre el mismo hombre. Distinto, alto, decorativo, un poco encorvado, calvo y orgulloso de su pequeño bigote. El rostro estático e inexpresivo, producto de un esfuerzo de años dirigido a controlar las emociones como garantía de respetabilidad.

Desgraciadamente, eran sólo cinco minutos. Los pies descalzos de Rosalía acabaron dominando la escena y María Claudia fue la primera en acostarse.

En la cocina, marido y mujer comenzaron el diálogo-monólogo de quien está casado desde hace más de veinte años. Banalidades, palabras dichas sólo por decir algo, un simple preludio al sueño tranquilo de la edad madura.

Poco a poco los ruidos fueron disminuyendo, hasta que se produjo ese silencio de expectativas que precede a la llegada del sueño. Luego el silencio se hizo más denso. Sólo María Claudia seguía despierta. Tenía siempre dificultades para dormirse. Le gustó la película. En el cine, durante los intervalos, un muchacho la estuvo mirando. A la salida se le acercó bastante, hasta tal punto que le sintió el hálito en el cuello. No entendía, sin embargo, por qué el chico no la siguió. Para eso no merecía la pena que la hubiera mirado tanto. Se olvidó del cine para recordar la visita realizada a casa de doña Lidia. Qué bonita era doña Lidia. «Mucho más bonita que yo...» Sintió pena de no ser como doña Lidia. Súbitamente recordó que había visto el coche a la puerta. Excitadísima, ya era incapaz de dormir. Ignoraba la hora que sería, pero calculó que las dos no debían de estar lejos. Sabía, como todo el mundo en el edificio, que el visitante nocturno de doña Lidia salía alrededor de las dos de la madrugada. Por efecto de la película, del muchacho o de la visita matutina, se sentía llena de curiosidad, aunque encontraba en esa curiosidad algo censurable o inapropiado. Esperó. Minutos después oyó en el piso de abajo el ruido de un pestillo que se descorre y de una puerta que se abre. Un sonido indeterminado de voces y unos pasos bajando por la escalera.

Con cuidado, para no despertar a los padres, la muchacha se deslizó de la cama. Caminando de puntillas, se acercó a la ventana y entreabrió la cortina. Siempre dejaba el automóvil estacionado en la acera de enfrente. Vio el bulto pesado del hombre cruzar la calle y entrar en el vehículo.

El coche comenzó a rodar y, rápidamente, desapareció del campo de visión de María Claudia.

5

Doña Carmen tenía un modo muy suyo de saborear las mañanas. No era persona que se quedara en la cama hasta la hora del almuerzo, y tampoco eso era posible porque tenía que ocuparse de la comida del marido y arreglar a Enriquito, pero que nadie le hablara de lavarse y peinarse antes del mediodía. Adoraba andar por toda la casa, durante la mañana, sin arreglar, el pelo suelto, toda ella descuidada y perezosa. El marido detestaba semejantes hábitos, que chocaban con sus normas. Fueron incontables las veces que intentó convencer a la mujer de que se enmendara, pero el tiempo se encargó de hacerle ver que era tiempo perdido. A pesar de que su profesión de representante de comercio no le imponía un horario rígido, se escapaba por la mañana temprano sólo para no estar de mal humor durante todo el día. Carmen, por su parte, se desesperaba cuando el marido se entretenía en casa después del desayuno. No es que se sintiera obligada por tal cosa a dejar sus queridos hábitos, pero la presencia del marido le retiraba placer a la mañana. El resultado era que, para ambos, el día en que eso sucedía era un día descompuesto.

Esa mañana, Emilio Fonseca, al preparar el muestrario para salir, comprobó que alguien había revuelto los precios y las muestras. Los collares estaban fuera de lugar, mezclados con las pulseras y los alfileres, y todo eso en un batiburrillo con los pendientes y las gafas de sol. El responsable del desaliño sólo podía ser el hijo. Pensó en la conveniencia de interrogarlo, pero desistió, no merecía la pena. Si el hijo lo negaba, sospecharía que le estaba mintiendo, y eso era malo. Si confesaba, tendría que pegarle o castigarlo, lo que sería peor. Eso sin contar con que la mujer intervendría enseguida, hecha una furia, y la escena acabaría en zaragata. Pues bien, harto de zaragatas ya estaba él. Colocó la maleta sobre la mesa del comedor y, sin una palabra, intentó poner orden en aquel desconcierto.

Emilio Fonseca era un hombre pequeño y seco. No era delgado: era seco. Poco más de treinta años. Rubio, de un rubio pálido y distante, el pelo ralo y la frente alta. Siempre le había enorgullecido la anchura de su frente. Ahora que era más grande por la calva incipiente, preferiría tenerla más estrecha. Aprendió, sin embargo, a conformarse con lo inevitable, y lo inevitable no era sólo la falta de pelo sino también la necesidad de arreglar la maleta. Aprendió a estar tranquilo en ocho años de matrimonio fracasado. La boca era firme, con un rictus de amargura. Cuando sonreía la arqueaba ligeramente, lo que le daba a su fisonomía un aire sarcástico que las palabras no desmentían.

Enriquito, con ese aire desconcertado del criminal que regresa al lugar del crimen, se acercó a mirar lo que el padre hacía. Tenía cara de ángel, rubio como el progenitor, pero de un tono más cálido. Emilio ni lo miró. Padre e hijo no se amaban, ni poco ni mucho: simplemente se veían todos los días.

En el pasillo se oía el taconeo de Carmen, un taconeo agresivo, más elocuente que todos los discursos. La organización estaba casi completa. Carmen se asomó a la puerta del comedor para calcular el tiempo que el marido todavía iba a tardar. Ya le parecía demasiado el retraso. En ese momento el timbre sonó. Carmen frunció el ceño. No esperaba a nadie a esa hora. El panadero y el lechero ya habían venido, y para el cartero era demasiado pronto. El timbre volvió a sonar. Con un «ya va» impaciente se dirigió a la puerta, llevando al hijo pegado a los talones. Le apareció una mujer cubierta con un chal y con un periódico en la mano. La miró con desconfianza y preguntó:

—*¿Qué desea?* —había momentos en los que ni aunque la matasen hablaría en portugués...

La mujer sonrió con humildad:

—Buenos días, señora. He visto que tienen una habitación para alquilar, ¿verdad? ¿Podría verla?...

Carmen se quedó boquiabierta:

—¿Habitación para alquilar? *No hay aquí* habitación para alquilar.

—Pero el periódico trae un anuncio...

—¿Un anuncio? Déjeme ver, por favor.

La voz le temblaba por la irritación apenas contenida. Respiró hondo para calmarse. La mujer le indicó el anuncio con un dedo inflamado por un uñero. Ahí estaba, en la columna de «Se alquilan habitaciones». No había duda. Todo estaba bien: el nombre de la calle, el número del edificio y la indicación clarísima de entresuelo izquierdo. Le devolvió el periódico y declaró secamente:

—Aquí no se alquilan habitaciones.

—Pero el periódico...

—Ya se lo he dicho. Y, *además,* el anuncio es para *caballero.*

—Hay tanta falta de habitaciones que yo...

—Lo siento.

Cerró la puerta ante la cara de la mujer y fue donde estaba el marido. Sin pasar de la puerta le preguntó:

—¿Pusiste *alguno** anuncio en el periódico?

Emilio Fonseca la miró, con un collar de piedras de colores en cada mano, y, levantando una ceja, respondió en tono irónico:

—¿Anuncio? Sólo si fuera para conseguir clientes...

—Anuncio de «Se alquila una habitación».

---

* Así en el original. *(N. de la T.)*

72

—¿Una habitación? No, hija mía. Me casé contigo en régimen de comunión de bienes, no me atrevería a disponer de una habitación sin consultarte.

—*No seas gracioso.*

—No estoy diciendo gracias. ¿Quién se atrevería a ser gracioso contigo?

Carmen no respondió. Su incompleto conocimiento del portugués la colocaba siempre en inferioridad en este combate de bravatas. Prefirió aclarar, con voz mansa, que tenía intenciones ocultas:

—Era *una mujer.* Traía el periódico donde estaba el anuncio. Y era para aquí, *no había confusión.* Y como era una *mujer,* pensé que habrías puesto tú el anuncio...

Emilio Fonseca cerró la maleta de golpe. A pesar de que la frase de la mujer no era lo suficientemente explícita, la entendió. Levantó los ojos claros y fríos, y respondió:

—¿Si fuera para un hombre tendría que entender que el anuncio lo habrías puesto tú?

Carmen se sonrojó, ofendida:

—¡Maleducado!

Enriquito, que oía la conversación sin pestañear, miró al padre para ver cómo reaccionaba. Pero Emilio encogió con lentitud los hombros y murmuró:

—Tienes razón. Perdona.

—*No quiero que me pidas perdón* —reaccionó Carmen, ya exaltada—. Cuando me pides perdón es que te estás burlando *de mí.* ¡Prefiero que me pegues!

—Nunca te he pegado.

—Y *no* te atrevas.

—Tranquila. Eres más alta y más fuerte que yo. Déjame conservar la ilusión de que pertenezco al sexo fuerte. Es la última que me queda. Acabemos con esta discusión.

—¿Y si *yo quisiera discutir?*

—Harías mal. Yo tengo siempre la última palabra. Me pongo el sombrero en la cabeza y salgo. Y sólo regreso por la noche. O ni vuelvo...

Carmen fue a la cocina para buscar el monedero. Le dio al hijo dinero para comprar caramelos. Enriquito quiso resistirse, pero el atractivo de los caramelos fue más fuerte que su curiosidad y su valentía, que le estaba exigiendo tomar partido por la madre. Cuando la puerta se cerró Carmen fue al comedor. El marido estaba sentado en el borde de la mesa y encendía un cigarro. La mujer entró a fondo en la discusión:

—Que no vuelves, ¿eh? Ya lo sabía. Tienes dónde quedarte, ¿*no?* Ya lo sabía, ya lo sospechaba. El santito de palo hueco, está claro... Y *aquí estoy yo,* la mora, *la esclava, a trabajar* todo *el* día para cuando su excelencia *quisier* venir a casa.

Emilio sonrió. La mujer se enfureció más.

—*No* te rías.

—Me río, claro que me río. ¿Por qué no habría de reírme? Todo esto son patrañas. Hay muchas pensiones en esta ciudad. ¿Quién me impide quedarme en una de ellas?

—*Yo*.

—¿Tú? Venga, ¡déjate de tonterías! Tengo trabajo que hacer. Dejémonos de tonterías.

—¡Emilio!

Carmen le impedía el paso, vibrante. Un poco más alta que él, la cara cuadrada de mentón prominente, dos arrugas marcadas desde la nariz a las comisuras de la boca, aún quedaban en ella restos de belleza casi desvaídos, un recuerdo de tez luminosa y caliente, de ojos de mirar líquido y aterciopelado, de juventud. Durante unos instantes, Emilio la vio como fue ocho años atrás. Un centelleo y el recuerdo se esfumó.

—Emilio, ¡tú me engañas!

—Tonterías. No te engaño. Hasta te lo podría jurar, si quisieras... Pero, si te engañara, ¿qué te importaría a ti? Ya es tarde para lamentaciones. Estamos casados desde hace ocho años y, sumados todos estos días, ¿qué felicidad hemos tenido? La luna de miel, o tal vez ni eso... Nos equivocamos, Carmen. Jugamos con la vida y estamos pagando haber jugado. Es malo jugar con la vida, ¿no crees? ¿Qué dices a eso, Carmen?

La mujer se sentó, llorando. Entre lágrimas, exclamó:

—*Soy una desgraciada.*

Emilio tomó la maleta. Con la mano libre acarició la cabeza de la mujer con una ternura olvidada, y murmuró:

—Somos dos desgraciados. Cada uno a su manera, pero no tengas duda de que lo somos los dos. Y tal vez sea yo el más desgraciado. Tú por lo menos tienes a Enrique... —la voz afectuosa se endureció súbitamente—: Se acabó. Quizá no venga a almorzar, pero vendré a cenar, eso seguro. Hasta luego.

En el pasillo, se volvió y añadió, con un punto de ironía en la voz:

—Y acerca de esa historia del anuncio, debe de haber una equivocación. Seguramente será aquí al lado.

Abrió la puerta y salió, con la maleta colgando de la mano derecha, el hombro de esa parte ligeramente caído por el peso. Con un gesto automático se ajustó el sombrero, un sombrero gris, de ala ancha, que le hacía más pequeña la cara y el cuerpo y le proyectaba una sombra sobre los ojos pálidos y distantes.

6

Doña Carmen todavía les cerró la puerta a dos candidatos al alquiler antes de decidirse a comprobar el valor de la sugerencia del marido. Y cuando lo hizo, caliente por la refriega doméstica y por la disputa con los candidatos a la habitación, no fue amable con Silvestre. Pero éste, que veía, por fin, explicada la hasta ahí inexplicable ausencia de solicitantes, le respondió en el mismo tono, y Carmen tuvo que retirarse cuando vio aparecer, tras el zapatero, el bulto redondo de Mariana, que se venía acercando, arremangada y con las manos en la cadera. Para evitar mayores perturbaciones, Silvestre propuso que se colocase en la puerta de Carmen un letrero remitiendo a su casa a los interesados. Carmen arguyó que no estaba dispuesta a tener papeles colgados, a lo que el zapatero opuso que el mal lo pagaría ella porque tendría que atender a quien apareciera. De mala gana acabó por consentir y Silvestre, con media hoja de papel de carta, redactó el aviso. Carmen no consintió que fuera él quien colocara el papel: ella misma lo fijó a la puerta con una pincelada de cola. Lo peor es que, una vez más, porque el interesado no sabía leer, tuvo que enfrentar la pregunta ya sabida y la visión del periódico comprobatorio. Lo que ella pensaba de Silvestre y de su mujer estaba muy lejos de lo que dijo, pero, a su vez, lo que dijo ya estaba muy lejos de lo conveniente y de lo justo. Si Silvestre fuera persona litigante, allí tendríamos un conflicto internacional. Mariana echaba espuma de furia, pero el marido moderó los ímpetus y las reminiscencias de la panadera de Aljubarrota.

El zapatero regresó a su lugar en la ventana, a cavilar cómo se habría producido el equívoco. Sabía muy bien que no tenía una caligrafía primorosa pero, para zapatero, la encontraba muy buena, comparándola con la de ciertos doctores. La única solución que se le ocurría era que el periódico se hubiera equivocado. Él no, de eso estaba seguro: le parecía estar viendo el impreso que rellenó, y entresuelo derecho es lo que puso. Mientras pensaba se mantenía atento al trabajo, sin olvidarse de echar, de vez en cuando, una mirada a la calle, a fin de descubrir entre los pocos transeúntes a quienes vinieran en busca de habitación. La ventaja de la observación residía en que cuando llegase a hablar con el interesado ya tendría la respuesta que dar. Silvestre se consideraba a sí mismo buen fisonomista. Se habituó, en la mocedad, a mirar a otros de frente, para saber quiénes eran y qué pensaban, en aquella época en que confiar o no era casi una cuestión de vida o muerte. Estos pensamientos, tirando de él hacia atrás, al camino ya recorrido de su vida, lo distraían de la observación.

La mañana estaba casi pasada, el olor del almuerzo ya invadía la casa y no aparecía nadie que le conviniera. Silvestre se arrepentía de haber sido tan exigente. Gastó dinero en el anuncio, andaba de malas con la vecina de al lado (que, para suerte suya, no era clienta) y estaba sin huésped.

Comenzaba a clavar unos refuerzos en unas botas cuando vio aparecer en la acera de enfrente a un hombre que caminaba vagaroso, con la cabeza levantada, mirando los edificios y las caras de las personas que pasaban. No traía el periódico en la mano, ni siquiera, por lo que se veía, en el bolsillo. Se detuvo delante de la ventana de Silvestre, observando el edificio, piso por piso. Fingiéndose absorto en el trabajo, el zapatero lo miraba a hurtadillas. Era de estatura mediana, moreno, y no aparentaba más de treinta años. Vestía de esa manera inconfundible que muestra que la persona está a la misma distancia de la pobreza que de la medianía. El traje estaba poco cuidado, aunque era de buen tejido. Los pantalones, tan sin raya, provocarían la desesperación de Mariana. Vestía un jersey de cuello alto y llevaba la cabeza descubierta. Parecía satisfecho con el resultado de la inspección, pero no daba un paso.

Silvestre comenzó a inquietarse. No tenía nada que temer, no había sido incomodado desde que..., desde que dejó aquellas cosas y ahora ya era viejo, pero la inmovilidad y la voluntad del hombre lo perturbaban. La mujer canturreaba en la cocina con esa voz desafinada que era la alegría de Silvestre y constante motivo de gracejos. Incapaz de seguir soportando la expectación, el zapatero levantó la cabeza y miró al extraño personaje. A su vez, éste, que había acabado el examen del edificio, llegaba en ese momento con los ojos a la ventana de Silvestre. Ambos se observaron, el zapatero con un ligero aire de desafío, el otro con una inconfundible expresión de curiosidad. Separados por la calle, los dos hombres se sostenían la mirada. Silvestre desvió los ojos para no parecer provocador. El hombre sonrió y cruzó al otro lado con pasos lentos aunque firmes. Silvestre estaba atento al sonido del timbre. No fue tan rápido como esperaba. El hombre debía de estar leyendo el aviso. Por fin, el timbre sonó. La canción de Mariana se interrumpió en medio de una lamentable disonancia. El corazón de Silvestre precipitó las pulsaciones, de tal modo que el zapatero, bromeando consigo mismo, concluyó que era presunción suya creer que el hombre venía por motivos que en nada tenían que ver con el alquiler de la habitación y que se relacionarían con los acontecimientos remotos del tiempo en que... La madera del suelo crujió bajo el peso de Mariana, que se aproximaba. Silvestre entreabrió la cortina:

—¿Qué pasa?

—Está aquí una persona que viene por el anuncio de la habitación. ¿Quieres ir tú?

Lo que Silvestre sintió no fue precisamente alivio. Su pequeño suspiro fue de pena, como si una ilusión, la última, acabase de morir. No le quedaba duda de que había sido presunción de su parte...

Con el pensamiento de que era viejo y estaba liquidado llegó a la puerta. La mujer ya había informado del precio, pero, como el hombre quería ver la habitación, intervenía Silvestre. Al ver al zapatero, el muchacho sonrió, una sonrisa tan ligera que apenas pasaba de los ojos. Los tenía pequeños y brillantes, muy negros, bajo las cejas espesas y bien dibujadas. El rostro era moreno, conforme Silvestre había notado, de trazos nítidos, sin blandura, aunque sin dureza excesiva. Un rostro masculino, apenas endulzado por la boca de curvas femeninas. A Silvestre le gustó la cara que tenía delante.

—Parece que quiere ver la habitación.

—Si no hubiera inconveniente. El precio me agrada, falta saber si la habitación también me agradará.

—Haga el favor de entrar.

El muchacho (era así como lo consideraba Silvestre) entró sin remilgos. Echó una mirada a las paredes y al suelo, sobresaltando a la estimable Mariana, siempre temerosa de que le apuntaran faltas en el aseo. La habitación tenía una ventana que daba al huerto donde Silvestre, en sus pocas horas libres, cultivaba unas coles raquíticas y mantenía un corral de aves. El muchacho miró a su alrededor y se volvió a Silvestre:

—Me gusta la habitación. Pero no me puedo quedar con ella.

El zapatero le preguntó, un poco contrariado:

—¿Por qué? ¿La encuentra cara?

—No, el precio me agrada, ya se lo dije. Lo malo es que no está amueblada.

—Ah, ¿la quería amueblada?

Silvestre miró a la mujer. Ésta hizo una señal y el zapatero añadió:

—Por eso no vamos a dejar de entendernos. Teníamos aquí una cama y una cómoda, las sacamos porque no pensábamos alquilar la habitación amueblada... ¿Comprende? Nunca se sabe el uso que los otros dan a nuestras cosas. Pero si usted está interesado...

—¿El precio es el mismo?

Silvestre se rascó la cabeza.

—No quiero perjudicarles —añadió el muchacho.

Esta observación venció a Silvestre. Quien lo conociera bien diría exactamente esas palabras para conseguir que la habitación amueblada se quedara en el mismo precio que sin muebles.

—Claro. Con muebles o sin muebles, es lo mismo —decidió—. Al fin y al cabo, hasta nos viene bien. No necesitamos tener la casa tan abarrotada. ¿Verdad, Mariana?

Si Mariana pudiera decir lo que pensaba, diría justamente: «No es verdad». Pero no dijo nada. Se limitó a encogerse de hombros indiferente, con un fruncir de nariz desaprobador. El muchacho notó esta mímica y acudió:

—No, esto no. Les doy cincuenta escudos más. ¿Les parece bien?

Mariana exultó y empezó a apreciar al muchacho. Silvestre, a su vez, daba saltitos de alegría interiormente. No por el negocio, sino por la constatación de que no se había equivocado. El huésped era una persona recta. El muchacho se asomó a la ventana, pasó los ojos por la huerta, sonrió ante los polluelos que picoteaban la tierra suelta y dijo:

—Ustedes no saben quién soy... Me llamo Abel... Abel Nogueira. Pueden tener informes sobre mí en el trabajo y en la casa que voy a dejar ahora. Éstas son las señas.

Sobre el alféizar de la ventana escribió en un papel dos direcciones y se lo entregó a Silvestre. Éste hizo un movimiento de rechazo, tan seguro estaba de que no daría un paso para «tener informaciones», pero acabó por recibir el papel. En medio de la habitación sin muebles, el muchacho observaba a los dos viejos y los dos viejos observaban al muchacho. Los tres estaban contentos, tenían esa sonrisa en los ojos que vale por todas las sonrisas de dientes y labios.

—Entonces, ocuparé hoy la habitación. Traeré mis cosas esta tarde. Y, a propósito, espero entenderme con usted, señora, sobre la ropa...

Mariana respondió:

—Yo también lo espero: no será necesario lavarla fuera.

—Claro. ¿Quieren ayuda para traer los muebles?

Silvestre se apresuró:

—No, señor, no merece la pena. Nosotros nos ocuparemos de eso.

—Mire que si...

—No merece la pena. Los muebles no son pesados.

—Bueno. Entonces, hasta luego.

Lo acompañaron a la puerta, sonrientes. Ya en el rellano, el muchacho recordó que iba a necesitar una llave. Silvestre le prometió mandarla hacer esa misma tarde y él se retiró. Los dos viejos regresaron a la habitación. Silvestre tenía en la mano el papel en el que el huésped había escrito las direcciones. Se lo guardó en el bolsillo y le preguntó a la mujer:

—¿Qué? ¿Qué te ha parecido el hombre?

—Por mí, bien. Pero mira que tú, a la hora de hacer negocios, eres un ángel...

Silvestre sonrió:

—Venga... No íbamos a ser más pobres...

—Pues sí, pero siempre son cincuenta escudos más. No sé cuánto voy a cobrarle por el lavado de la ropa...

El zapatero no la oía. Había adoptado una expresión molesta que le ensanchaba la nariz.

—¿Qué te pasa? —le preguntó la mujer.

—¿Que qué me pasa? Parece que estamos dormidos. El muchacho nos dijo su nombre y nos quedamos callados, llegó a la hora del almuerzo y no lo invitamos... Eso es.

Mariana no encontraba razón para tanto enojo. Los nombres, siempre habría tiempo para decirlos, y, en cuanto a comer, Silvestre debía saber que, llegando para dos, tal vez no fuera suficiente para tres. Consciente por la cara de la mujer de que para ésta el asunto no tenía la menor importancia, Silvestre viró la conversación:

—¿Vamos a buscar los muebles?

—Vamos. Se hace tarde para comer.

La mudanza fue rápida. La cama, la mesilla de noche, la cómoda y una silla. Mariana puso sábanas limpias y dio un toque final. Se pusieron, ella y el marido, en una parte, a mirar. No se quedaron contentos. La habitación parecía estar vacía. No es que el espacio libre fuese grande. Por el contrario, entre la cama y la cómoda, por ejemplo, era necesario pasar de lado. Pero se notaba la ausencia de cualquier cosa que alegrara el ambiente y lo hiciera más adecuado para un ser vivo. Mariana salió y regresó poco después con un *napperon* y una jarra. Silvestre aprobó con un gesto de cabeza. Los muebles, hasta ese momento abatidos de desánimo, se alegraron. Después, una alfombra junto a la cama disminuyó la desnudez del suelo. Con algo más aquí, algo más allí, la habitación adquirió un aire de cierto confort modesto. Mariana y Silvestre se miraron, sonrientes, como quien se congratula por el éxito de una empresa.

Y se fueron a almorzar.

7

Todas las tardes, después del almuerzo, Lidia se acostaba. Tenía cierta tendencia a adelgazar y se defendía de ella reposando diariamente durante dos horas. Echada en la cama ancha y blanda, con la bata aflojada, las manos caídas al lado del cuerpo, fijaba los ojos en el techo, relajaba la tensión muscular y los nervios y se abandonaba al tiempo sin resistencia. Se creaba en el cerebro de Lidia y en el dormitorio algo así como el vacío. El tiempo se deslizaba, incesante, con ese rumor sedoso que tiene la arena que cae de una esfera.

Los ojos semicerrados de Lidia seguían el pensamiento vago e indeciso. El hilo se quebraba, había sombras interpuestas como nubes. Luego aparecía nítido y claro, para a continuación sumirse entre velos y resurgir más lejos. Era como el ave herida que se arrastra, aletea, aparece y desaparece hasta caer muerta. Incapaz de sustentar el pensamiento por encima de las nubes que lo entoldaban, Lidia entró en el sueño.

Se despertó con el sonido violento del timbre de la puerta. Desorientada, los ojos todavía cubiertos de sueño, se sentó en la cama. El timbre volvió a sonar.

Lidia se levantó, se calzó las pantuflas y se dirigió al pasillo. Con cuidado, observó por la mirilla. Tuvo una expresión de contrariedad y abrió la puerta:

—Entre, madre.

—Buenas tardes, Lidia, ¿puedo entrar?

—Entre, ya se lo he dicho.

La madre entró. Lidia la dirigió a la cocina.

—Parece que te he molestado.

—¿A mí? Qué idea. Siéntese.

La madre se sentó en una banqueta. Era una mujer de poco más de sesenta años, de pelo grisáceo cubierto por una gasa negra, como negro era el vestido que llevaba. Tenía la cara blanda, con pocas arrugas, de un tono de marfil sucio. Los ojos poco móviles y mortecinos, mal defendidos por los párpados casi sin pestañas. Las cejas eran ralas y pequeñas, diseñadas como un acento circunflejo. Todo el rostro tenía una expresión pasmada y ausente.

—No la esperaba hoy —dijo Lidia.

—No es mi día, ni suelo venir a esta hora, ya lo sé —respondió la madre—. ¿Tú estás bien?

—Como de costumbre. ¿Y usted?

—Voy tirando. Si no fuera por el reuma...

Lidia procuró interesarse por el reuma de la madre, pero con tan poca convicción que acabó por cambiar de asunto:

—Estaba durmiendo cuando sonó el timbre. Me he despertado sobresaltada.

—Tienes mal aspecto —notó la madre.

—¿Le parece? Seguro que es de haber dormido.

—Tal vez. Dormir de más también es malo.

Ninguna de ellas se engañaba con las banalidades que oían y decían. Lidia conocía demasiado bien a su madre como para saber que no había venido sólo para hacerle ver su buen o mal aspecto; la madre, a su vez, si había comenzado la conversación de esa manera era simplemente para no entrar de golpe en el asunto que traía. Pero Lidia recordó, en ese momento, que eran casi las cuatro y que tenía que salir.

—Entonces ¿qué la trae hoy por aquí?

La madre se puso a alisar una arruga de la falda. Aplicaba en ese trabajo la mayor atención y parecía no haber oído la pregunta.

—Necesito dinero —murmuró por fin.

Lidia no se sorprendió. Esperaba eso mismo. Sin embargo, no pudo reprimir el desagrado.

—Cada mes viene diciendo eso antes...

—Tú sabes que la vida está difícil...

—Está bien, pero creo que usted debería ahorrar un poquito.

—Yo ahorro, lo que pasa es que se gasta.

La voz de la madre era serena, como la de quien está segura de alcanzar lo que desea. Lidia la miró. La madre conservaba bajos los ojos, fijos en la arruga de la falda, acompañando el movimiento de la mano. Lidia salió de la cocina. Inmediatamente la madre dejó la falda y levantó la cabeza. Tenía expresión de contento, la expresión de quien busca y halla. Al oír que la hija se acercaba, retomó su posición modesta.

—Aquí tiene —dijo Lidia, acercando dos billetes de cien escudos—. No le puedo dar más por ahora.

La madre recibió el dinero y lo guardó en el monedero que sepultó en el fondo del bolso:

—Gracias. ¿Vas a salir ahora?

—Voy a la Baixa. Estoy harta de estar en casa. Voy a merendar y a dar una vuelta para ver escaparates.

Los ojos pequeños de la madre, fijos y obstinados como los de un animal disecado, no la dejaban.

—En mi modesta opinión —dijo—, no deberías salir mucho.

—No salgo mucho. Salgo cuando me apetece.

—Ya. Pero al señor Morais puede no gustarle.

Las alas de la nariz de Lidia palpitaron. Lentamente, articuló con sarcasmo:

—Parece que le importa más que a mí lo que el señor Morais piense...

—Es por tu bien. Ahora que tienes una situación...

—Le agradezco la atención, pero ya tengo edad para no necesitar consejos. Salgo cuando quiero y hago lo que quiero. Lo malo o lo bueno que haga es cosa mía.

—Digo esto porque soy tu madre y quiero tu bienestar...

Lidia mantuvo una sonrisa brusca e incómoda:

—¡Mi bienestar!... Sólo hace tres años que se preocupa por mi bienestar. Antes, le daba poca importancia.

—No estás siendo justa —respondió la madre, nuevamente atenta a la arruga de la falda—. Siempre me he preocupado por ti.

—De acuerdo, pero ahora se preocupa mucho más... Esté tranquila: no tengo ninguna intención de volver a la vida antigua, a aquel tiempo en que usted no se preocupaba por mí... Es decir, cuando no se preocupaba tanto como hoy...

La madre se levantó. Había alcanzado lo que pretendía y la conversación estaba tomando un rumbo desagradable: mejor retirarse. Lidia no la retuvo. Se sentía furiosa por la pequeña explotación de que era víctima y porque la madre se permitiera darle consejos. De buena gana la llevaría a un rincón y no la dejaría salir mientras no le dijera todo lo que pensaba de ella. Todas esas precauciones, esas desconfianzas, ese temor de desagradar al señor Morais no eran por amor a la hija, eran por la integridad de la pensioncita mensual que de ella recibía.

Todavía con los labios temblando de cólera, Lidia regresó al dormitorio para mudarse de ropa y pintarse. Iba a merendar, a dar una vuelta por la Baixa, como le dijo a la madre. Nada más inocente. Pero, ante las insinuaciones que acababa de oír, casi le apetecía volver a hacer lo que durante tantos años había hecho: encontrarse con un hombre en una habitación amueblada de la ciudad, una habitación de paso, con la inevitable cama, el inevitable biombo, los inevitables muebles de cajones vacíos. Mientras se aplicaba la crema en la cara, recordaba lo que sucedía durante esas tardes y noches en habitaciones así. Y el recuerdo la entristecía. No deseaba recomenzar. No porque le gustara Paulino Morais: engañarlo no le provocaría ni sombra de remordimiento, y si no lo hacía era, sobre todo, por preservar su seguridad. Conocía demasiado a los hombres para amarlos. Recomenzar, no. ¿Cuántas veces fue en busca de una satisfacción siempre recusada? Iba por dinero, claro, y éste le era ofrecido porque lo merecía... Cuántas veces salió ansiosa, ofendida, lograda. Cuántas veces todo esto —habitación, hombre e insatisfacción— se había repetido. Después el hombre podía ser otro, la habitación diferente, pero la insatisfacción no desaparecía, ni siquiera disminuía.

Sobre el mármol del tocador, entre los frascos y las polveras, al lado del retrato de Paulino Morais, estaba el segundo volumen de *Los Maya*. Lo hojeó, buscó el pasaje que había señalado con *bâton* y lo releyó. Dejó caer el libro lentamente y, con los ojos fijos en el espejo, donde su cara tenía, ahora, una expresión de susto que recordaba a la de su madre, recapituló en unos segundos su vida —luz y sombra, farsa y tragedia, insatisfacción y logro—.

Eran casi las cuatro y media cuando acabó de arreglarse. Estaba bonita. Tenía gusto para vestirse, sin exageraciones. Se puso un *tailleur* gris, entallado, que le daba al cuerpo un contorno sinuoso de una plasticidad perfecta. Un cuerpo que obligaba a los hombres, en la calle, a volverse hacia atrás. Milagros de modista. Instinto de mujer cuyo cuerpo es su modo de ganarse el pan.

Bajó la escalera con ese paso leve que evita el taconeo sonoro de los zapatos en los escalones. En la puerta de Silvestre había gente. Los dos batientes estaban abiertos y el zapatero ayudaba a un joven a hacer entrar una maleta grande. En el rellano, Mariana sostenía otra maleta más pequeña. Lidia saludó:

—Buenas tardes.

Mariana correspondió. Silvestre, para devolver la cortesía, se detuvo y se giró. La mirada de Lidia pasó por encima de él y se fijó con curiosidad en el rostro del muchacho. Abel la miró también. El zapatero, al notar la expresión interrogativa del huésped, sonrió y le guiñó un ojo. Abel comprendió.

8

Ya el día se enfoscaba y la noche se presentía en la quietud del crepúsculo, que ni todos los ruidos de la ciudad anulaban, cuando Adriana apareció en la esquina, con paso rápido. Entró corriendo en la casa y subió los escalones de dos en dos, pese a que el corazón protestara por el esfuerzo. Tocó el timbre con insistencia, impaciente por la tardanza. Le apareció la madre:

—Buenas tardes, madre. ¿Ya ha empezado? —le preguntó, dándole un beso.

—Sin prisas, niña, sin prisas... Todavía no. ¿Por eso has venido a la carrera?

—Tenía miedo de llegar tarde. Me entretuvieron en la oficina con unas cartas urgentes.

Entraron en la cocina. Las lámparas estaban encendidas. La radio sonaba bajito. Isaura, en la *marquise,* cosía inclinada sobre una camisa rosa. Adriana besó a la hermana y a la tía. Luego se sentó a descansar.

—¡Uf! Estoy rendida. Isaura, qué cosa tan fea estás haciendo...

La hermana levantó la cabeza y sonrió:

—El hombre que vista esta camisa debe de ser el estúpido más acabado. Ya lo estoy viendo, en la tienda, con los ojos embelesados en esta camisa, capaz de arrancarse la piel para pagarla.

Rieron las dos. Cándida observó:

—Vosotras habláis mal de todo el mundo.

Amelia apoyó a las sobrinas:

—Entonces ¿tú crees que es prueba de buen gusto vestir esa camisa?

—Cada uno se viste como quiere —se atrevió Cándida.

—Vaya salida. Eso no es una opinión.

—¡Chsss! —hizo Isaura—. Dejad oír.

El locutor anunciaba una pieza musical.

—Todavía no es —dijo Adriana.

Al lado de la radio había un paquete. Por el formato y por el tamaño parecía un libro. Adriana lo sostuvo y preguntó:

—¿Qué es esto? ¿Otro libro?

—Sí —respondió la hermana.

—¿Cómo se titula?

—*La religiosa.*

—¿Quién es el autor?

—Diderot. No he leído nada suyo.

Adriana depositó el libro y poco después lo olvidaba. No apreciaba mucho los libros. Como la hermana, la madre y la tía, adoraba la música, pero los libros los encontraba pesados. Para contar una historia llenaban páginas y páginas y, al final, todas las historias se pueden contar en pocas palabras. No entendía que Isaura perdiese horas leyendo, a veces hasta de madrugada. Con la música, sí. Era capaz de pasarse una noche entera oyendo, sin cansarse. Y era una felicidad que a todas les gustara. De no ser así, no faltarían riñas.

—Es ahora —avisó Isaura—. Sube el sonido.

Adriana giró los botones. La voz del locutor llenó la casa.

—... *La danza de los muertos,* de Honegger. Texto de Paul Claudel. Interpretación de Jean-Louis Barrault. Atención.

En la cocina, una cafetera pitaba. Tía Amelia la retiró del fuego. Se oyó el rayar de la aguja sobre el disco, y luego la voz dramática y vibrante de Jean-Louis Barrault hizo estremecer a las cuatro mujeres. Ninguna se movía. Miraban el ojo luminoso del sintonizador de la radio, como si de allí viniera la música. En el intervalo del primer disco al segundo se oyó, procedente de la habitación contigua, un estruendo de metales en un *ragtime* que dilaceraba los oídos. Tía Amelia levantó las cejas, Cándida suspiró, Isaura clavó con fuerza la aguja en la camisa, Adriana fusiló la pared con una mirada mortífera.

—Ponla más alto —dijo la tía Amelia.

Adriana aumentó el sonido. La voz de Jean-Louis clamó «*j'existe!*», la música remolineó en la *vaste plaine* y las notas trepidantes del *ragtime* se mezclaron heréticamente en danza *sur le pont d'Avignon.*

—¡Más alto!

El coro de los muertos, en mil gritos de desesperación y lástima, clamó su dolor y sus remordimientos, y el tema del *Dies irae* sofocó, aniquiló las alegrías de un clarinete bullicioso. Honegger, lanzado a través de los altavoces, logró vencer al anónimo *ragtime*. Tal vez María Claudia se hubiera cansado de su programa de baile favorito, tal vez se asustara con el bramar del furor divino que la música traía. Disueltas en el aire las últimas notas de *La danza de los muertos,* Amelia se lanzó a la cena, protestando. Cándida se apartó, recelosa de la tempestad, pero igualmente indignada. Las dos hermanas, impresionadas por la música, hervían en sagrada cólera.

—Parece imposible —declaró por fin Amelia—. No es querer ser más que otros, pero parece imposible que haya gente a la que le guste esa música de locos.

—Hay a quien le gusta, tía —dijo Adriana.

—Ya lo veo, ya.

—No todo el mundo fue educado como nosotras —añadió Isaura.

—También lo sé. Pero entiendo que todo el mundo debería ser capaz de separar el trigo de la paja. Lo que es malo, a un lado; lo que es bueno, al otro.

Cándida, que sacaba unos platos del armario, osó contraponer:

—No puede ser. El mal y el bien, lo bueno y lo malo van siempre mezclados. Nunca se es completamente bueno o completamente malo. Creo yo —añadió tímidamente.

Amelia se dirigió a la hermana, empuñando la cuchara con la que estaba probando la sopa:

—Ésa sí que es buena. ¿Así que no estás segura de que es bueno lo que te gusta?

—No, no lo estoy.

—Entonces ¿por qué te gusta?

—Me gusta porque creo que es bueno, pero no sé si es bueno.

Amelia torció la boca, con desprecio. La tendencia de la hermana a no tener certezas acerca de nada, a hacer distinciones en todo, irritaba su sentido práctico, su modo de dividir verticalmente la vida. Cándida se calló, arrepentida de haber hablado tanto. Esa forma sutil de razonar no era suya por naturaleza: la adquirió en la convivencia con el marido, y lo que en él parecía más problemático se simplificaba en ella.

—Todo esto es muy bonito —insistió Amelia—, pero quien sabe lo que quiere y lo que tiene se arriesga a perder lo que tiene y a fallar en lo que puede querer.

—Qué lío —sonrió Cándida.

La hermana reconoció que había sido oscura, lo que todavía la irritó más:

—No es lío, es la verdad. Hay música buena y música mala. Hay personas buenas y personas malas. Está el bien y está el mal. Cualquiera puede elegir...

—Qué bueno sería si fuese así. Muchas veces no se sabe elegir, no se aprendió a elegir...

—Estás diciendo que hay personas que sólo pueden elegir el mal, porque están deformadas por naturaleza.

Cándida contrajo el rostro, como si hubiera sentido un dolor. Luego respondió:

—No sabes lo que estás diciendo. Eso sólo puede pasar cuando las personas están enfermas del espíritu. Pero nosotras estamos hablando de personas que, según lo que dices, pueden elegir... ¡Un enfermo así no puede elegir!

—Quieres confundirme, pero no lo vas a conseguir. Hablemos entonces de las personas sanas. Yo puedo elegir entre el bien y el mal, entre la música buena y la música mala.

Cándida alzó las manos, como si fuera a encetar un largo discurso, pero luego las bajó, con una sonrisa fatigada:

—Dejemos a un lado la música, que aquí lo único que hace es entorpecer. Dime, si lo sabes, qué es el bien y qué es el mal. ¿Dónde acaba uno y empieza el otro?

—Eso no lo sé, ni es una pregunta que se pueda hacer. Lo que sí sé es reconocer el mal y el bien dondequiera que estén...

—De acuerdo con lo que pienses sobre ello...

—No podía ser de otra manera. No es con las ideas de los otros con las que yo enjuicio.

—Pues es ahí donde está el punto difícil. Se te olvida que los otros también tienen sus ideas acerca del bien y del mal. Y que pueden ser más justas que las tuyas...

—Si todo el mundo pensara como tú, nadie se entendería. Son necesarias reglas, son necesarias leyes.

—¿Y quién las hace? ¿Y cuándo? ¿Y con qué fin?

Se calló, durante un breve segundo, y preguntó con una sonrisa de inocente malicia:

—Y, además, ¿piensas con tus ideas o con las reglas y leyes que no hiciste?...

Para estas preguntas Amelia no encontró respuesta. Le dio la espalda a la hermana y remató:

—Está bien. Ya debía saber que contigo no se puede hablar.

Isaura y Adriana sonrieron. La discusión era sólo la última de las decenas ya oídas. Pobres viejas, ahora limitadas a las tareas domésticas, lejos del tiempo en que sus intereses eran más amplios, más vivos, porque el desahogo económico permitía esos intereses. Ahora, arrugadas y encorvadas, encanecidas y trémulas, el antiguo fuego lanzaba las últimas llamaradas, luchando contra la ceniza que se iba acumulando. Isaura y Adriana se miraron y sonrieron. Se sentían jóvenes, vibrantes, sonoras como la cuerda tensa de un piano —comparándose con esa vejez que se desmoronaba—.

Después, llegó la cena. Alrededor de la mesa, cuatro mujeres. Los platos humeantes, el mantel blanco, el ceremonial de la refección. Más acá —o tal vez más allá— de los ruidos inevitables, un silencio espeso, constreñido, el silencio inquisitorial del pasado que nos contempla, y el silencio irónico del futuro que nos espera.

9

—Tú no estás bien, Anselmo...

Anselmo hizo un esfuerzo para sonreír, un esfuerzo digno de mejor resultado. La preocupación era demasiada para ceder al juego de los músculos que comandaban la sonrisa. Lo que se vio fue una mueca que sería cómica de no ser por la desolación evidente que se le instaló en los ojos, donde no llegaban los trayectos musculares de la boca.

Estaban en la cocina, almorzando. Sobre la mesa, el reloj de Anselmo indicaba el tiempo que aún tenía por delante. El tictac suave se insinuó en el silencio que siguió a la exclamación de Rosalía.

—¿Qué te pasa? —insistió ella.

—Nada... Puñeterías.

A solas con la mujer, Anselmo no tenía grandes escrúpulos de lenguaje y ni se le pasaba por la cabeza que ella pudiera tener remilgos. Y Rosalía, hay que decirlo, no era remilgada.

—Pero ¿qué clase de puñeterías?

—No me han aceptado el vale. Y todavía faltan diez días para acabar el mes...

—Pues faltan, y yo estoy sin dinero. Ya hoy, en los ultramarinos, tuve que fingir que se me había olvidado el monedero.

Anselmo soltó el tenedor con violencia. La última frase de la mujer fue como una bofetada:

—A mí me gustaría saber por dónde se va el dinero —declaró.

—Espero que no creas que yo lo pierdo. Aprendí con mi madre a ser ahorrativa y no creo que haya otra como yo.

—Nadie dice que no seas ahorrativa, pero la verdad es que, con dos personas ganando, teníamos la obligación de vivir mejor.

—Lo que María Claudia gana apenas llega para ella. Una hija mía no se puede presentar de cualquier manera.

—Cuando ella está presente no dices eso...

—Si le diera alas, estábamos aviados... ¿O tú crees que no sé lo que hago?

Anselmo masticaba el último bocado. Cambió de posición, se aflojó la correa y extendió las piernas. La luz grisácea del día lluvioso, que entraba por los cristales de la *marquise,* ponía sombras en la cocina. Rosalía, con la cabeza baja, seguía comiendo. En el extremo de la mesa, el plato de María Claudia esperaba.

Los ojos mirando a lo lejos, el rostro grave, nadie osaría decir que Anselmo no estaba absorto en profundas reflexiones. Bajo la calva brillante, ligeramente enrojecida por el trabajo digestivo que comenzaba, el cerebro exprimía ideas, todas con el mismo objetivo: encontrar suficiente dinero para llegar a fin de mes. Pero, tal vez porque la digestión le estuviera entorpeciendo, el cerebro de Anselmo no producía ideas que valiesen.

—No pienses tanto. Todo se arreglará —animó Rosalía.

El marido, que sólo esperaba esa frase para dejar de pensar en un asunto tan incómodo, la miró con irritación:

—Si yo no pienso, ¿quién va a pensar?

—Pero te hace daño esa preocupación, ahora, después de la comida...

Anselmo hizo un gran gesto de desaliento y movió la cabeza, como quien no puede huir de la fatalidad implacable.

—Las mujeres ni sueñan lo que cabe en la cabeza de un hombre...

Si Rosalía le diera el pie necesario, Anselmo emprendería un largo soliloquio en el que expondría, una vez más, sus definitivas ideas acerca de la condición del hombre en general y de los empleados de oficinas en particular. No tenía muchas ideas, pero las tenía definitivas. Y la principal, de la que todas eran satélites y consecuencias, consistía en la profunda convicción de que el dinero es (palabras suyas) la quinta esencia de la vida. Que para alcanzarlo todos los procedimientos son buenos, siempre que la dignidad no sufra con eso. Esta objeción era muy importante, porque Anselmo profesaba, como pocos, el culto a la dignidad.

Rosalía no le dio pie, no porque estuviera harta de las teorías mil veces expuestas del marido, sino porque estaba demasiado absorta en la contemplación de su rostro, ese rostro que, visto de perfil, como ahora, parecía el de un emperador romano. La pequeña irritación de Anselmo por no habérsele concedido la oportunidad de hablar fue compensada por la atención respetuosa con que se sentía observado. Consideraba a su mujer muy por debajo de él, pero saberse así adorado lo lisonjeaba, de tal modo que, de buena gana, renunciaba al placer de evidenciar con palabras esa superioridad cuando veía en los ojos de Rosalía el respeto y el temor.

Se oyó un suspiro: Rosalía había alcanzado el éxtasis, el intermedio lírico terminaba. Desde las altas regiones de la adoración, bajó a la prosaica Tierra:

—¿Sabes quién ha metido a un huésped?

Para Anselmo la comedia todavía no había terminado. Simuló un sobresalto y preguntó:

—¿Qué?

—Si sabes quién ha metido a un huésped.

Con la sonrisa benevolente de los seres olímpicos que acceden a bajar a las llanuras, Anselmo preguntó:

—¿Quién ha sido?

—El zapatero. Esta vez un muchacho joven. Mal arreglado, por más señas...

—Tal para cual.

Era una de las frases predilectas de Anselmo. Quería decir que para él no había nada de extraño en que un don nadie viviera con otro don nadie. Pero la frase siguiente correspondía a una preocupación:

—Un huésped es lo que nos vendría bien.

—Si tuviéramos casa para eso...

Como no tenían casa para eso, Anselmo pudo decir:

—Ni yo querría mezclas. Era sólo hablar por hablar...

El timbre dio tres toques rápidos.

—Es la pequeña —dijo Anselmo. Miró el reloj y añadió—: Y llega tarde.

Cuando María Claudia entró, las sombras de la cocina salieron. La muchacha recordaba la portada de una revista americana, de esas que muestran al mundo que en Estados Unidos no se fotografían personas o cosas sin que, previamente, se les aplique una mano de pintura fresca. María Claudia tenía un gusto infalible para elegir los colores que más ayudaban a su juventud. Sin dudar, casi por instinto, entre dos tonos semejantes elegía el más adecuado. El resultado era deslumbrante. Anselmo y Rosalía, criaturas insulsas, de tez macilenta y trajes sombríos, no conseguían hurtarse al influjo de tanta frescura. Y si no podían imitarla, la admiraban.

Con su sexto sentido de actriz incipiente, la chica se plantó delante de los padres el tiempo necesario para seducirlos con su gentileza. Sabía que venía retrasada y no quería dar explicaciones. En el momento exacto y necesario, dio una carrerita de ave graciosa hacia el padre y lo besó. Se dio la vuelta y cayó en brazos de la madre. Todo parecía tan natural que ninguno de ellos, actores de la comedia de engaños que era su vida, creyó conveniente mostrar extrañeza.

—Traigo tanta hambre... —dijo María Claudia. Y sin esperar, todavía con el impermeable, corrió hacia su dormitorio.

—Quítatelo aquí, Claudiña —dijo la madre—. Vas a mojar todo ahí dentro.

Ni tuvo respuesta, ni la esperaba. Hacía reparos y observaciones sin la más tenue esperanza de verlos atendidos, pero el simple hecho de plantearlos le daba una ilusión de autoridad maternal, conveniente a sus principios de educación. Ni las sucesivas derrotas que tal autoridad sufría eran suficientes para destruirla.

El rostro satisfecho de Anselmo se cubrió de repente de sombras. Una llamarada de desconfianza se le encendió en los ojos.

—Mira a ver qué está haciendo ahí dentro —le ordenó a la mujer.

Rosalía fue y sorprendió a la hija espiando por la ventana, entre los visillos. Al sentir a la madre, María

Claudia se volvió con una sonrisa mitad atrevida, mitad apurada.

—¿Qué haces ahí? ¿Por qué no te cambias?

Se aproximó a la ventana y la abrió. En la calle, justo enfrente, había un muchacho, bajo la lluvia. Rosalía cerró la ventana con estruendo. Iba a protestar, pero se tropezó con los ojos de la hija sobre ella, unos ojos fríos donde parecía brillar la malignidad del rencor. Se atemorizó. María Claudia, sin prisas, se quitaba el impermeable. Algunas gotas de agua habían mojado la alfombra.

—¿No te dije que te quitaras el impermeable? ¡Mira cómo está el suelo!

Anselmo apareció en la puerta. Sintiéndose acompañada, la mujer se desahogó:

—Tu hija se ha asomado a la ventana para mirar a un niñato que está ahí enfrente. Seguramente vinieron los dos juntos. Por eso ha llegado tan tarde...

Midiendo el suelo, como si estuviera en un escenario y obedeciera las indicaciones del director, Anselmo se aproximó a la hija. Claudiña tenía los ojos bajos, pero nada en ella denunciaba incomodidad. El rostro calmo parecía repeler. Demasiado interesado en lo que iba a decir para reparar en la actitud de la hija, Anselmo comenzó:

—Pero, Claudiña, bien sabes que eso no es bonito. Una chica joven como tú no puede andar acompañada así. ¿Qué van a decir los vecinos? Esa gente, donde pone la lengua, pone el veneno. Además, esas amistades nunca dan buenos resultados y sólo comprometen. ¿Quién es ese joven?

Silencio de María Claudia. Rosalía espumaba de indignación, pero callaba. Seguro de que el gesto sería de eficaz efecto dramático, Anselmo posó la mano sobre el hombro de la hija. Y prosiguió con voz un poco trémula:

—Sabes que te queremos mucho y que queremos verte bien. No es cualquier mozalbete sin importancia el que debe interesarte. Eso no es futuro. ¿Lo entiendes?

La muchacha decidió levantar los ojos. Hizo un movimiento para liberar el hombro y respondió:

—Sí, padre.

Anselmo se regocijó: su método pedagógico era infalible.

Y con esa convicción salió de casa, protegido de la lluvia que arreciaba y dispuesto a insistir en el adelanto. Lo exigía la economía claudicante del hogar y lo merecían sus cualidades de marido y de padre.

10

Recostado en dos almohadas, un poco ofuscado por el despertar reciente, Caetano Cunha esperaba el almuerzo. La luz de la lámpara de la mesilla de noche, que le daba de lado, le dejaba la mitad del rostro en penumbra y avivaba el carmesí de la parte iluminada. Con un cigarro plantado en el canto de la boca, el ojo de ese lado semicerrado por el humo, tenía aire de villano en una película de *gangsters* olvidado por el guionista en una habitación interior de una casa sombría. A la derecha, sobre la cómoda, la foto de una niña le sonreía a Caetano Cunha, le sonreía fijamente, con un fijeza inquietante.

Caetano no miraba el retrato. Luego no era por la influencia de la sonrisa de la hija por lo que él sonrió. Ni la sonrisa del retrato se parecía a la suya. La del retrato era franca y alegre, y si incomodaba era sólo por la fijeza. La sonrisa de Caetano era lúbrica, casi repugnante. Cuando los adultos sonríen de este modo no deberían estar presentes las sonrisas de los niños, ni siquiera las sonrisas fotografiadas.

Al salir del periódico, Caetano había tenido una aventura, una aventura inmunda, que eran las que más le gustaban. Por eso sonreía. Apreciaba las cosas buenas y se deleitaba dos veces con ellas: cuando las experimentaba y cuando las recordaba.

Justina llegó para estropear el segundo regalo. Entró con la bandeja del almuerzo y la dejó sobre las rodillas del marido. Caetano la miró con el ojo iluminado, con escarnio fiero. Como la bombilla de la lámpara era roja, la esclerótica parecía ensangrentada y reforzaba la maldad de la mirada.

La mujer no sintió la mirada, como ya no sentía la fijeza de la sonrisa de la hija, tan habituada estaba a ambas. Regresó a la cocina, donde la esperaba su plato de diabética, frugal y sin sabor. Comía sola. A la cena, el marido no estaba, salvo los martes, su día libre; a mediodía comían separados: él en la cama, ella en la cocina.

El gato saltó de su cojín, al lado de la chimenea, donde estaba amodorrando sueños. Arqueó la columna y, con el rabo empinado, se restregó en las piernas de Justina. Caetano lo llamó. El animal se subió a la cama y se quedó mirando al dueño, moviendo lentamente la cola. Los ojos verdes que la luz roja no conseguía teñir se fijaron en los platos de la bandeja. Esperaba el premio a su condescendencia. De sobra sabía que de las manos de Caetano no recibía nada más que golpes, pero persistía. Tal vez en su cerebro de animal hubiera una curiosidad, la curiosidad de saber cuándo se iba a cansar el dueño de pegarle. Caetano todavía no estaba cansado: tomó una zapatilla del suelo y se la tiró. Más rápido, el gato huyó de un salto. Caetano soltó una carcajada.

El silencio que llenaba la casa de arriba abajo, como un bloque, estalló ante esa risa. Tan poco habituados estaban a semejante ruido que los muebles parecieron encogerse en sus lugares. El gato, ya sin recuerdo del hambre y aterrorizado por la carcajada, regresó al olvido del sueño. Sólo Justina, como si nada hubiera ocurrido, permaneció tranquila. En casa, apenas abría la boca para decir las palabras indispensables, y no consideraba indispensable tomar partido por el animal. Vivía dentro de sí misma, como si estuviera soñando un sueño sin principio ni fin, un sueño sin asunto del que no quería despertar, un sueño hecho de nubes que pasaban silenciosas cubriendo un cielo del que ya no tenía memoria.

11

La enfermedad del hijo trastornó las dulces y perezosas mañanas de Carmen. Enriquito llevaba dos días en la cama, con unas anginas benignas. De ser por la madre, ya se habría avisado al médico, pero Emilio, con el pensamiento en el gasto consecuente, declaró que no merecía la pena. Que la enfermedad era insignificante. Con unas gárgaras, unas zaragatonas, unos enjuagues de mercurio cromo y el doble de mimos, el hijo se levantaría pronto. Esto fue pretexto para que la mujer lo acusara de indiferencia hacia el niño y, ya en el camino de las acusaciones, vaciara el saco de sus innumerables quejas. Emilio la oyó, sin responder, durante toda la velada. Por fin, para evitar que la cuestión llegara a mayores y se prolongara hasta entrada la noche, estuvo de acuerdo con la idea de la mujer. Antes de las censuras, el acuerdo no habría espoleado el permanente deseo de contradicción de Carmen. Aceptarlo ahora sería hacer imposible el desahogo. Apenas oyó al marido, cambió de posición y pasó a atacar, con la misma o mayor vehemencia con la que hasta ahora defendía. Cansado y aturdido, Emilio abandonó la lucha, dejando que su mujer fuera dueña y señora de tomar la decisión que entendiera. No fue pequeño apuro para ella: por un lado, deseaba satisfacer su primera voluntad; por otro, no podía resistirse al deseo de contrariar al marido, y sabía que ahora lo haría no llamando al médico. Enriquito, ajeno a toda esta disputa, resolvió el problema de la manera más fácil: mejoró. Como buena madre, Carmen se alegró, aunque, muy en el fondo de sí misma, no le hubiera importado un agravamiento de la enfermedad (siempre que no fuera un peligro real) para que el marido supiera la persona tan razonable que era ella.

Sea como fuere, mientras Enriquito estuvo en la cama, adiós galbana matinal. Carmen tenía que hacer la compra antes de que el marido saliera y no podía tardar mucho para no perjudicarle en el trabajo. Si tal perjuicio no fuera susceptible de perjudicar, a su vez, los ingresos del hogar, no perdería la ocasión de jugarle una mala pasada al marido, pero la vida ya era bastante difícil para agravarla por el simple placer de venganzas mezquinas. Hasta en eso Carmen se reconocía una mujer razonable. A solas, cuando podía, llorando, daba rienda suelta a la desesperación, se lamentaba porque el marido no sabía reconocerle las cualidades, él que sólo tenía defectos, gastador, liviano, sin interés por la casa y por el hijo, criatura imposible de soportar, con ese permanente aire de víctima, de persona fuera de lugar e indeseada. Muchas veces, en los primeros tiempos, Carmen se preguntaba dónde estaban las razones del desencuentro permanente entre ella y el marido. Tuvieron un noviazgo como todo el mundo. Se quisieron mutuamente y, de repente, todo acabó. Comenzaron las escenas, las discusiones, las palabras sarcásticas, y ese aire de víctima que era, de todo, lo que más la sacaba de sus casillas. A veces pensaba que el marido tenía una amante, una amiga. En su opinión, todas las desavenencias conyugales estaban provocadas por la existencia de las amigas... Los hombres son como los gallos, que cuando están sobre una gallina ya han elegido la que vendrá a continuación.

Esa mañana, muy contrariada porque llovía, Carmen salió a hacer las compras. La casa se quedó tranquila, aislada por el sosiego de los vecinos y por el rumor también sosegado de la lluvia. El edificio vivía una de esas horas maravillosas de silencio y paz, como si no tuviera dentro de sí criaturas de carne y hueso, sino cosas, cosas definitivamente inanimadas.

Para Emilio Fonseca, el silencio y la paz que lo rodeaban nada tenían de tranquilizador. Sentía una opresión, como si el aire se hubiera vuelto denso y asfixiante. Le resultaba agradable esta pausa, la ausencia de la mujer y el silencio del hijo, pero le pesaba la certidumbre de que se trataba sólo de una pausa, de un apaciguamiento provisional que retrasaba pero no resolvía. Apoyado en la ventana que daba a la calle, viendo que la lluvia caía con mansedumbre, fumaba, la mayoría de las veces olvidando el cigarro entre los dedos nerviosos.

Desde la habitación contigua, el hijo le llamó. Posó el cigarro en el cenicero y fue a atenderlo.

—¿Qué quieres?

—Tengo sed...

Sobre la mesilla de noche había un vaso de agua hervida. Incorporó al hijo y le dio de beber. Enrique tragaba con dificultad, el rostro encogido por el dolor. Parecía tan frágil, delgado como estaba por el ayuno forzado, que Emilio sintió el corazón apretándosele en una angustia súbita. «¿Qué culpa tiene este niño? —se preguntó a sí mismo—. ¿Y qué culpa tengo yo?». Ya saciado, el hijo se recostó en la cama y dio las gracias con una sonrisa. Emilio no regresó a la ventana. Se sentó en la orilla de la cama, silencioso, mirando al hijo. Al principio, Enrique retribuyó la mirada del padre y parecía contento de verlo allí. Poco después, sin embargo, Emilio comprendió que lo estaba violentando. Desvió los ojos e hizo un movimiento para levantarse. En ese mismo instante, algo lo detuvo. Un pensamiento nuevo se le instaló en el cerebro. (¿Sería nuevo? ¿No habría sido mil veces apartado por inoportuno?) ¿Por qué se sentía tan incómodo junto al hijo? ¿Por qué razón el hijo no parecía, decididamente no parecía estar cómodo junto a él? ¿Qué los apartaba? Buscó el paquete de cigarrillos. Volvió a guardarlo porque se dio cuenta de que el humo haría daño a la garganta de

Enrique. Podía ir a fumar a otro lado, pero no salió de allí. Miró de nuevo al niño. Bruscamente le preguntó:

—¿Me quieres, Enrique?

La pregunta era tan insólita que el niño respondió sin convicción:

—Te quiero...

—¿Mucho?

—Mucho.

«Palabras —pensó Emilio—. Todo esto son palabras. Si yo muriera ahora, en un año no se acordaría de mí».

Enrique levantaba la ropa de la cama con los pies. Anselmo los apretó en un gesto cariñoso aunque distraído. El niño lo encontró gracioso y se rió, una risa cuidadosa para no herir la garganta. El apretón se hizo más fuerte. Como el padre parecía estar contento, Enrique no se quejó, pero se sintió aliviado cuando retiró la mano.

—Si yo me fuera, ¿lo sentirías?

—Lo sentiría... —murmuró el hijo, perplejo.

—Después te olvidarías de mí...

—No lo sé.

¿Qué otra respuesta debería esperar? Claro que la criatura no podía saber si olvidaría. Nadie sabe si olvida antes de olvidar. Si fuera posible saberlo antes, muchas cosas de solución difícil la tendrían fácil. De nuevo las manos de Emilio fueron al bolsillo donde guardaba el tabaco. A mitad del movimiento, sin embargo, se retrajeron, se perdieron como si hubieran olvidado lo que iban a hacer. Y no sólo las manos denunciaban perplejidad. El rostro era el de alguien que llega a una encrucijada donde no hay indicaciones de dirección o donde los letreros están escritos en una lengua desconocida. Alrededor, el desierto, nadie para decirnos «por aquí».

Enrique miraba al padre con ojos curiosos. Nunca lo había visto así. Nunca le había oído esas preguntas.

Las manos de Emilio se levantaron despacio, firmes y decididas. Abiertas, las palmas hacia arriba, confirmaban lo que la boca empezaba a pronunciar:

—Te olvidarías, con toda seguridad...

Se detuvo un segundo, pero una voluntad irreprimible de hablar apartó la duda. No tenía la certeza de que el hijo lo entendiera, ni eso le importaba. Deseaba incluso que él no comprendiera. No elegiría palabras al alcance de la comprensión del niño. Lo que resultaba indispensable era hablar, hablar, hasta decirlo todo o no saber qué más decir:

—Te olvidarías, sí. Estoy seguro. De aquí a un año no te acordarías de mí. O antes. Trescientos sesenta y cinco días de ausencia y para ti mi cara sería una cosa pasada. Más tarde, aunque vieras mi foto, no te acordarías de mi cara. Y si pasara más tiempo, no me reconocerías aunque cruzara delante de ti. Nada te diría que soy tu padre. Para ti soy un hombre que ves todos los días, que te da agua cuando estás enfermo y tienes sed, un hombre al que tu madre trata de tú, un hombre con quien tu madre se acuesta. Me quieres porque me ves todos los días. No me quieres por lo que soy, me quieres por lo que hago o no hago. No sabes quién soy. Si me hubieran cambiado por otro cuando naciste, no te habrías dado cuenta y lo querrías como me quieres a mí. Y si yo volviera alguna vez, necesitarías mucho tiempo para habituarte a mí, o, tal vez, a pesar de ser yo tu padre, preferirías a otro. También lo verías todos los días, también él te llevaría al cine...

Emilio hablaba casi sin pausa, los ojos apartados del rostro del hijo. Incapaz de escapar ahora al deseo de fumar, encendió un cigarro. De soslayo, miró al hijo. Lo vio con cara de pasmo y tuvo pena. Pero aún no había acabado:

—No sabes quién soy y nunca lo sabrás. Nadie lo sabe... Tampoco sé quién eres tú. No nos conocemos... Podría irme ahora, que sólo perderías el pan que gano...

Lo que quería decir no era, finalmente, esto. Aspiró profundamente el humo y siguió hablando. Mientras profería las palabras, el humo iba saliendo, mezclado con ellas, en efluvios, según las articulaba. Enrique observaba con atención la salida del humo, completamente ajeno a lo que el padre decía:

—Cuando seas mayor querrás ser feliz. Por ahora no piensas en ello y lo eres precisamente por eso mismo. Cuando pienses, cuando quieras ser feliz,

121

dejarás de serlo. Para siempre. Tal vez para siempre...
¿Me has oído? Para siempre. Cuanto más fuerte sea tu
deseo de felicidad, más infeliz serás. La felicidad no es
cosa que se conquiste. Te dirán que sí. No lo creas. La
felicidad es o no es.

También esto lo llevaba lejos de su objetivo.
Volvió a mirar al hijo. Los párpados estaban cerrados,
el rostro tranquilo, la respiración calma y acompasada.
Se había dormido. Entonces, en voz baja, los ojos fijos
en el rostro de la criatura, murmuró:

—Soy infeliz, Enrique, soy muy infeliz. Me iré
un día de éstos. No sé cuándo, pero sé que me iré. La
felicidad no se conquista, pero quiero conquistarla.
Aquí ya no puedo. Murió todo... Mi vida falló. Vivo
en esta casa como un extraño. Te quiero, quizá quiera
a tu madre, pero me falta algo. Vivo como en una prisión. Luego, estas escenas, esta..., todo esto, en fin...
Me iré un día de éstos...

Enrique dormía profundamente. Un mechón de
su pelo rubio le caía sobre la frente, por la boca entrea-
bierta asomaba el brillo de sus dientes pequeñitos. En
toda la cara se dibujaba la sombra de una sonrisa.

Súbitamente Emilio sintió los ojos inundados
de lágrimas. No sabía por qué lloraba. El cigarro le
quemó los dedos y lo distrajo. Regresó a la ventana.
La lluvia persistía monótona y sosegada. Pensando
en lo que había dicho, se sintió ridículo. E imprudentе-
te, también. El hijo habría entendido algo, podía decír-

selo a la madre. No tenía miedo, evidentemente, pero no deseaba escenas. Más peleas, más lágrimas, más protestas... No. Estaba cansado. Cansado. ¿Has oído, Carmen?

Por la calle, cerca de la ventana, pasó el bulto de la mujer, apenas protegido por el paraguas. Emilio repitió, en voz alta:

—Cansado. ¿Has oído, Carmen?

Fue al comedor a buscar la maleta. Carmen entró. Se despidieron con frialdad. Le pareció que el marido salía con sospechosa rapidez. Y desconfió. En el dormitorio del hijo nada le aguijoneó la atención. Pasó a la otra habitación y lo descubrió inmediatamente: sobre el tocador, al lado del cenicero, estaba la colilla de un cigarro. Apartando las cenizas, vio la mancha negra de la madera carbonizada. Su indignación fue tan fuerte que brotó de los labios en palabras violentas. El disgusto la sobrepasó. Lamentó el mueble, su suerte, su negra vida. Todo esto fue ya murmurado entre pequeños sollozos y gemidos. Miró alrededor, temerosa de más estropicios. Después, prolongando en el tocador una mirada de amor y desaliento, regresó a la cocina.

Mientras procedía a los preparativos del almuerzo, iba tejiendo las frases que le diría al marido. Que ni pensara que la cosa se iba a quedar así. Iba a oír lo que el diablo nunca oyó. Si quería estropear, que estropeara lo que le pertenecía, no los muebles del dormitorio comprados por su padre. Así agradecía, el ingrato...

—Estropear, estropear, estropear todo... —murmuraba, desde la chimenea a la mesa, de la mesa a la chimenea—. ¡Es lo único que sabe hacer!

Luego vendría el señor Emilio Fonseca, con gran palabrería... Cuánta razón tenía el padre, cuando no quería esa boda. ¿Por qué no se casó con el primo Manolo, que tenía la fábrica de cepillos en Vigo? ¡Podía ser ahora una señora, dueña de la fábrica, con criadas a sus órdenes!... ¡Estúpida, estúpida! Maldita la hora en que se le ocurrió venir a Portugal, a pasar una temporada en casa de la tía Micaela. Fue todo un éxito en el barrio. Estaban todos a ver quién se hacía novio de la española. Eso fue lo que la perdió. Le gustaba saberse pretendida, más pretendida que en su tierra, y ahí tenía las consecuencias de su ceguera. El padre bien la avisó: *¡Carmen, eso no es hombre bueno!*... Cerró los oídos a los consejos, les hizo caso omiso, rechazó al primo Manolo y la fábrica de cepillos...

Se detuvo en medio de la cocina para enjugar una lágrima. No veía al primo Manolo desde hacía seis años y sintió nostalgia. Lloró el bien perdido. Sería ahora dueña de la fábrica: Manolo siempre la había querido mucho. *¡Ah, disgraciada, disgraciada!*...

Enrique llamó desde el dormitorio. Se había despertado súbitamente. Carmen corrió:

—¿Qué tienes, qué tienes?

—¿Papaíto se ha ido?

—Sí.

Los labios de Enrique comenzaron a temblar y un llanto lento y profundo se levantó, ante el pasmo de la madre, al mismo tiempo despechada y afligida.

12

Sobre la banqueta había unos zapatos destripados que clamaban arreglo, pero Silvestre hizo la vista gorda y tomó el periódico. Lo leyó de cabo a rabo, desde el artículo de fondo hasta desórdenes y sucesos. Andaba siempre al día de los acontecimientos internacionales, seguía su evolución y tenía pálpitos. Cuando se equivocaba, cuando habiendo previsto blanco salía negro, le atribuía la culpa al periódico, que nunca publica lo más importante, que cambia u olvida noticias, vaya usted a saber con qué intenciones. Hoy el periódico no venía ni mejor ni peor que de costumbre, pero Silvestre no pudo soportarlo. De vez en cuando miraba el reloj, impaciente. Se reía de sí mismo y regresaba al periódico. Trató de interesarse por la situación política de Francia y por la guerra de Indochina, pero los ojos se deslizaban por las líneas impresas y el cerebro no aprehendía el sentido de las palabras. En un arrebato dejó el diario en un taburete y llamó a la mujer.

Mariana apareció en la puerta, casi tapándola con su bulto espeso. Venía limpiándose las manos, acababa de lavar los platos.

—¿Ese reloj va bien? —preguntó el marido.

Con una lentitud premiosa, Mariana apreció la posición de las agujas:

—Creo que sí...

—Uhm...

La mujer esperó a que él dijera alguna cosa, ya que ese sonsonete no tenía significado aparente. Silvestre echó mano del periódico, esta vez con rabia. Se sentía observado y reconocía que su ansiedad tenía algo de ridículo o, por lo menos, de infantil:

—Tranquilo, que el muchacho viene... —sonrió Mariana.

Silvestre levantó la cabeza bruscamente:

—¿Qué muchacho? ¿De qué hablas? Lo que menos me importa es el muchacho...

—Entonces ¿por qué estás tan nervioso?

—¿Nervioso yo? ¡Anda ya!

La sonrisa de Mariana era ahora más grande y más divertida. Silvestre aceptó la situación, notó que su indignación era excesiva y sin nada que la justificara, y sonrió también:

—Diablo de muchacho... Parece que me ha embrujado.

—¿Embrujado?... Venga, ha visto tu parte débil, el jueguecito de damas... Estás perdido —y regresó a la cocina, para planchar la ropa.

El zapatero se encogió de hombros, bienhumorado, miró una vez más el reloj y lió un cigarro para entretener la espera. Pasó media hora. Eran casi las diez, Silvestre pensaba que ya no le quedaba otro remedio que retomar los zapatos, cuando el timbre sonó. La puerta del comedor, donde se encontraba, daba al corredor. Abrió el diario, le dio al rostro una expresión atenta, se fingió despreocupado de quien entraba. Pero, interiormente, sonreía de alegría. Abel pasó por el corredor:

—Buenas noches, señor Silvestre —y siguió adelante, hacia el dormitorio.

—Buenas noches, señor Abel —respondió Silvestre, e inmediatamente dejó, una vez más, el fatigado periódico y corrió a preparar la vieja tabla de damas.

Abel, nada más entrar en la habitación, se puso cómodo. Se enfundó unos pantalones viejos, sustituyó los zapatos por unas alpargatas y se quitó la chaqueta. Abrió la maleta donde guardaba los libros, eligió uno que colocó sobre la cama y se preparó para trabajar. Otro cualquiera no llamaría trabajo a aquello, pero Abel así lo consideraba. Tenía delante el segundo volumen de una traducción francesa de *Los hermanos Karamazov,* que estaba releyendo para aclarar algunos juicios resultantes de la primera lectura. Antes de sentarse, buscó el tabaco. No lo encontró. Se lo había fumado todo y se olvidó de comprar. Salió de la habitación dispuesto a mojarse otra vez para no quedarse sin tabaco. Al pasar ante la puerta del comedor oyó a Silvestre preguntar:

—¿Va a salir, señor Abel?

Sonrió y explicó:

—Estoy sin tabaco. Voy a la taberna, a ver si tienen.

—Yo tengo aquí, pero no sé si le gusta. Es de liar...

Abel no se anduvo con remilgos:

—A mí me sirve cualquier cosa: estoy habituado a todo.

—Sírvase, sírvase —exclamó Silvestre, alargando el tabaco y el papel.

En el movimiento que hizo dejó ver el tablero, que hasta entonces había ocultado.

Abel miró rápidamente al zapatero y le sorprendió en los ojos una expresión de desazón. Con presteza, lió un cigarro ante la mirada crítica de Silvestre y lo encendió. Por orgullo, el zapatero procuraba, ahora, esconder el tablero de damas con el cuerpo. Abel vio que la frutera de vidrio que habitualmente estaba en el centro de la mesa había sido desviada a un lado y que enfrente del lugar de Silvestre se encontraba una silla vacía. Comprendió que la silla le era destinada. Murmuró:

—Me estaba apeteciendo un jueguito. ¿Está dispuesto, señor Silvestre?

El zapatero sintió un hormigueo en la punta de la nariz, señal cierta de conmoción. En aquel momento tenía la certeza de que se había hecho muy amigo de Abel, sin saber bien el motivo. Respondió:

—Iba a proponérselo...

Abel fue a su habitación, guardó el libro y regresó con Silvestre.

El zapatero ya había dispuesto las piezas y colocado el cenicero en buen lugar para que a Abel le resultara cómodo, hasta llegó al punto de correr la mesa de modo que la luz, que venía del techo, no encontrara en su camino obstáculos que lanzaran sombras sobre el tablero.

Comenzaron a jugar. Silvestre estaba radiante. Abel, menos expresivo, reflejaba la alegría del otro, pero no dejaba de observarlo con atención.

Mariana acabó su trabajo y se fue a dormir. Los dos se quedaron. Cerca de la medianoche, al terminar una partida en la que fue particularmente inhábil, Abel declaró:

—Ya está bien por hoy. Usted juega mucho mejor que yo. Como lección, basta y sobra.

Silvestre hizo un gesto de decepción, pero no fue más allá. Reconoció que ya habían jugado mucho, que era buena idea parar. Abel echó mano al tabaco, preparó un nuevo cigarro y preguntó, mientras miraba la sala donde estaban:

—¿Vive aquí desde hace mucho tiempo, señor Silvestre?

—Hace más de veinte años. Soy el inquilino más antiguo del edificio.

—Conoce a todos los inquilinos, claro...

—Los conozco, los conozco.

—¿Son buenas personas?

—Unos mejores, otros peores. Como en todas partes, al fin y al cabo...

—Sí. Como en todas partes.

Distraídamente, Abel comenzó a apilar las fichas del juego, alternando las blancas con las negras. Enseguida derrumbó la pila y preguntó:

—Este de aquí al lado, por lo visto, no es de los mejores.

—Él no es mal hombre. Callado... No me gustan los hombres callados, pero no es malo. Ella es una víbora. Y gallega, para colmo...

—¿Gallega? ¿Y eso qué tiene que ver?

Silvestre se arrepintió del modo despreciativo con que había pronunciado la palabra.

—Es una manera de hablar, pero ya conoce el refrán: «De España, ni buen viento, ni buen casamiento...».

—¿Ah, sí? ¿Le parece que no se llevan bien?

—Tengo la certeza. A él apenas se le oye, pero ella grita como una cab..., es decir, habla muy alto...

El muchacho sonrió ante el azoramiento de Silvestre y el cuidado en la elección del vocabulario:

—¿Y los otros?

—En el primero izquierda vive una gente a la que no entiendo. Él trabaja en el *Noticias* y es una bestia. Disculpe, pero es así mismo. Ella, la pobre, desde que la conozco parece que se está muriendo. Cada día está más chupada...

—¿Está enferma?

—Es diabética. Es lo que le dijo a mi Mariana. Pero, o me equivoco mucho, o tiene una tuberculosis de tomo y lomo. La hija murió de una meningitis. Desde entonces, la madre parece que ha envejecido treinta años. Debe de ser gente infeliz, a mi modo de ver. Ella... En cuanto a él, ya se lo he dicho: es una bestia. Le arreglo los zapatos porque me tengo que ganar la vida, pero si fuera por las ganas...

—¿Y al lado?

Silvestre sonrió maliciosamente: creyó haber comprendido que el interés del huésped por los vecinos era un pretexto para saber «cosas» de la vecina de arriba. Pero se quedó desconcertado al oírle añadir:

—Bueno, de ésa ya sé. ¿Y los del último piso?

El zapatero pensó que era excesiva curiosidad. Sin embargo, Abel, aunque hacía preguntas, no parecía muy interesado.

—En el último piso... En el lado derecho vive un sujeto que no me cae bien. Si lo pusiéramos bocabajo, no le saldría ni una moneda, pero quien lo ve piensa que ve a un..., un capitalista...

—Parece que a usted no le gustan los capitalistas —sonrió Abel.

La desconfianza hizo que Silvestre se contuviera. Articuló, despacio:

—No me gustan... ni me disgustan... Es una manera de hablar...

Abel no dio muestras de haber oído:

—¿Y el resto de la familia?

—La mujer es una tonta. Su Anselmo por aquí, su Anselmo por allá... La hija, para mis cortas entendederas, tiene un saco lleno de dolores de cabeza para darles a los padres. Y como babean por ella, peor que peor...

—¿Qué edad tiene?

—Debe de andar por los veinte. En el edificio le dicen Claudiña. Ojalá me equivoque con ella...

—¿Y en el otro lado?

—En el otro lado viven cuatro señoras, personas de mucho respeto. En tiempos parece que vivieron bien. Luego, por azares de la vida... Es gente educada. No andan por ahí, por los rellanos, hablando mal de otros, y eso ya es de admirar. Muy introvertidas...

Abel se entretenía ahora en poner las fichas en cuadrados. Como el zapatero se había callado, levantó los ojos, a la espera. Pero Silvestre no estaba dispuesto a hablar más. Le parecía ver una intención secreta en las preguntas del huésped y, aunque en lo que había dicho no existía nada de comprometedor, ya estaba arrepentido de haber hablado tanto. A la memoria le vinieron sus primeras desconfianzas y se censuró por su buena fe. La observación de Abel acerca de los capitalistas le parecía capciosa y llena de trampas.

El silencio incomodaba a Silvestre y, más allá, le perturbaba, sobre todo porque el huésped mostraba un perfecto bienestar. Las piezas se alineaban ahora a todo lo largo de la mesa, como guijarros en la corriente de un río. La infantilidad del entretenimiento irritaba a Silvestre. Cuando el silencio ya era insoportable, Abel reunió las fichas en el tablero con un cuidado exacerbante y, de repente, dejó caer una pregunta:

—¿Por qué no fue a pedir información sobre mí?

La pregunta venía tan al encuentro de los pensamientos de Silvestre que éste se quedó aturdido en los primeros segundos y sin respuesta. Para ganar tiempo, no encontró nada mejor que sacar dos copas y una botella de un armario, y preguntar:

—¿Le gusta la *ginjinha*?

—Me gusta.

—¿Con guindas o sin guindas?

—Con guindas.

Mientras cavilaba la respuesta, iba llenando las copas, pero como la extracción de las guindas le absorbía la atención llegó al final sin saber qué responder. Abel olió el aguardiente y dijo con inocencia:

—Todavía no ha contestado mi pregunta...

—¡Ah! Su pregunta... —el azoramiento de Silvestre era evidente—. No fui a informarme porque pensé..., porque pensé que no era necesario...

Dio a estas palabras una entonación tal, que un oído atento comprendería que insinuaba una sospecha. Abel respondió:

135

—¿Y todavía piensa así?

Sintiendo que estaba siendo puesto contra la pared, Silvestre intentó pasar al ataque:

—Parece que usted adivina los pensamientos ajenos...

—Tengo el hábito de oír todas las palabras que me son dichas y de prestar atención a la manera en que son dichas. No es difícil... Dígame: ¿es verdad, o no, que desconfía de mí?

—Pero ¿por qué tenía que desconfiar?

—Espero que me lo diga. Le di la oportunidad de saber quién soy. No quiso aprovecharla...

Sorbió el aguardiente, hizo un chasquido con la lengua y preguntó con los ojos risueños fijos en Silvestre:

—¿O prefiere que se lo diga yo?

Con la curiosidad súbitamente despierta, Silvestre no pudo reprimir un movimiento adelante que le denunció. Con el mismo aire malicioso, Abel le lanzó una nueva pregunta:

—Pero ¿quién le dice que no voy a engañarlo?

El zapatero se sintió como debe de sentirse el ratón entre las patas del gato. Le dieron ganas de «poner en su lugar al mozalbete», pero esa voluntad se le quebró y no supo qué decir. Como si no esperara respuesta a las dos preguntas, Abel comenzó:

—Me gusta usted, señor Silvestre. Me gusta su casa y su mujer y me siento bien aquí. Tal vez no esté aquí mucho tiempo, pero cuando me vaya he de llevarme buenos recuerdos. Noté, desde el primer día, que mi amigo... ¿Le importa que le trate así?

Silvestre, ocupado en exprimir la guinda entre la lengua y los dientes, negó con la cabeza.

—Gracias —respondió Abel—. Noté una cierta desconfianza en usted, principalmente en su mirada. Sea cual sea la causa, me parece conveniente decirle quién soy. Es cierto que junto a esa desconfianza hay, ¿cómo decirlo?, una cordialidad que me toca. En este momento estoy viendo la cordialidad y la desconfianza...

La expresión fisonómica de Silvestre se transformó. Pasó de la cordialidad a la desconfianza sin mezclas, y acabó volviendo al estado anterior. Abel presenció este poner y quitar de máscaras con una sonrisa divertida.

—Es lo que le digo. Ahí están... Cuando acabe mi historia, espero ver sólo la cordialidad. Vamos con mi historia. ¿Le importa que me sirva de su tabaco un poco más?

Silvestre ya no tenía la guinda en la boca, pero no consideró necesario responder. Se sentía un poco ninguneado con la llaneza del joven y temía ser agresivo si le respondía.

—La historia es un poco larga —comenzó Abel, después de haber encendido el cigarro—, pero la abreviaré. Ya es tarde y no quiero abusar de su paciencia... Tengo veintiocho años, no he hecho el servicio militar. Profesión cierta no tengo, ya se verá por qué. Soy libre y estoy solo, conozco los peligros y las ventajas de la libertad y de la soledad y me llevo bien con ellos. Vivo así desde hace doce años, desde los dieciséis. Mis recuerdos de infancia no interesan, sobre todo porque no soy suficientemente mayor para que me dé placer contarlos, y tampoco ayudarían a su desconfianza o cordialidad. Fui buen alumno en la escuela primaria y en el instituto. Conseguí ser apreciado por colegas y profesores, lo que es infrecuente. No había en mí, se lo aseguro, la menor sombra de cálculo: no lisonjeaba a los profesores ni me subordinaba a los compañeros. Así llegué a los dieciséis años, momento en que... Todavía no le he dicho que era hijo único y vivía con mis padres. Suponga ahora lo que quiera: suponga que ellos murieron en un accidente o que se separaron porque no podían vivir el uno con el otro. Elija. De cualquier manera, da lo mismo: me quedé solo. Me dirá, si optó por la segunda posibilidad, que podría haberme quedado viviendo con uno de ellos. Siendo así (estamos en esa posibilidad), suponga que no quise quedarme con ninguno de los dos. Quizá por no quererlos. Quizá por quererlos de la misma manera a ambos y no ser capaz de elegir entre ellos. Piense lo que quiera, porque, repito, da lo mismo: me quedé solo. A los dieciséis años (¿se acuerda?), a los dieciséis años la vida es una cosa maravillosa, por lo menos para algunas personas. Veo en su cara que, a esa edad, la vida ya no tenía nada de maravillosa para usted. Lo tenía para mí, desgraciadamente, y digo desgraciadamente porque eso no me ayudó. Abandoné el instituto y busqué trabajo. Familiares de otras ciudades quisieron que me fuera a vivir con ellos. Lo rechacé. Había mordido con ganas el fruto de la libertad y de la soledad y no estaba dispuesto a consentir que me lo quitaran. Todavía no sabía, a esas alturas, que el fruto tiene bocados amargos... ¿Le aburro?

Silvestre cruzó los brazos musculosos sobre el pecho y respondió:

—No, bien sabe que no.

Abel sonrió.

—Tiene razón. Sigamos adelante. Para un muchacho que no sabe nada a los dieciséis años, o lo que sabía era igual a nada, y está dispuesto a vivir solo, encontrar trabajo no es cosa fácil, aunque no se ponga a elegir. Y no elegí. Atrapé lo primero que apareció, y lo primero que apareció fue un anuncio donde se pedía un empleado para una pastelería. Había bastantes aspirantes, lo supe después, pero el dueño de la tienda me eligió a mí. Tuve suerte. Tal vez influyese en la elección mi traje limpio y mis modos corteses. Hice más tarde la prueba, cuando quise encontrar un nuevo empleo. Me presenté sucio y maleducado... Me pusieron de patitas en la calle, como se dice en argot. Ni me miraron. El sueldo alcanzaba, como mucho, para no morirme de hambre. Además, tenía reservas acumuladas de dieciséis años de buena casa y aguante. Cuando las reservas se agotaron, no encontré otra solución que completar mis comidas con los pasteles del patrón. Hoy no puedo ver un pastel sin sentir ganas de vomitar. ¿Me pone otra *ginjinha*?

Silvestre llenó la copa. Abel se mojó los labios y prosiguió:

—Está claro que no sería suficiente toda la noche si sigo con estos pormenores. Ya va más de una hora y todavía estoy en el primer empleo. Tuve muchos, y aquí se aclara lo que le dije de no tener profesión cierta. En la actualidad estoy de encargado en una obra, allí por el Areeiro. Mañana, no sé qué seré. Tal vez desempleado. No sería la primera vez... Ignoro si sabe lo que es estar sin trabajo, sin dinero, sin casa. Yo lo sé. Una de las veces que eso ocurrió coincidió con la inspección para el servicio militar. Mi estado de depauperación física era de tal modo grave, que me rechazaron. Fui uno de los que la Patria no quiso... Y no me importó, lo declaro francamente, aunque la comida y la cama aseguradas tuvieran sus ventajas. Conseguí, poco tiempo después, colocarme. Se reirá si le digo en qué. Fui vendedor de un té maravilloso que curaba todas las enfermedades... ¿No le hace gracia? Pues se la encontraría, si me hubiera oído pregonar sus cualidades. Nunca he mentido tanto en mi vida y no crea que es tan grande el número de personas dispuestas a creerse las mentiras. Recorrí buena parte del país, vendí mi té milagroso a personas que me creían. Nunca tuve remordimientos. El té no hacía mal, eso se lo puedo asegurar, y mis palabras daban tanta esperanza a quienes lo compraban que hasta eran capaces de dar más dinero. Porque no hay dinero que pague una esperanza...

Silvestre balanceó la cabeza, asintiendo.

—Me da la razón, ¿verdad? Pues ahí está. Contarle más de mi vida es casi inútil. Pasé hambre y frío algunas veces. Tuve momentos de tenerlo todo y momentos de privación. Comí como un lobo que no sabe si cazará al día siguiente, y ayuné como si me hubiera comprometido a morir de hambre. Y aquí estoy. He vivido en todos los barrios de la ciudad. He dormido en salas colectivas donde las pulgas y las chinches se contaban por millares. He tenido espejismos de hogar con algunas buenas muchachas, que las hay, a cientos, en esta Lisboa. Sin hablar de los pasteles de mi primer patrón, no he robado nada más que una vez. Fue en el Jardim da Estrela. Tenía hambre. Yo, que algo sé del asunto, le puedo decir que nunca había llegado hasta ese punto. Se me acercó la chica más linda que he visto en mi vida. No, no es lo que está pensando... Era una chiquilla de unos cuatro años, no más. Y si la llamo bonita es, tal vez, para compensarla del robo. Llevaba una rebanada de pan con mantequilla casi intacta. Los padres o la criada debían de estar cerca. Ni en eso pensé. Ella no gritó, no lloró, y yo, momentos después, estaba detrás de la iglesia mordiendo mi pan con mantequilla...

Había un brillo de lágrimas en los ojos de Silvestre.

—Tampoco dejé de pagar nunca la renta de las habitaciones que alquilaba. Le digo esto para tranquilizarlo...

El zapatero se encogió de hombros, con indiferencia. Deseaba que Abel siguiera hablando porque le gustaba oírlo, pero, sobre todo, porque no sabía qué responder. Quería, es cierto, hacer unas preguntas, pero recelaba que fuese demasiado pronto. Abel se le anticipó:

—Es la segunda vez que le cuento esto a alguien. La primera fue a una mujer. Supuse que iba a comprender, pero las mujeres no comprenden nada. Me equivoqué. Ella quería un hogar definitivo y pensó que me atrapaba. Se equivocó. Se lo cuento ahora a usted, no sé por qué. Quizá porque me gusta su cara, quizá porque desde la primera vez que hablé de esto han pasado algunos años y tenía necesidad de desahogarme. O quizá por otra razón cualquiera... No sé...

—Me lo cuenta para que deje de desconfiar de usted —respondió Silvestre.

—¡Ah, no! Tantos desconfiaron y siguieron sin saber... Quizá sea la hora, nuestro juego de damas, el libro que estaría leyendo si no hubiera venido aquí, qué sé yo... Sea lo que sea, ya lo sabe.

Silvestre se rascó con las dos manos la greña despeinada. Después se llenó la copa y se la bebió de un trago. Se limpió la boca con el dorso de la mano y preguntó:

—¿Por qué vive así? Perdone si soy indiscreto...

—No es indiscreto. Vivo así porque quiero. Vivo así porque no quiero vivir de otro modo. La vida, como otros la entienden, no tiene valor para mí. No me gusta estar agarrado y la vida es un pulpo con muchos tentáculos. Uno solo basta para prender a un hombre. Cuando me siento preso, corto el tentáculo. A veces eso duele, pero no queda más remedio. ¿Me entiende?

—Le entiendo muy bien. Pero eso no conduce a nada útil.

—La utilidad no me preocupa.

—Seguramente ha provocado disgustos...

—Hice lo posible para que eso no sucediera. Pero cuando ocurrió, no dudé.

—¡Usted es duro!

—¿Duro? No. Soy frágil, créame. Y es la certeza de mi fragilidad la que me hace rehuir los lazos. Si me entrego, si me dejo prender, estoy perdido.

—Hasta que un día... Soy viejo. Tengo experiencia.

—También yo.

—Pero la mía es la de los años...

—Y ¿qué le dice?

—Que la vida tiene muchos tentáculos, como dijo hace poco. Y, por más que se corten, siempre hay uno que queda y que acaba por atrapar.

—No lo creía tan..., ¿cómo se lo diría?...

—¿Filósofo? Todos los zapateros tienen un poco de filósofos. Eso lo ha dicho alguien...

Ambos sonrieron. Abel miró el reloj:

—Son las dos, señor Silvestre. Ya es hora de acostarse. Pero antes quiero decirle otra cosa. Comencé a vivir así por capricho, continué por convicción y sigo por curiosidad.

—No lo entiendo.

—Lo va a entender. Tengo la sensación de que la vida está detrás de una cortina, riéndose a carcajadas de nuestros esfuerzos por conocerla. Yo quiero conocerla.

Silvestre compuso una sonrisa mansa, donde había un ápice de desaliento:

—Hay tanto que hacer a este lado de la cortina, amigo mío... Aunque viviera mil años y tuviera las experiencias de todos los hombres, no conseguiría conocer la vida...

—Es posible que tenga razón, pero aún es pronto para desistir...

Se levantó y estrechó la mano de Silvestre:

—Hasta mañana.

—Hasta mañana..., amigo mío.

Solo, Silvestre lió, vagarosamente, otro cigarro. Tenía en los labios la misma sonrisa mansa y fatigada. Los ojos clavados en la superficie de la mesa, como si en ella se moviesen figuras de un pasado lejano.

13

Del Diario de Adriana:

Domingo, 23/3/52, a las diez y media de la noche. Ha llovido todo el día. No parece que estemos en primavera. Cuando yo era pequeña, recuerdo que los días de primavera eran bonitos y que comenzaban a ser bonitos en el mismo 21. Ya estamos a 23 y no hace nada más que llover. No sé si es del tiempo, pero no me siento bien. No he salido de casa. Madre y la tía fueron a casa de las primas de Campolide después de comer. Regresaron chorreando. La tía venía enfadada debido a unas conversaciones que tuvieron. No me enteré de nada. Trajeron unos pasteles para nosotras, pero no los probé. Isaura tampoco quiso. El día fue muy aburrido. Isaura no soltó el libro que está leyendo. Lo lleva a todas partes, hasta parece que lo esconde. Estuve bordando mi sábana. Colocar el encaje en el paño lleva mucho tiempo, pero tampoco hay prisa... Quién sabe si la llegaré a poner en mi cama. Estoy triste. Si lo hubiera sabido, habría ido con ellas a Campolide. Antes eso que pasar un día de esta manera.

Hasta tengo ganas de llorar. No es por culpa de la lluvia, estoy segura. Ayer no llovía... Tampoco es por él. Al principio sí me costaba pasar los domingos sin verlo. Ahora ya no. Ya me voy convenciendo de que no le gusto. Si le gustara, no se pondría a hablar así por teléfono. Salvo que sea para darme celos... Soy tan tonta... ¿Cómo va a querer darme celos si ni siquiera sabe que me gusta? ¿Y por qué razón le debería gustar yo, si soy fea? Sí, sé que soy fea, no es necesario que nadie me lo diga. Cuando me miran, sé muy bien lo que piensan. Pero valgo más que las otras. Beethoven también era feo, no tuvo ninguna mujer que lo amara, y era Beethoven. No necesitó que lo amaran para hacer lo que hizo. Sólo necesitó amar y amó. Si yo viviera en su tiempo, sería capaz de besarle los pies, y apuesto a que ninguna mujer hermosa lo haría. A mi entender, las mujeres hermosas no quieren amar, quieren ser amadas. Ya sé que Isaura dice que no entiendo nada de estas cosas. A lo mejor es porque no leo novelas. La verdad es que ella parece saber tanto como yo, a pesar de leer. Creo que lee demasiado... Hoy, por ejemplo. Tenía los ojos rojos, parecía que había llorado. Y estaba nerviosa, como nunca la había visto. En un momento dado le toqué en el brazo para decirle no sé qué. Dio un grito que hasta me asustó. Otra vez, venía yo del dormitorio, ella estaba leyendo (supongo que había acabado el libro y vuelto al principio) y tenía una cara rara, como nunca le he visto a nadie. Parecía que le dolía algo, pero al mismo tiempo parecía contenta. No era contenta lo que parecía. No sé explicarlo. Era como si el dolor le estuviera dando gusto, o como si el gusto le produjera dolor. Qué confusión me provoca escribir... Mi cabeza no rige bien hoy. Ya están todas acostadas. Voy a dormir. ¡Qué día tan triste! ¡Ojalá fuera mañana!

Fragmento de la novela *La religiosa,* de Diderot, leído por Isaura esa misma noche:

La inquietud se adueñó de la superiora; perdió su buen humor, su aspecto orondo, su tranquilidad. A la noche siguiente, cuando todo el mundo dormía y la casa estaba en silencio, se levantó; tras vagar un rato por los pasillos vino a mi celda. Tengo el sueño ligero, me pareció reconocerla. Se detuvo. Apoyando ostensiblemente la cabeza contra mi puerta, hizo suficiente ruido para despertarme si hubiera dormido. Guardé silencio; me pareció oír una voz que se quejaba, alguien que suspiraba: al principio tuve un ligero escalofrío, luego me decidí a decir *Ave.* En lugar de contestarme, oí que se alejaba presurosamente. Al cabo de un rato volvió; los lamentos y suspiros se repitieron; dije de nuevo *Ave,* y se alejó por segunda vez. Me tranquilicé, y volví a dormirme. Mientras dormía, entró, se sentó al borde de mi cama; las cortinas estaban entreabiertas;

una pequeña bujía iluminaba mi cara, y la que la
llevaba me miraba dormir; eso fue al menos lo
que juzgué por su actitud, cuando abrí los ojos y
encontré a la superiora.

Me incorporé bruscamente; se dio cuenta de
mi pánico; dijo: «Suzanne, calmaos; soy yo...»
Volví a poner la cabeza en la almohada, y le dije:
«¿Qué hacéis aquí a estas hora, querida madre?
¿Con qué motivo habéis venido? ¿Por qué no
estáis durmiendo?

—No puedo dormir, me contestó; no dormiría
mucho si lo intentara. Unas pesadillas horribles me
atormentan; apenas he cerrado los ojos, se me aparecen a la imaginación los sufrimientos que habéis
soportado; os veo en manos de aquellas desalmadas,
veo vuestro cabello esparcido sobre el rostro, veo
vuestros pies ensangrentados; la antorcha empu-
ñada, la soga al cuello; creo que os van a matar; me
estremezco, tiemblo; un sudor frío cubre mi cuerpo; quiero socorreros; empiezo a gritar, me despierto y espero inútilmente a que vuelva el sueño.
Eso es lo que me ha sucedido esta noche; temí que
el cielo me estuviera anunciando que una desgracia
iba a sucederos; así, pues, me levanté, me acerqué
a vuestra puerta, escuché; me pareció que no dormíais; hablasteis, me retiré; volví, hablasteis de
nuevo, y escapé una vez más: regresé una tercera
vez; y cuando me pareció que dormíais, entré. Hace

ya un rato que estoy a vuestro lado, y que temo despertaros: al principio dudé en abrir las cortinas; quería irme por miedo a estorbar vuestro descanso; pero no he podido resistir el deseo de ver si mi querida Suzanne estaba bien; os he mirado: ¡qué bella sois, incluso cuando dormís!

—¡Qué buena sois, querida madre!

—Creo que me he enfriado; pero por lo menos ya no temo que nada malo le ocurra a mi niña, así que tengo la esperanza de dormir. Dadme la mano.»

Se la di.

«¡Qué pulso tan tranquilo, tan constante!, nada lo altera.

—Tengo el sueño bastante apacible.

—¡Sois afortunada!

—Vais a seguir enfriándoos, querida madre.

—Tenéis razón; adiós, bella amiga, adiós, me voy.»

Pero no se iba, continuaba mirándome; dos lágrimas cayeron de sus ojos. «¿Qué os sucede, querida madre?, le dije, estáis llorando; ¡cuánto lamento haberos contado mis penas...!» De pronto cerró la puerta, apagó la bujía, y se precipitó sobre mí. Me tenía abrazada; estaba acostada sobre la manta a mi lado; su rostro estaba pegado al mío. Sus lágrimas mojaban mis mejillas; suspiraba, y me decía con voz quejumbrosa y entrecortada: «Apiadaos de mí, querida amiga!

—¿Qué os sucede, querida madre?, le dije. ¿Os encontráis mal? ¿Qué debo hacer?

—Estoy temblando, me dijo, tengo escalofríos; un frío mortal me penetra hasta los huesos.

—¿Queréis que me levante y os ceda el lecho?

—No, me dijo, no es necesario que os levantéis; apartad tan sólo las sábanas, para que pueda aproximarme a vos; así entraré en calor y me encontraré mejor.

—Pero está prohibido, querida madre, le dije. ¿Qué dirán si se enteraran? He visto castigar a algunas religiosas por cosas mucho menos graves. Una vez, en el convento de Saint-Marie, una religiosa entró en la celda de otra por la noche, eran amigas, y en cambio no podéis imaginar las malignidades que pensaron de ellas. El confesor me preguntó en una ocasión si alguien había querido dormir conmigo, y me recomendó vivamente que lo evitara. Incluso le hablé de las caricias que vos me hacéis; a mí me parecen inocentes, pero él no opina igual; no sé por qué olvidé sus consejos; me había propuesto hablaros de ello.

—Querida amiga, me dijo, a nuestro alrededor todos duermen, nadie sabrá nada. Soy yo la que premia y castiga; y diga lo que diga el confesor, no veo qué mal puede haber en que una amiga acoja a su lado a otra amiga a quien una inquietud a acongojado, despertándola y haciéndola sufrir de noche y a pesar del frío riguroso, para ver si su querida compañera se encontraba en peligro. ¿Nunca compartisteis el lecho con vuestros padre o hermanas, Suzanne?

—No, nunca.

—Si se hubiera presentado la ocasión, ¿no lo habríais hecho sin escrúpulo alguno? Si vuestra hermana, asustada y transida de frío, hubiera acudido a pediros un lugar a vuestro lado, ¿la habríais rechazado?

—Creo que no.

—¿Y acaso no soy vuestra querida madre?

—Sí, lo sois, pero eso está prohibido.

—Querida amiga, soy yo quien lo prohíbe a las demás, y la que a vos os lo permite y suplica. Dadme un poco de calor, y luego me iré. Dejad que os coja la mano...» Se la di. «Ved, me dijo, tocad; estoy temblando, tengo escalofríos, soy como un trozo de mármol...», y era cierto. «¡Oh, querida madre!, le dije, vais a enfermar. Esperad un momento, voy a ponerme al otro lado, y vos os tendéis en la parte caliente.» Me corrí hacia un extremo, levanté las sábanas y ella ocupó mi lugar. ¡Estaba realmente muy mal! Temblaban todos sus miembros; quería hablarme, quería aproximarse a mí; no podía articular palabra, no podía moverse. Me decía en voz baja: «Suzanne, amiga mía, acercaos un poco...» Estiraba sus brazos; yo le daba la espalda; me abrazó suavemente, atrayéndome hacia sí, pasó su brazo derecho bajo mi cuerpo y el otro por encima, y me dijo: «Estoy helada; tengo tanto frío que temo tocaros, no vaya a haceros daño.

—No temáis nada, querida madre.

Al instante puso una de sus manos en mi pecho y la otra en mi cintura; sus pies estaban sobre los míos, y yo los presionaba para calentarlos; y la querida madre me decía: «¡Ah, querida amiga!, ved cuán rápido se han calentado mis pies, ya que nada los separa de los vuestros.

—Pero, le dije, ¿qué es lo que impide que os calentéis del mismo modo todo el cuerpo?

—Nada, si queréis.»

Yo me había dado la vuelta, ella se estaba quitando la ropa y yo iba a quitarme la mía, cuando de pronto sonaron dos tremendos golpes en la puerta. Espantada me arrojé inmediatamente fuera de la cama por mi lado, y la superiora por el suyo; escuchamos, y pudimos percibir claramente los pasos de alguien que entraba de puntillas en la celda vecina. «¡Ah, le dije, es Sainte-Thérèse!, debió veros pasar por el pasillo y entrar en mi celda; habrá escuchado y oído vuestras palabras; ¿qué pensará...?» Estaba más muerta que viva. «Sí, es ella, me dijo la superiora con un tono irritado; es ella, sin ninguna duda; pero se va a acordar de esta temeridad durante mucho tiempo.

—¡No, querida madre, dije, no le hagáis daño!

—Suzanne, me dijo, adiós, buenas noches: volved a la calma, dormid bien, os eximo de la oración. Voy a ver a esa atolondrada. Dadme la mano...»

Se la tendí de un lado para otro de la cama; subió la manga que me cubría el brazo, lo besó, suspirando, en toda su longitud, desde la punta de los dedos hasta el hombro; y salió mascullando que la desaprensiva que se había atrevido a molestarla iba a acordarse de ella. Enseguida me lancé al otro lado de la cama, hacia la puerta, y escuché: entró en la celda de sor Thérèse. Estuve tentada de levantarme para interceder si tenía lugar alguna escena violenta; pero estaba tan aturdida, tan disgustada, que preferí quedarme en la cama; aunque no podía dormir. Pensé que me iba a convertir en centro de todos los comentarios de la casa; que esa aventura, toda ella tan simple, la contarían aderezada con las más desfavorables circunstancias.; que todavía sería peor que en Longchamp, donde me acusaron de no sé qué; que la falta llegaría a oídos bien atentos, y esperaba con impaciencia que nuestra madre saliera de la celda de sor Thérèse; la discusión debió de ser larga y difícil, al parecer, ya que allí estuvo casi toda la noche[*].

---

[*] Para esta transcripción fue utilizada la traducción de Félix de Azúa.

14

En su sólida formación de hombre respetable, cons-
truida a lo largo de años de escasas palabras y gestos
medidos, Anselmo tenía una debilidad: el deporte. Más
exactamente: la estadística deportiva, limitada, a su
vez, al fútbol. Comenzaban temporadas y acababan
temporadas sin que él asistiera a un partido de división
nacional. No se perdía, es cierto, los partidos internacionales, y sólo una enfermedad grave o un luto reciente podían impedirle asistir a un encuentro entre Portugal y España. Se sujetaba a las mayores indignidades
para alcanzar, en el mercado negro, una entrada, y no
rechazaba, cuando tenía la posibilidad, entrar en la
especulación, adquiriendo por veinte y vendiendo por
cincuenta. Mantenía, sin embargo, el cuidado de no
negociar con los colegas de oficina. Para ellos era un
sujeto grave que componía una sonrisa irónica al oír
las discusiones de los lunes, de mesa a mesa. Un hombre que sólo tenía ojos para la parte seria de la vida,
que consideraba el deporte cosa buena para entretener
ocios de aprendices y camareros. Era inútil contar con
él para una aclaración, la transferencia de un jugador

de un club a otro club, una fecha célebre en los faustos futbolísticos nacionales, la composición de un equipo en la época de 1920-1930. Pero tenía un primo que, pobrecillo, decía, era un enfermo del balón. Si querían, un día de éstos, cuando lo encontrara, le preguntaría y tendrían la respuesta infalible. La expectativa y la ansiedad de los colegas le deleitaban. Los dejaba esperar días y días, se disculpaba: no veía al primo desde hacía bastante tiempo, sus relaciones con él estaban un poco tensas, el primo iba a consultar mapas y registros, en fin, inventaba pretextos dilatorios que exasperaban la paciencia de los colegas. Muchas veces había apuestas sobre la mesa. Inflamados benfiquistas e inflamados sportinguistas esperaban de los labios de Anselmo la sentencia. Entonces, en casa, en la velada, Anselmo buscaba en sus estadísticas bien elaboradas, en sus preciosos recortes de periódicos, la deseada aclaración y, al día siguiente, mientras se colocaba sobre la nariz las gafas que su vista cansada le exigía, dejaba caer, como desde lo alto de una cátedra, la fecha o el resultado obtenidos. Este admirable primo contribuía a la reputación de Anselmo tanto como su competencia profesional, su aire circunspecto, su puntualidad ejemplar. Si tal primo existiese, Anselmo, a pesar de su dominio de las emociones, lo habría abrazado, porque gracias a él (así lo creían todos) pudo darle al gerente la información pormenorizada del segundo Portugal-España, desde el número de asistentes al partido hasta la formación de los equipos y el color de las respectivas camisetas, nombre del árbitro y de los jueces de línea. Gracias a esa información consiguió, por fin, ver autorizado el vale, y, como consecuencia, guardaba en el bolsillo los tres billetes de cien escudos necesarios para los gastos hasta fin de mes.

Ahora, sentado entre la mujer y la hija, ambas cosiendo las ropas familiares, Anselmo, con sus mapas extendidos sobre la mesa del comedor, saboreaba el triunfo. Reparando en que tenía una laguna en sus informaciones acerca de los suplentes seleccionados para el tercer partido entre Portugal e Italia, determinó que escribiría al día siguiente a un periódico deportivo que mantenía línea abierta con los lectores, a fin de enterarse.

Desgraciadamente, no podía olvidar que los trescientos escudos le serían descontados del sueldo de ese mes, y eso le amargaba la alegría del éxito. Como mucho, podría esperar autorización para amortizaciones más suaves del débito. Lo malo era que cualquier descuento, fuese el que fuese, le desarticulaba el engranaje económico del hogar.

Mientras Anselmo rumiaba estos pensamientos, la radio expandía el sollozar plañidero y lastimoso del fado más exageradamente lancinante que jamás hayan cantado gargantas portuguesas. Anselmo, que no era sentimental, todos lo sabían, se conmovía hasta las entrañas al oír aquel lamento. En su conmoción también contaba mucho su caso personal, la terrible perspectiva del descuento a final de mes. Rosalía suspendió la aguja y reprimió un suspiro. María Claudia, aparentemente calma, seguía, repitiendo por lo bajo, los versos de amor desgraciado que el altavoz desgranaba.

Lo que siguió al último «ay» de la cantora fue una atmósfera de tragedia griega o, mejor y más actual, el *suspense* de cierta escuela cinematográfica americana. Otro fado así, y de tres criaturas de salud normal restarían tres neuróticos. Afortunadamente, la emisora cerraba. Breves noticias del exterior, el resumen de la programación del día siguiente y Rosalía aumentó un poco el volumen del sonido para oír las doce campanadas de la medianoche.

Anselmo guardó las gafas, se pasó dos veces la mano por la calva y declaró, mientras colocaba sus papeles en el aparador:

—Es medianoche. Es hora de irse a la cama. Mañana es día de trabajo.

Ante esta frase, todo el mundo se levantó. Y esto lisonjeaba a Anselmo, que en esas pequeñas cosas veía los óptimos resultados de su método de educación doméstica. Tenía la vanidad de poseer una familia que podía servir de modelo, y vanidad mayor al verificar que todo el mérito provenía de él.

María Claudia dejó en la cara de los padres dos besos sonoros y se marchó a su habitación. Con el periódico de la tarde colgando a lo largo de la pierna, para una breve lectura antes de apagar las luces, Anselmo desapareció por el pasillo y fue a acostarse. Rosalía se quedó aún, ocupada en arreglar su costura y la de la hija. Recolocó las sillas de alrededor de la mesa, movió suavemente varios objetos y, segura de que todo estaba en orden, siguió el camino del marido.

Cuando entró, él la miró por encima de las gafas y continuó leyendo. Como todo ciudadano portugués, tenía predilecciones clubistas, pero podía, sin apasionamiento, leer las crónicas de todos los partidos. De ahí sólo le interesaba la materia estadística. Que jugasen bien o mal era cosa de ellos. Lo que importaba era lo que quedaba en la historia.

Según un acuerdo tácito entre los dos, cuando Rosalía se cambiaba de ropa para acostarse, Anselmo no bajaba el periódico. Hacerlo sería, en su opinión, una indignidad. La opinión de ella era que tal vez no hubiera ningún mal... Rosalía se acostó sin que el marido le viera ni la punta de los pies. Así era digno, así era decente...

Luz apagada. De la habitación vecina, un ribete luminoso se escapaba, por el quicio de la puerta, al pasillo. Desde su lugar, Anselmo la vio y dijo:

—Apaga la luz, Claudiña.

La luz se apagó segundos después. Anselmo sonrió en la oscuridad. Era tan bueno saberse respetado y obedecido. Pero la oscuridad es enemiga de las sonrisas, sugiere pensamientos graves. Anselmo se movió, incómodo. A su lado, tocándole con toda la largura de su cuerpo, la mujer se abandonaba a la blandura del colchón.

—¿Qué te pasa? —preguntó Rosalía.

—Es el condenado vale —murmuró el marido—. A fin de mes me lo descontarán y estaré otra vez entre la espada y la pared.

—¿No te lo pueden descontar a plazos?

—Al gerente no le gusta...

El suspiro retenido en el pecho de Rosalía desde el fado se abrió camino y llenó la casa. Anselmo, a su vez, tampoco pudo reprimir un suspiro, aunque menos exuberante, un suspiro de hombre.

—Si te aumentaran el sueldo... —sugirió Rosalía.

—Ni pensar en eso. Hasta hablan de despedir personal.

—¡Jesús! Ojalá no te despidan a ti...

—¿A mí? —preguntó Anselmo, como si por primera vez pensase en semejante eventualidad—. A mí, no. Soy de los más antiguos...

—Está todo tan mal por ahí. Sólo oigo a la gente quejarse.

—Es de la situación internacional... —comenzó Anselmo.

Pero se detuvo. ¿Acaso le interesaba ahora quedar bien con un discurso sobre la situación internacional? ¿Así, a oscuras, y con el problema del vale por resolver?

—Hasta tengo miedo de que despidan a Claudiña. Ya sé que los quinientos escudos que ella gana adelantan poco, pero siempre ayudan.

—Quinientos escudos... ¡Una miseria! —rezongó Anselmo.

—Pues sí, pero ojalá no nos falten...

Se calló súbitamente, alentando una idea. Iba a abrir la boca para exponérsela al marido, pero prefirió dar un rodeo.

—Entre tus contactos ¿no se encontrará otra colocación para la pequeña?

Algo en la voz de la mujer despertó en Anselmo sospechas de trampas.

—¿Qué quieres decir con eso? —preguntó.

—¿Que qué quiero decir? —insistió ella, con naturalidad—. La pregunta es muy sencilla...

Que la pregunta era sencilla lo veía Anselmo, pero también veía que la mujer tenía escondida una idea. Decidió no facilitarle el camino:

—¿Y quién le encontró el empleo donde está ahora? ¿Fuiste tú, no?

—Pero ¿no se podía encontrar nada mejor?

Anselmo no respondió. A las claras o con habilidad, la mujer acabaría revelando la idea. Callarse era el mejor procedimiento para obligarla a eso. Rosalía cambió de posición. Se quedó de cara al marido, con el vientre un poco obeso tocándole la cadera. Quiso apartar la idea, segura como estaba de que Anselmo la repudiaría con vehemencia. Pero la idea regresaba, temosa y absorbente. Rosalía sabía que si no la decía no dormiría. Tosió levemente para aclararse la voz, de manera que se hiciera más audible en el murmullo que siguió:

—Se me ha ocurrido... Sé que no te va a gustar... Se me ha ocurrido hablar con la vecina de abajo, doña Lidia...

Anselmo vio inmediatamente adónde quería llegar la mujer, pero prefirió hacerse el loco.

—¿Para qué? No lo entiendo...

Como si el contacto pudiera disminuir la indignación esperada, Rosalía se le acercó más. Años atrás el movimiento habría tenido una significación totalmente distinta.

—Creo que..., como nos llevamos bien, pudiera ser que ella se interesase...

—Sigo sin entender nada.

Rosalía sudaba. Se apartó un poco y, de golpe, sin elegir palabras, concluyó:

—Ella se lo pediría al tipo que va a su casa. Él es no sé qué importante en una compañía de seguros y tal vez le pudiera encontrar algo a la pequeña.

La indignación de Anselmo habría explotado a la primera frase de haber sido sincera. Se declaró, por fin, pero poco ruidosa, porque la noche pone sordina en las voces.

—Parece increíble que salgas con una cosa así. ¿Es que quieres que vaya a pedirle un favor a esa... a esa mujer? Eso es no tener sentido de la dignidad. No esperaba eso de ti.

Anselmo se encendía. Todo estaría bien si, en lo más profundo, no estuviera de acuerdo con la sugerencia. No se daba cuenta de que, poniendo la cuestión en esos términos, hacía más ilógica su aquiescencia final y más difícil la insistencia de la mujer.

Rosalía, ofendida, se apartó. Entre los dos había ahora un pequeño espacio que equivalía a leguas. Anselmo vio que había ido demasiado lejos. El silencio incomodaba a ambos. Uno y otro sabían que el asunto no estaba liquidado, pero se callaban: ella, pensando en la manera de abordarlo otra vez; él, procurando hallar el modo de no hacer excesivamente costosa su rendición, en apariencia ahora imposible por las palabras que había pronunciado. Sin embargo, ambos sabían, también, que no dormirían sin que la cuestión estuviera resuelta. Anselmo dio el primer paso.

—Bueno... Es un asunto que hay que ver... Pero me cuesta tanto...

15

En la más perfecta comodidad, como quien está en su casa, Paulino Morais cruzó la pierna y encendió un cigarrillo. Agradeció con una sonrisa el gesto de Lidia, que le aproximaba el cenicero, y se recostó en el *maple* rojo oscuro, su propiedad exclusiva en estas veladas. Estaba en mangas de camisa. Era gordo, de temperamento sanguíneo. Los ojos pequeños afloraban en el rostro como empujados por los párpados papudos. Las cejas espesas y rectas se unían en el nacimiento de la nariz, pero el perfil agresivo era atenuado por el tejido adiposo sobrepuesto. Las orejas gruesas se separaban del cráneo, y los pelos que le poblaban los oídos eran duros como cerdas. Calvo, se peinaba con el mayor cuidado, cubriendo lo alto de la cabeza con el pelo, rodeándola desde los parietales, ese pelo que, para tal efecto, dejaba crecer hasta la largura necesaria. Tenía el aire próspero del quincuagenario que posee mujer joven y dinero viejo. Todo su rostro, a través de la nube perfumada que lo envolvía, tenía una expresión de beatitud, la expresión de quien ha comido y digiere sin dificultad lo que ha comido.

Acababa de contar un estupendo chiste y apreciaba con aire goloso la sonrisa de Lidia. Y no sólo la sonrisa. Estaba en sus días de buena disposición y eso le hacía felicitarse mentalmente por la óptima idea que había tenido, hacía ya bastante tiempo, acerca del vestuario con que Lidia tendría que recibirlo. Un poco gastado por los excesos y templado por la edad, le dio por buscar excitantes y el vestuario de la amante era uno de ellos. Nada de fantasioso o pornográfico, como sabía de amigos suyos, todo simple y natural. Lidia debía recibirlo en camisón, ampliamente escotado, brazos desnudos y pelo suelto. El camisón debía ser de seda, ni demasiado transparente que lo dejara ver todo, ni tan tupido que todo lo ocultara. El resultado era un juego de claridades y sombras que le encandecía el cerebro las noches en que se sentía «en forma», o le regalaba la vista los días de cansancio.

Lidia, al principio, se opuso, pero luego halló mejor conformarse. Todos los hombres tienen sus excentricidades y la de éste no era de las peores. Cedió, y más después de que él llevara una estufa eléctrica. Elevada la temperatura de la habitación, la ligereza de ropa no provocaba resfriados.

Sentada en una banqueta baja, inclinada hacia el amante, le dejaba ver, como a él le gustaba, los senos liberados del *soutien*. Sabía que sólo su cuerpo lo retenía, y lo mostraba. De momento, lo tenía mozo y bien formado. Exhibirlo ahí o en la playa no era diferente, salvo por lo picante del atuendo y de la postura.

Cuando la velada no iba más lejos que esa exhibición en ropa somera, daba por bien empleado el sacrificio y por razonable el gusto de Paulino Morais. Y si la cosa no quedaba ahí, como siempre deseaba, se resignaba.

Vivía mantenida desde hacía tres años. Le conocía los tics, la idiosincrasia, los movimientos. Y, de éstos, el que más recelaba que hiciera era, aún sentado, desabotonarse al mismo tiempo los dos tirantes. Lo hacía siempre al mismo tiempo. Lidia sabía lo que eso significaba. Ahora estaba tranquila: Paulino Morais fumaba y, mientras el puro durara, los tirantes seguirían en su sitio.

En un gesto gracioso, que realzaba la belleza del cuello y de los hombros, Lidia giró la cabeza hacia el pequeño reloj de porcelana. Luego se levantó, diciendo:

—Es hora de tu café.

Paulino Morais asintió. Sobre el mármol del tocador, la máquina de café esperaba, ya con el polvo en el recipiente. Lidia prendió la mecha y colocó encima el globo con el agua. Preparó la taza y el azucarero. Mientras ella andaba de un lado a otro en la habitación, Paulino Morais la seguía con los ojos. Las largas piernas de la amante se dibujaban bajo el tejido leve que modelaba sus caderas en curvas voluptuosas. Se desperezó interiormente. El puro estaba casi en el fin.

—¿Sabes que me hicieron hoy una petición? —preguntó Lidia.

—¿Una petición?

—Sí. Los vecinos de arriba.

—¿Qué quieren ellos de ti?

Inclinada sobre la máquina, Lidia esperaba a que el agua subiera:

—No es de mí, es de ti.

—Válgame el cielo. ¿De qué se trata, Lili?

Lidia se estremeció: Lili era el diminutivo de las noches amorosas. El agua comenzó a borbotear y, como si fuera aspirada desde arriba, subió y quedó teñida en el depósito superior. Lidia llenó la taza, la endulzó al gusto de Paulino y se la ofreció. Se sentó de nuevo en el taburete y respondió:

—No sé si sabes que tienen una hija. Una pequeña de diecinueve años. Está empleada, pero, por lo que dice la madre, gana poco. Vinieron para ver si le conseguías una colocación.

Paulino posó la taza en el brazo del *maple* y encendió otro puro.

—¿Tú tienes mucho interés en atender la petición?

—Si no lo tuviera, no te hablaría de ella...

—Es que tengo la plantilla completa... Incluso tengo demasiada gente... Además, no soy yo el que manda...

—Vaya que no...

—Está el consejo de administración...

—Anda, queriendo tú...

Paulino tomó otra vez la taza y bebió un trago de café. Lidia lo veía poco dispuesto a satisfacerla. Se sentía como si no fuera tenida en cuenta. Era la primera petición de este tipo que le hacía y no veía ningún motivo para que se la negara. Por otro lado, dada la situación irregular en que vivía y por la que toda la gente del edificio levantaba la nariz, le venía bien conseguir el empleo para María Claudia, porque eso, esparcido a los cuatro vientos por la satisfecha Rosalía, le conferiría un cierto prestigio entre el vecindario. Le pesaba el casi aislamiento en que se encontraba, y si, en realidad, al recibir la petición no mostró un interés grande, ahora, ante la resistencia del amante, se tomaba a pecho arrancarle el consentimiento. Se inclinó más, como si quisiera alisar la piel rosada que dejaban ver las zapatillas, y mostró, así, todo el pecho libre:

—Nunca te he hecho una petición de éstas... Si puedes encontrar lo que me han pedido, me deberías complacer. Me darías un gusto y ayudarías a una familia necesitada.

Lidia estaba exagerando su interés y, según sabía, también exageraba las necesidades de los vecinos del piso de arriba. Lanzada en esta exageración, hizo un gesto que, por su infrecuencia, impresionó a Paulino Morais: colocó una de las manos sobre la rodilla redonda del amante. Las alas de la nariz de Paulino palpitaron:

—No veo motivos para que te enfades. No te he dicho que no...

La expresión de su fisonomía le mostró a Lidia el precio que tendría que pagar por esta media aquiescencia. No se sentía dispuesta a abrir la cama y veía que él lo deseaba. Quiso deshacer la impresión causada, incluso desentenderse de la petición, pero Paulino, perturbado por la caricia, ya decía:

—Voy a ver qué se puede hacer. ¿A qué se dedica ella?

—Parece que es mecanógrafa...

En este *parece* iba toda la mala sangre de Lidia. Se enderezó, retiró la mano de la rodilla del amante y fue como si se cubriera con los vestidos más espesos que poseía. Él notó la transformación y se quedó perplejo, incapaz de adivinar qué pasaba en su espíritu. Acabó de tomarse el café y aplastó la punta del puro en el cenicero. Lidia se frotó los brazos, como si sintiera frío. Miró la bata abandonada sobre la cama. Sabía que ponérsela provocaría malestar en Paulino. Se sintió tentada, pero tuvo miedo. Disfrutaba mucho de su seguridad como para perjudicarla con un pique así. Paulino cruzó las manos sobre el vientre y dijo:

—El miércoles, que la chica venga a hablar conmigo.

Lidia se encogió de hombros:

—Está bien.

La voz le salió seca y fría. Mirando de reojo a Paulino, lo vio fruncir las cejas. Se reprendió íntimamente por estar provocando contrariedades. Pensó que había procedido como una niña y quiso recomponer el desaguisado. Le sonrió, pero la sonrisa se quedo congelada: Paulino no desfruncía el ceño. Comenzó a sentir miedo. Necesitaba, necesitaba absolutamente, encontrar un medio para alegrarle. Quiso hablar, pero no supo de qué. Si corriera hacia él y le besara la boca todo pasaría, pero no se sentía capaz de hacerlo. No quería entregarse. Quería rendirse, pero no activamente.

Sin pensar, actuando por instinto, apagó la luz del dormitorio. Luego, a oscuras, se dirigió al tocador y encendió una lámpara de pie alto que había a un lado. La luz le dio de lleno. No se movió durante un instante. Sabía que todo su cuerpo, desnudo bajo el camisón, se diseñaba ante los ojos del amante. Después, lentamente, se giró. Paulino Morais, con un movimiento simultáneo de las dos manos, se desabotonaba los tirantes.

16

Abel se detuvo en el rellano para fumarse un cigarrillo. En ese momento, la escalera se iluminó. Oyó una puerta que se abría, un cuchicheo y, a continuación, unos pasos pesados que hacían crujir los escalones. Sacó la llave del bolsillo y, a propósito, tardó en encontrar la cerradura. Sólo la encontró al sentir junto a él a la persona que bajaba. Se giró y conoció a Paulino Morais. Éste murmuró un «buenas noches» educado, que Abel correspondió del mismo modo, ya dentro de casa.

Pasillo adentro, oyó sobre su cabeza unos pasos leves que lo acompañaban en la misma dirección. Cuando entró en su dormitorio, los pasos se oyeron más lejos. Encendió la luz y miró la hora en el reloj de pulsera: dos y cinco.

La habitación necesitaba respirar. Abrió la ventana. La noche estaba cubierta. Pasaban por el cielo, iluminadas por el resplandor de la ciudad, nubes pesadas y lentas. La temperatura había subido y la atmósfera estaba caliente y húmeda. Los edificios que circundaban los huertos traseros, dormidos, formaban como la guardia de un pozo sombrío. Luz, sólo la de su habitación. Salía por la ventana abierta hasta derramarse en el huerto, mostrando los tallos de las coles deslucidas e inútiles que, hasta ese momento en la oscuridad, presentaban el aire turbado de quien se despierta súbitamente.

Otra luz se encendió, iluminando las traseras de los edificios de enfrente. Abel vio ropa colgada, macetas y el reflejo de los vidrios batidos por la luz. Le apetecía acabar su cigarrillo sentado en el muro del huerto. Para no dar la vuelta por la cocina, saltó por la ventana. En el gallinero se oía un piar de aves. Avanzó entre las coles, a plena luz. Luego se volvió y miró arriba. A través de los vidrios de la *marquise* vio a Lidia cruzar hacia el cuarto de baño. Sonrió, una sonrisa triste y desencantada. A esa hora cientos de mujeres estarían haciendo lo mismo que Lidia... Él venía cansado, había corrido muchas calles, visto muchos rostros, seguido muchos bultos... Y ahí estaba ahora, en el huerto de Silvestre, fumando un cigarro y encogiéndose de hombros ante la vida... «Parezco Romeo en el jardín de Capuleto —pensó—. Sólo falta la luna. En vez de la inocente Julieta, tenemos a la experimentada Lidia. En vez del dulce balcón, la ventana de un cuarto de baño. La escalera de seguridad en vez de una escala de seda —encendió un nuevo cigarro—. Dentro de poco ella dirá: "¿Quién eres tú, que así, envuelto en la noche, sorprendes mis secretos?"».

Sonrió, condescendiente, por estar citando a Shakespeare. Evitando pisar las abandonadas coles, fue a sentarse en el muro. Se sentía extrañamente triste. Influencia del tiempo, seguro, que estaba cargado. Había en el aire presagios de tormenta. Miró otra vez arriba. Lidia salía del cuarto de baño. Tal vez porque también ella hubiera sentido mucho calor, abrió la ventana y se asomó.

«Julieta ha visto a Romeo —pensó Abel—. ¿Qué pasará?». Se levantó del muro y avanzó hacia el centro del huerto. Lidia no abandonó la ventana. «Ahora tendría yo que declamar: "¿Qué resplandor se abre camino a través de esa ventana? ¡Es la aurora, y Julieta el sol!"».

—Buenas noches —sonrió Abel.

Hubo una pausa. Después la voz de Lidia:

—Buenas noches —y desapareció.

Abel tiró el cigarro y murmuró, divertido, mientras se recogía en casa:

—Este final de escena no se le ocurrió a Shakespeare...

17

La salud de Enrique empeoró inesperadamente. El médico, llamado a todo correr, mandó que se hicieran análisis para ver si le encontraba bacilos de difteria. El niño tenía temperaturas altísimas y deliraba. Carmen, desesperada, acusó al marido de ser el responsable de que la enfermedad avanzara hasta ese punto. Emilio lo oyó todo y, como de costumbre, no respondió. Sabía que la mujer tenía razón, que fue ella la primera que sugirió que había que llamar a un médico. Tuvo remordimientos. Se pasó todo el domingo junto al hijo y, el lunes, a la hora que le habían indicado, corrió a buscar el resultado de la analítica. Respiró aliviado ante la conclusión negativa, pero la declaración, en el impreso, de que un análisis sólo no era, en muchos casos, bastante le hizo porfiar en la inquietud.

El médico se declaró satisfecho y pronosticó mejoría rápida, una vez transcurrido un periodo de veinticuatro horas. Durante todo el día Emilio no se alejó de la cabecera del enfermo. Carmen, silenciosa y fría desde la discusión, apenas podía soportar la presencia del marido. En días normales esa presencia la exasperaba; ahora que el marido no abandonaba el dormitorio sentía que le estaba siendo robado lo más precioso que tenía: el amor del hijo.

Para apartar a Emilio llegó a recordarle que no era dentro de casa donde se ganaba la vida, y que bien necesitados estaban de dinero con los gastos que la enfermedad causaba. Una vez más, Emilio respondió con el silencio. También esta vez la mujer tenía razón, mucho mejor haría dejando a Enrique entregado a sus cuidados. Pero no salió de casa. Se le metió en la cabeza la idea de que era el responsable de la recaída, porque sólo después de haberle dicho al hijo aquellas palabras la enfermedad se agravó. Su presencia era como una penitencia, inútil como todas las penitencias y sólo comprensible porque era voluntaria.

A pesar de la insistencia de la mujer, no se fue a la cama a la hora habitual. Carmen, para demostrar que no se quedaba atrás en el amor al niño, tampoco se acostó.

Poco tenían que hacer. La enfermedad seguía su curso natural, tras la crisis. Los medicamentos estaban aplicados, restaba esperar su efecto. No obstante, ni uno ni otro querían ceder. Se daba entre ellos una especie de desafío, de pugna sorda. Carmen luchaba por la conservación del afecto de Enrique, que sentía en peligro en virtud de la presencia y de los cuidados del marido. Emilio luchaba simplemente para acallar los remordimientos, para compensar con la atención de ahora la indiferencia de antes. Tenía la conciencia de que la lucha de la mujer era más digna y que en el fondo de la suya había un sustrato de egoísmo. Por supuesto que quería al hijo: era él quien lo había engendrado, no podía dejar de quererlo. Lo contrario sería antinatural. Pero sentía de forma clara que en esa casa era un extraño, que nada de lo que lo rodeaba, aunque hubiera sido comprado con su dinero, le pertenecía. Tener no es poseer. Puede tenerse aquello que no se desea. Posesión es tener y disfrutar lo que se tiene. Tenía una casa, una mujer y un hijo, pero nada era, efectivamente, suyo. Que se pudiera decir suyo, sólo se tenía a sí mismo, y no por completo.

A veces Emilio pensaba si no se habría vuelto loco, si todo este modo de vivir, estos conflictos, estas tempestades, esta incomprensión permanente no serían, en definitiva, la consecuencia de un desequilibrio nervioso. En la calle era, o suponía que era, una criatura normal, capaz de reír o de sonreír como todo el mundo. Pero le bastaba atravesar el umbral de la casa para que le cayera encima un peso insoportable. Se sentía como un hombre a punto de ahogarse, que llena los pulmones no ya del aire que le permitiría vivir, sino del agua que lo mata. Pensaba que tenía el deber de declararse satisfecho con lo que la vida le había ofrecido, que otros eran menos afortunados y vivían contentos. Pero la comparación no le aportaba tranquilidad. No sabía, lo tenía claro, qué era y dónde estaba lo que le daría la tranquilidad. Ni siquiera sabía si esa tranquilidad existía en alguna parte. Lo que sabía, por una experiencia de años, es que él no la tenía. Y también sabía que la deseaba como el náufrago la tabla, como la simiente el sol.

Estos pensamientos, mil veces repetidos, lo conducían siempre al mismo punto. Se comparaba con un animal uncido a una noria, que camina leguas en un círculo estrecho, con los ojos vendados, sin darse cuenta de por qué pasa por donde ha pasado miles de veces. No era ese animal, no tenía los ojos cerrados, pero reconocía que el pensamiento lo llevaba por un camino ya trillado. Saber todo esto era aún peor, porque, siendo hombre, procedía como irracional. El otro no puede ser censurado por la sumisión al yugo. Y él, ¿podría ser censurado? ¿Qué fuerza lo amarraba? ¿El hábito, la cobardía, el temor al sufrimiento ajeno? Pero los hábitos se sustituyen, la cobardía se domina, el sufrimiento ajeno es, casi siempre, menor del que tememos. ¿No había probado ya —o lo intentó, por lo menos— que su ausencia sería olvidada? ¿Por qué se quedaba entonces? ¿Qué fuerza era esa que lo ataba a aquella casa, a aquella mujer, a aquella criatura? Los lazos que lo ataban, ¿quién los había trenzado?

No se le ocurría otra respuesta que no fuese ésta: «Estoy cansado». Tan cansado que sabiendo que todas las puertas de su prisión podrían abrirse y que tenía la llave que las abría, no daba ni un paso hacia la libertad. Se habituó de tal modo a ese cansancio que llegaba a encontrar placer en él, el placer de quien abdicó, el placer de quien, viendo que llega la hora de la decisión, atrasa el reloj y declara: «Todavía es pronto». El placer del sacrificio. Pero el sacrificio sólo es completo cuando se esconde. Hacerlo visible, decir a todas horas: «Me sacrifico» es forzar a los otros a no olvidarlo. Y eso significa que todavía no se abdicó completamente, que por detrás de la renuncia todavía habita la esperanza, así como, más allá de las nubes, el cielo sigue azul.

Carmen miraba al marido y lo veía absorto. Emilio tenía el cenicero lleno de colillas de cigarros y seguía fumando. Un día ella hizo el cálculo del dinero gastado en tabaco y eso fue motivo de censuras amargas. Se lo contó a sus padres y ellos le tuvieron lástima. Dinero quemado, dinero tirado a la calle, dinero que hacía falta. Los vicios son buenos para los ricos, y quien los quiera que se enriquezca primero. Pero Emilio, representante a falta de cosa mejor, por necesidad y no por vocación, no daba, nunca dio, muestras de querer enriquecerse. Se contentaba con el mínimo indispensable y de ahí no pasaba. ¡Qué hombre y qué vida!... Carmen pertenecía a otra raza, la raza de aquellos para quienes la vida no es contemplación, sino lucha. Era activa; él, abúlico. Ella, toda nervios, huesos y músculos, materia que genera la fuerza y el poder; él, todo eso también, pero dominando los huesos, los músculos y los nervios, envolviéndolos en la niebla de la debilidad, estaban la insatisfacción y la perplejidad.

Emilio se levantó y fue a la habitación del hijo. El niño dormía, con un sueño agitado del que se despertaba continuamente y en el que continuamente recaía. Palabras incoherentes le salían de los labios resecos. En las comisuras de la boca, pequeñas burbujas transparentes señalaban el paso de la fiebre. Emilio, con el mayor cuidado, introdujo el termómetro en la axila del hijo. Esperó el tiempo necesario y regresó al comedor. Carmen levantó los ojos de la costura, pero no hizo ninguna pregunta. Él miró el termómetro: 39,2 grados. La temperatura parecía bajar. El termómetro se quedó sobre la mesa, al alcance de Carmen. A pesar de todo su deseo de saber, no alargó la mano. Se quedó a la espera de que el marido se fuera.

Emilio dio algunos pasos dubitativos. El reloj del piso de arriba marcó tres campanadas. Carmen esperaba, sintiendo ya que las fuerzas le flaqueaban y apretando los dientes para no insultar al marido. Sin palabras, Emilio se fue a la cama. Estaba cansado de la vigilia prolongada, de la mujer y de sí mismo. La angustia le atenazaba la garganta: era ella la que no le permitía hablar, lo obligaba a retirarse, como alguien que se esconde para morir o para llorar.

Para Carmen era ésta la prueba más completa de la ausencia de sentimientos en el marido. Sólo un monstruo habría procedido así: dejarla en la inquietud y acostarse como si no pasara nada grave, como si la enfermedad del hijo no fuera nada más que un juego.

Se levantó y se aproximó a la mesa. Miró el termómetro. Después volvió a su lugar. No se fue a la cama en toda la noche. Como los vencedores de las batallas medievales, se quedó en el campo después de la lucha. Había vencido. Y, además de eso, no podría soportar, esa noche, el contacto con el marido.

18

Caetano Cunha, obligado por la profesión que ejercía, tenía una vida parecida a la de los murciélagos. Trabajaba mientas los demás dormían, y cuando descansaba, con las ventanas y los ojos abiertos, los otros, bajo la luz del sol, iban a sus empleos. Este hecho le daba la medida de su importancia. Creía firmemente que valía más que el común de las personas por varias razones, y no era la menor esta vida nocturna, agarrado a la máquina de componer mientras la ciudad dormía.

Cuando salía del periódico, todavía de noche, y veía las calles desiertas brillando por la humedad que la madrugada traía de la parte del río, se sentía feliz. Le gustaba, antes de ir a casa, errar por las calles silenciosas, por donde pasaban bultos de mujeres. Incluso cansado, se detenía para hablar con ellas. Si le apetecía más, se dejaba llevar, pero, aunque no hubiese más, hablar le bastaba.

A Caetano le gustaban las mujeres, todas las mujeres. La simple visión de la ondulación de una falda lo perturbaba. Sentía una atracción irresistible por las mujeres fáciles. El vicio, la disolución, el amor comprado le fascinaban. Conocía casi todas las casas de prostitución de la ciudad, se sabía de carrerilla y salteado las listas de precios, era capaz (de eso se enorgullecía en su fuero interno) de decir, sin necesidad de inventar, los nombres de unas buenas decenas de mujeres con las que se había acostado.

De todas las mujeres, sólo desdeñaba a una: la suya. Justina era, para él, un ser asexuado, sin necesidad ni deseos. Cuando ella, en la cama, en la casualidad de los movimientos, le tocaba, se apartaba con repugnancia, incómodo por su delgadez, por sus huesos agudos, por la piel excesivamente seca, casi apergaminada. «Esto no es una mujer, es una momia», pensaba.

Justina le veía el desprecio en los ojos y se callaba. Dentro de sí, el fuego del deseo se había apagado. Correspondía al desprecio del marido con un desprecio mayor. Sabía que era engañada y se encogía de hombros, lo que no toleraba es que alardease en casa de sus conquistas. No porque sintiera celos, sino porque, conocedora de la altura de su caída, ligándose a un hombre así no quería descender hasta su nivel. Cuando Caetano, llevado por su temperamento exuberante y colérico, la trataba mal con palabras y comparaciones, ella lo hacía callar con una simple frase. Esa frase, para las maneras donjuanescas de Caetano, era una humillación, porque le recordaba un fracaso siempre vivo en su carne y en su espíritu. Cuántas veces, al oírla, se sentía tentado de agredir a la mujer, pero Justina tenía, en esos momentos, un fuego salvaje en los ojos, una crispación de desprecio en la boca, y él se acobardaba.

Por eso, entre ambos, el silencio era la regla y la palabra la excepción. Por eso, nada más que sentimientos helados y miradas distantes llenaban el vacío de las horas pasadas en común. Y el olor a moho que inundaba la casa, esa atmósfera de subterráneo, era como el olor de los túmulos abandonados.

El martes era el día libre de Caetano. Las veinticuatro horas le daban para llegar a casa bien entrada la mañana. Dormía hasta el mediodía y sólo entonces almorzaba. Tal vez por esta alteración en la hora del almuerzo, tal vez por la perspectiva de la noche siguiente al lado de la mujer, los martes eran los días en que el mal humor de Caetano se exacerbaba con más frecuencia, a pesar del cuidado que tenía en represarlo. En esos días, la reserva de Justina se hacía más obstinada, era como si se doblara sobre sí misma. Habituado a la distancia imposible de acortar, a Caetano aún le extrañaba que esa distancia se pudiera hacer mayor. Como represalia, agravaba la grosería de sus gestos y palabras, la brusquedad de sus movimientos. Le irritaba, sobre todo, el hecho de que la mujer eligiera los martes para orear las ropas de la hija y lavar cuidadosamente el vidrio del marco donde su retrato eternamente sonreía. Le parecía que, con esta exhibición, lo estaba censurando. Caetano tenía la certeza de que en ese particular no existía nada por lo que censurarle, pero ni aun así esa exhibición de recuerdos dejaba de molestarle.

Los martes eran días aciagos en casa de Caetano Cunha. Días de nerviosismo en que Justina abandonaba su abstracción cuando la forzaban, para ser violenta y agresiva. Días en que Caetano temía abrir la boca porque todas las palabras estaban cargadas de electricidad. Días en que un diablillo maligno se complacía en hacer irrespirable la atmósfera.

El cielo barrió las nubes que lo habían cubierto la noche anterior. El sol entraba por los vidrios de la *marquise* y proyectaba en el suelo la sombra del armazón de hierro como si fueran barrotes. Caetano acababa de almorzar. Miró el reloj y vio que eran casi las cuatro. Se levantó pesadamente. Tenía el hábito de dormir sin los pantalones del pijama. Su abdomen redondo llenaba la amplia chaqueta y le daba el aire de uno de esos muñecos que Rafael Bordalo creó. Nada más ridículo que su vientre hinchado, nada más desagradable que su rostro enrojecido, con semblante carrancudo. Tan inconsciente de lo uno como de lo otro, salió del dormitorio, atravesó la cocina y, sin decir ni una palabra a la mujer, entró en el cuarto de baño. Abrió la ventana y miró el cielo. La luz intensa le hizo parpadear como si fuera un ave nocturna. Miró con indiferencia los huertos interiores de los vecinos, el juego de tres gatos sobre un tejado y no tuvo ni una sola mirada para el vuelo elástico de una golondrina.

Sin embargo, los ojos ya se fijaban en un punto muy próximo. En la ventana de al lado, la del cuarto de baño de Lidia, se veía la manga de una bata de color rosa. De vez en cuando el movimiento de la ropa dejaba ver un brazo hasta el codo. Apoyado en el alféizar, oculta la parte inferior del cuerpo, Caetano no le quitaba los ojos de encima. Lo que veía era poco, pero le bastaba para excitarse. Asomó medio cuerpo fuera y se topó con los ojos de su mujer, que le miraba irónicamente a través de los vidrios de la *marquise*. El rostro se le endureció de repente. La mujer estaba ante él y le acercaba un recipiente:

—El agua caliente...

No le dio las gracias. Volvió a cerrar la puerta. Mientras se afeitaba, espiaba la ventana de Lidia. La bata había desaparecido. En su lugar, Caetano se encontraba con la mirada de su mujer. Sabía que el mejor medio para evitar la tempestad inminente era dejar de mirar, y que eso era fácil, una vez que Lidia ya no estaba. Pero la tentación era más fuerte que la prudencia. En cierto momento, harto del espionaje de su mujer, abrió la puerta y preguntó:

—¿No tiene nada que hacer?

Se trataban de usted. La mujer lo miró sin responder y, sin responder, le dio la espalda. Caetano cerró la puerta y no volvió a mirarla. Al salir, ya afeitado y limpio, observó que la mujer sacaba de una maleta en la cocina pequeñas prendas de ropa que habían pertenecido a Matilde. De no ser por la adoración que se le transparentaba en los ojos, tal vez Caetano habría pasado sin rechistar. Pero, una vez más, sintió que ella lo estaba censurando:

—¿Cuándo va a dejar de espiarme?

Justina se tomó tiempo para responder. Parecía que estaba regresando lentamente de muy lejos, de un país remoto donde sólo había un habitante.

—Admiro su contumacia.

—¿Contumacia de qué? —preguntó él, avanzando un paso.

Estaba ridículo, con las piernas desnudas, en calzoncillos. Justina lo miró con una expresión de sarcasmo. Se sabía fea y sin atractivos, pero, viendo al marido con aquella figura, le vinieron deseos de reírse en su propia cara.

—¿Quiere que se lo diga?

—Quiero.

Y Caetano se perdió. Antes de esta palabra todavía estaba a tiempo de evitar la bofetada. Dijo «Quiero» y ya estaba arrepentido. Tarde, sin embargo.

—¿Todavía no ha perdido la esperanza? ¿Todavía está convencido de que acabará cayéndole en los brazos? ¿No tuvo suficiente con la vergüenza que pasó? —la barbilla de Caetano temblaba de cólera. Sus labios de belfo dejaban pasar la saliva por las comisuras de la boca—. ¿Quiere que el amante vuelva a pedirle explicaciones por su atrevimiento? —y, como si diera un consejo, con una afabilidad irónica, añadió—: Tenga decencia. Eso es obra fina para sus manos. Conténtese con las otras, con esas de las que lleva retratos en la cartera. No le envidio el gusto. Cuando se sacan una foto para la ficha, le dan también una a usted, ¿no? Usted es algo así como una sucursal de la policía...

Caetano se puso lívido. Nunca la mujer había llevado tan lejos su osadía. Cerró los puños y caminó hacia ella:

—¡Un día le parto esos huesos! ¡Un día le piso los dos pies juntos! ¿Me ha oído? ¡No me tiente!...

—No es capaz.

—Ah, c... —y un calificativo inmundo le salió de los labios. Justina apenas respondió:

—No es a mí a quien insulta. Se insulta usted, que ve en todas las mujeres eso que dice.

El pesado cuerpo de Caetano se balanceó como el de un antropoide. La furia, la cólera impotente le mandaban palabras a la boca, pero todas se le atropellaban y lo entorpecían. Levantó el puño cerrado como si lo fuera a descargar sobre la cabeza de la mujer. Ella no se apartó. El brazo bajó lentamente, vencido. Los ojos de Justina parecían dos brasas. Caetano, humillado, desapareció en el dormitorio, dando un portazo.

El gato, que había estado mirando a los dueños con sus ojos glaucos, se fue por el pasillo oscuro a echarse en su cesto, silencioso e indiferente.

19

Hacía ya dos horas que Isaura daba vueltas en la cama sin poder dormir. Todo el edificio estaba tranquilo. De la calle llegaban, de tarde en tarde, los pasos de algún noctámbulo que volvía a casa. Por la ventana entraba la luz pálida y distante de las estrellas. En la oscuridad del dormitorio apenas se distinguían las manchas más negras de los muebles. El espejo del armario reflejaba vagamente la luz que se colaba por la ventana. Cada cuarto de hora, inflexiblemente, como el propio tiempo, el reloj de los vecinos de abajo subrayaba el insomnio. Todo reposaba en el silencio y en el sueño, excepto Isaura. Intentaba, por todos los medios, dormirse. Contaba y recontaba hasta mil, aflojaba la tensión de los músculos uno a uno, cerraba los ojos, buscaba olvidar el insomnio y engañarlo deslizándose lentamente en el sueño. Inútil. Todos sus nervios estaban despiertos. Más allá del esfuerzo a que la obligaba el cerebro para concentrarse en la necesidad de dormir, el pensamiento la guiaba por caminos vertiginosos. Con él contorneaba profundos valles, de donde subía un rumor sordo de voces que llamaban. Surcaba las alturas sobre el dorso potente de un ave de grandes alas que, después de subir por encima de las nubes, donde la respiración se hacía más dificultosa, caía como una piedra sobre los valles cubiertos de bruma en los que se adivinaban figuras blancas que, de tanta albura, parecían desnudas o sólo cubiertas de velos transparentes. Un deseo sin objeto, una voluntad de desear y el temor de querer la torturaban.

Al lado, la hermana dormía tranquilamente. Su respiración sosegada, la inmovilidad de su cuerpo la exasperaban. Dos veces se levantó y se aproximó a la ventana. Palabras sueltas, frases incompletas, gestos adivinados, todo le circulaba por el cerebro. Era como un disco rayado que repite infinitamente la misma frase musical, que aunque bella se hace odiosa por la reiteración. Diez, cien veces las mismas notas se suceden, se entrelazan, se confunden, y de ellas queda un sonido único, opresivo, terrible, implacable. Siente que un solo minuto de esa obsesión será una locura, pero el minuto pasa, la obcecación continúa y la locura no llega. En vez de eso, la lucidez se redobla, se multiplica. El espíritu abarca horizontes, camina de acá para allá y aún más lejos, no hay fronteras que lo detengan y a cada paso hacia delante la lucidez se hace más humillante. Expulsarla, quebrar el sonido, aplastarla bajo el silencio, sería la tranquilidad y el sueño. Pero las palabras, las frases, los gestos se levantan de debajo del silencio y giran silenciosamente y sin fin.

Isaura se decía a sí misma que estaba loca. Le ardía la cabeza, la frente le quemaba, el cerebro parecía expandirse y reventar dentro del cráneo. Es el insomnio lo que la pone en este estado. Y el insomnio no cederá mientras esos pensamientos no la abandonen. Y qué pensamientos, Isaura. Qué cosas más monstruosas. Qué aberraciones más repugnantes. Qué furores subterráneos empujaban los resortes de la voluntad...

¿Qué mano diabólica, qué mano maliciosa la había guiado hasta la elección de aquel libro? ¡Y decir que fue escrito para servir a la moralidad! «Así es», afirmaba el raciocinio frío, casi perdido en el torbellino de las sensaciones. ¿Por qué, entonces, esta agitación de los instintos, que quebraban ataduras e irrumpían en la carne? ¿Por qué no leyó fríamente, sin pasión? «Debilidad», decía el raciocinio. «Deseo», clamaban los instintos sofocados, año tras año desviados y pisados como vergüenzas. Y ahora los instintos sobrenadaban, la voluntad se hundía en un pozo más negro que la noche y más hondo que la muerte.

Isaura se mordía las muñecas. Tenía el rostro cubierto de sudor, el pelo pegado a la cabeza, la boca torcida en un espasmo violento. Se sentó en la cama, se metió las manos entre el pelo, desvariando, y miró alrededor. Noche y silencio. El sonido del disco rayado regresaba del abismo del silencio. Extenuada, se dejó caer en el colchón. Adriana hizo un movimiento y siguió durmiendo. Esa indiferencia era como una recriminación.

Isaura se cubrió la cabeza con la sábana, a pesar del sofoco del calor. Se tapó los ojos con las manos, como si la noche no fuese bastante oscura para ocultar su vergüenza. Pero los ojos, así comprimidos, prendían chispas rojas y amarillas como llamas de un incendio. (Si la mañana llegara de repente, si la luz del sol hiciera el milagro de dejar el otro lado del mundo e irrumpiese en el dormitorio...)

Lentamente, las manos de Isaura se movieron hacia su hermana. Las puntas de los dedos captaron el calor de Adriana a un centímetro de distancia. Se quedaron allí, sin adelantar ni retroceder, largos minutos. El sudor de la frente de Isaura se había secado. El rostro abrasaba como si lo quemara un fuego interior. Los dedos avanzaron hasta tocar el brazo desnudo de Adriana. Como si hubieran recibido un choque violento, retrocedieron. El corazón de Isaura latía sordamente. Los ojos, abiertos y dilatados, sólo veían negritud. Otra vez avanzaron las manos. Otra vez se detuvieron. Otra vez prosiguieron. Ahora estaban posadas en el brazo de Adriana. Con un movimiento zigzagueante, sinuoso, Isaura se acercó a la hermana. Le sentía el calor de todo el cuerpo. Despacio, una de las manos recorrió el brazo desde la muñeca al hombro, despacio la introdujo bajo la axila calida y húmeda, despacio se insinuó debajo del pecho. La respiración de Isaura se hizo precipitada e irregular. La mano bajó hacia el vientre, sobre el tejido leve del camisón. La hermana hizo un movimiento brusco y se quedó de espaldas. El hombro desnudo estaba a la altura de la boca de Isaura, que sentía en los labios la proximidad de la carne. Como la lima atraída por el imán, la boca de Isaura se pegó al hombro de Adriana. Fue un beso largo. Sediento, feroz. Al mismo tiempo, con la mano le apretó la cintura y la atrajo hacia ella. Adriana se despertó sobresaltada. Isaura no la soltó. La boca seguía pegada al hombro como una ventosa y los dedos se le enterraban en las caderas como garras. Con una exclamación de terror, Adriana se desprendió y saltó de la cama. Corrió hacia la puerta de la habitación, pero, consciente de que la madre y la tía dormían al lado, volvió atrás y se refugió junto a la ventana.

Isaura no se movió. Quería simular que estaba dormida. Pero la hermana no regresaba. Sólo le oía la respiración sibilante. La veía a través de los párpados semicerrados, su bulto recortado ante el fondo opalescente de la ventana. Luego, ya abandonada la simulación, la llamó en voz baja:

—Adriana...

La voz trémula de la hermana respondió:

—¿Qué quieres?

—Ven aquí.

Adriana no se movió.

—Te estás enfriando... —insistió Isaura.

—No importa.

—No puedes quedarte ahí. Si no vienes, salgo yo.

Adriana se aproximó. Se sentó en la orilla de la cama y quiso encender la lámpara de la mesilla de noche.

—No la enciendas —pidió Isaura.

—¿Por qué?

—No quiero que me veas.

—¿Qué tiene de malo?

—Me da vergüenza...

Las frases eran murmuradas. La voz de Adriana recuperaba seguridad, la de Isaura temblaba como si se fuera a quebrar en sollozos.

—Acuéstate, te lo pido...

—No pienso acostarme.

—¿Por qué? ¿Te doy miedo?

La respuesta de Adriana tardó:

—Sí, me das miedo...

—No te voy a hacer nada malo. Te lo prometo. No sé qué me ha pasado. Te juro...

Comenzó a llorar mansamente. Tanteando, Adriana abrió el armario y sacó una bata. Se envolvió en ella y se sentó a los pies de la cama.

—¿Te vas a quedar ahí? —le preguntó la hermana.

—Sí.

—¿Toda la noche?

—Sí.

Un sollozo más fuerte sacudió el pecho de Isaura. Casi inmediatamente la luz del cuarto contiguo se encendió y se oyó la voz de Amelia:

—¿Pasa algo?

Adriana, rápidamente, tiró la bata al otro lado de la cama y se metió bajo la ropa. Amelia apareció en el vano de la puerta, con un chal sobre los hombros:

—¿Pasa algo?

—Isaura, que ha tenido una pesadilla —respondió Adriana, levantándose para ocultar a la hermana.

Amelia se aproximó:

—¿Te sientes mal?

—No es nada, tía. Ha sido una pesadilla. Acuéstese —insistió Adriana, apartándola.

—Bueno, si necesitáis algo, me llamáis.

La puerta del dormitorio volvió a cerrarse, la luz se apagó y, poco a poco, el silencio regresó, apenas interrumpido por sollozos entrecortados. Luego, los sollozos se fueron espaciando más y más, y sólo el temblor de los hombros de Isaura denunciaba su agitación. Adriana se mantenía apartada, a la espera. Lentamente las sábanas se calentaron. Los dos cuerpos mezclaron su calor. Isaura murmuró:

—¿Me perdonas?

La hermana no respondió enseguida. Sabía que debía responder «Sí», para tranquilizarla, pero la palabra que quería pronunciar era un «No» rápido.

—¿Me perdonas? —repitió Isaura.

—Te perdono...

Isaura tuvo el impulso de abrazar a la hermana para llorar, pero lo dominó, temerosa de que la otra interpretase el gesto como una nueva tentativa. Sentía que, desde ese momento, todo lo que dijera e hiciese estaría envenenado por el recuerdo de esos minutos. Que su amor de hermana estaba falseado y era impuro por aquel terrible insomnio y por lo que vino a continuación. Como si la respiración le faltara, murmuró:

—Gracias...

Lentos pasaron los minutos y las horas. El reloj de abajo alargó el tiempo en marañas sonoras de un hilo inagotable. Exhausta, Isaura acabó por dormirse. Adriana, no. Hasta que en la ventana la luz azulada de la noche se transformó en la luz parda de la madrugada y ésta fue sustituida, en lentas gradaciones, por la blancura de la mañana, estuvo despierta. Inmóvil, con los ojos fijos en el techo, las sienes palpitando, resistía, obstinadamente, al despertar de su hambre de amor, también pisoteada, también escondida y frustrada.

20

En casa de Anselmo se cenó más temprano esa noche. María Claudia tenía que arreglarse para ser presentada a Paulino Morais y no era conveniente hacer esperar a una persona cuya buena merced se pretendía captar. Madre e hija comieron deprisa y se encerraron en el dormitorio. Tenían varios problemas que resolver en cuanto a la presentación de Claudiña y el más difícil era la elección del vestido. Ningún otro realzaría mejor su belleza y juventud que el vestido amarillo, sin mangas, de tejido leve. La falda amplia, de pliegues, que en el repulgo parecía el cáliz invertido de una flor, le caía desde la cintura con un movimiento de ola perezosa. Para ese vestido fueron los votos de Rosalía, pero el buen sentido y el gusto de Claudiña hicieron notar la incongruencia: ese vestido estaba bien para los meses de verano, no para la primavera todavía lluviosa. Además, la ausencia de mangas podría desagradar al señor Morais. Rosalía estuvo de acuerdo, pero no hizo más sugerencias. Había elegido aquel vestido, y sólo aquél, y no tenía ojos para otras opciones.

Difícil parecía la elección, pero Claudiña se decidió: se pondría el vestido gris verdoso, que era discreto y apropiado a la estación. Era un vestido de lana, de mangas largas que se cerraban en las muñecas con botones del mismo color. El escote, pequeño, apenas mostraba el cuello. Para una futura empleada no podía desearse nada mejor. A Rosalía no le gustó la idea, pero cuando la hija se vistió le dio la razón.

María Claudia tenía siempre razón. Se vio en el espejo alto del armario y se encontró bonita. El vestido amarillo la haría más joven y ella ahora quería parecer mayor. Nada de volantes, ni de brazos desnudos. El vestido que se había puesto le sentaba al cuerpo como un guante, parecía pegarse a la carne y obedecerla en los mínimos movimientos. No tenía correa, pero el corte le marcaba la cintura naturalmente, y la cintura de María Claudia era tan fina y esbelta que una correa sólo la perjudicaría. Mirándose en el espejo, Claudiña descubrió el sentido con el que debería orientar en el futuro la elección de su vestuario. Evitar lo superfluo que escondiera sus contornos. Y, en ese momento, volviéndose ante el espejo, pensaba que le quedaría bien un vestido de lamé, de esos que parecen de piel, tan flexible y elástica como la natural.

—¿Qué tal, mamaíta? —preguntó.

Rosalía no tenía palabras. Andaba alrededor de la hija como una asistenta que prepara a la artista para la apoteosis. María Claudia se sentó, sacó del bolso un lápiz de labios y colorete y comenzó a pintarse. El pelo quedaba para luego, tan fácil era peinarlo. No abusó del maquillaje, incluso fue más discreta de lo que era habitual en ella. Confiaba en que el nerviosismo le sacaría buenos colores, y el nerviosismo no le quedaba mal. Cuando acabó, se puso delante de la madre y repitió:

—¿Qué tal?

—Estás linda, hija.

Claudiña le envió una sonrisa al espejo, una última mirada de repaso, y se declaró a punto. Rosalía llamó al marido. Anselmo apareció. Compuso una noble figura de padre que ve cómo se decide el futuro de la hija y debe parecer conmovido.

—¿Te gusta, papaíto?

—Estás encantadora, hija mía.

Anselmo descubrió que, en los grandes momentos, «hija mía» quedaba mejor que cualquier otra locución. Daba seriedad, sugería afecto paternal, el orgullo de la paternidad, apenas dominado por el respeto.

—Estoy tan nerviosa —dijo Claudiña.

—Es necesario estar tranquila —aconsejó el padre, atusándose el bigotillo con la mano firme. Nada podía alterar la firmeza de aquella mano.

Cuando la hija pasó ante él, Anselmo le enderezó el collar de perlas que le ceñía el cuello. Era el último retoque en la *toilette* y lo daba quien debía: la mano firme y amorosa del padre.

—Ve, hija mía —dijo él, con solemnidad.

Con el corazón saltando como un pájaro en una jaula, María Claudia bajó al primer piso. Estaba mucho más nerviosa de lo que parecía. Innumerables veces había ido a casa de Lidia, pero nunca cuando estaba el amante. Esta visita tenía, por así decirlo, un aire de complicidad, de secreto, de cosa prohibida. Era admitida ante la presencia de Paulino Morais, entraba en el conocimiento directo de la situación irregular de Lidia. Eso la excitaba y la confundía.

Lidia abrió la puerta, sonriente:

—Estábamos esperándote.

La frase reforzó el sentimiento de intimidad por el que María Claudia se sentía poseída. Entró, toda trémula. Lidia llevaba puesta su bata de tafetán y calzaba zapatos de baile, que se ajustaban a los tobillos con dos cintas plateadas. Más parecían sandalias que zapatos y, sin embargo, lo que daría María Claudia por tener unos zapatos así...

Habituada como estaba a entrar en el dormitorio, la chica dio un paso hacia esa dirección. Lidia sonrió:

—No. Ahí no...

Claudiña se puso colorada violentamente. Y fue así, colorada y confusa, como apareció delante de Paulino Morais, que la esperaba, con la chaqueta puesta y el cigarro encendido, en el comedor.

Lidia hizo las presentaciones. Paulino se levantó. Con la mano que sostenía el cigarrillo indicó una silla a María Claudia. Se sentaron. Los ojos de Paulino miraban a Claudiña con excesiva atención. La chica fijó la vista en las figuras geométricas de la alfombra.

—Qué haces, Paulino —dijo Lidia, siempre sonriendo—. ¿No ves que estás aturdiendo a María Claudia?

Paulino hizo un movimiento brusco y sonrió también:

—No era mi intención —y a María Claudia—: No la creía tan..., tan joven.

—Tengo diecinueve años, señor Morais —respondió ella, levantando la mirada.

—Como ves, es una niña —dijo Lidia.

La chica la miró. Las miradas de las dos se cruzaron con desconfianza y, de repente, enemigas. Por intuición, María Claudia penetró en el pensamiento de Lidia, y lo que vio le hizo tener miedo y placer al mismo tiempo. Adivinó que tenía en ella una seria enemiga y adivinó el porqué. Se vio a sí misma y a ella como desde otra persona, como si fuese, por ejemplo, Paulino Morais, y la comparación consecuente resultó a su favor.

—No soy tan niña, doña Lidia. Lo que sí soy, con certeza, como el señor Morais ha dicho, es muy joven.

Lidia se mordió los labios: entendió la insinuación. Se recompuso inmediatamente y soltó una carcajada:

—También he pasado por eso. Cuando tenía tu edad, también me desesperaba que me llamaran niña.

Reconozco, hoy, que era verdad. ¿Por qué no has de reconocerlo también?

—Tal vez porque todavía no tengo su edad, doña Lidia...

En poco tiempo, María Claudia había aprendido la esgrima de las amabilidades femeninas. En su primer asalto dio dos toques y estaba intacta, aunque un poco amedrentada: recelaba que le faltara el fuelle y las armas para el resto de la batalla. Afortunadamente, Paulino intervino: sacó la pitillera de oro y ofreció un cigarro. Lidia aceptó.

—¿No fuma? —preguntó Paulino a María Claudia.

La muchacha se sonrojó. Había fumado varias veces, a escondidas, pero sintió que no debía aceptar. Podía parecer mal y, además, no estaba segura de poder imitar la elegancia con que Lidia sostenía el cigarro y se lo llevaba a la boca. Respondió:

—No, señor Morais.

—Hace bien —se calló para absorber una bocanada del cigarrillo y continuó—: Me parece muy curioso que estén hablando de edades ante una persona que bien podría ser el padre de ambas.

La frase tuvo un efecto agradable: estableció treguas. Pero Claudiña tomó la delantera. Con una sonrisa encantadora, como diría Anselmo, observó:

—Usted está queriendo hacerse pasar por mayor de lo que, de hecho, es...

—Vaya... ¿Cuántos años me echa?

—Unos cuarenta y cinco, tal vez...

—¡Oh, oh! —Paulino tenía una risa gorda y cuando reía el vientre le temblaba—. Más alto, más alto...

—¿Cincuenta?...

—Cincuenta y seis. Hasta podría ser su abuelo.

—Pues ¡se conserva muy bien!

La frase fue sincera y espontánea y Paulino lo notó. Lidia se levantó. Se aproximó al amante y procuró encaminar la conversación hacia el motivo por el que estaba allí María Claudia.

—No te olvides de que la chica está más interesada en tu decisión que en tu edad. Ya es tarde, ella seguramente querrá acostarse y, además... —se detuvo, miró a Paulino con una sonrisa expresiva y concluyó en voz baja, cargada de sobrentendidos—, además, yo necesito hablar contigo a solas...

María Claudia se dio por vencida. En ese terreno no podía combatir. Vio que era una intrusa, que ambos estaban —Lidia sin duda— deseando verla de espaldas, y tuvo ganas de llorar.

—Ah, es verdad... —Paulino pareció darse cuenta por primera vez de que tenía una posición que defender, una respetabilidad que guardar y que la ligereza de la conversación comprometía—. Entonces ¿está buscando un empleo?

—Ya tengo un empleo, señor Morais, pero mis padres consideran que gano poco y doña Lidia quiso tener la bondad de interesarse...

—¿Qué sabe hacer?

—Sé escribir a máquina.

—¿Sólo? ¿No sabe taquigrafía?

—No, señor Morais.

—Sólo saber escribir a máquina, en los tiempos que corren, es poco. ¿Cuánto gana?

—Quinientos escudos.

—Uhm... ¿No sabe, entonces, taquigrafía?

—No, señor...

La voz de María Claudia iba desapareciendo. Lidia sonreía. Paulino estaba pensativo. Un silencio incómodo.

—Pero puedo aprender... —dijo Claudiña.

—Uhm...

Paulino chupaba el cigarrillo y miraba a la muchacha. Lidia acudió:

—Oye, querido, yo estoy interesada en el caso, pero si ves que no es posible... Claudiña es bastante inteligente para comprender...

María Claudia ya no tenía fuerzas que le permitieran reaccionar. Lo que quería era verse fuera de allí lo más deprisa posible. Hizo un gesto para levantarse.

—Espere —dijo Paulino—. Voy a darle una oportunidad. Mi secretaria se casa de aquí a tres meses y luego deja el empleo. Podrá trabajar para mi compañía. Durante estos tres meses le pago lo mismo que está ganando ahora. Mientras, aprende taquigrafía. Después, ya veremos. Si me gusta, desde ya prometo que el sueldo dará un buen salto... ¿Le conviene?

—Me conviene, sí, señor Morais. ¡Y muchas gracias! —el rostro de María Claudia parecía una alborada de primavera.

—¿No sería conveniente que hablara antes con sus padres?

—Ay, no merece la pena, señor Morais. Ellos estarán de acuerdo, eso sin duda...

Lo dijo con tanta seguridad que Paulino la observó con ojos curiosos. En el mismo instante Lidia advirtió:

—Pero ¿y si al final de esos tres meses no estás satisfecho o ella no sabe suficiente taquigrafía?... ¿Tendrás que despedirla?

María Claudia miró a Paulino, inquieta.

—Bueno, ése no será, tal vez, el caso...

—Entonces, estarás mal atendido...

—Yo aprenderé, señor Morais —interrumpió María Claudia—. Y espero que quede satisfecho conmigo...

—Yo también lo espero —sonrió Paulino.

—¿Cuándo debo presentarme?

—Pues... cuanto más deprisa, mejor. ¿Cuándo puede dejar el empleo?

—Ya, si a usted le parece bien.

Paulino pensó durante unos segundos, y dijo:

—Estamos a 26... ¿Puede ser el día 1?

—Sí, señor.

—Muy bien. Pero, espere... El día 1 no estaré en Lisboa. No importa. Le doy una tarjeta para que se presente al jefe del despacho, no vaya a olvidarme de avisarlo antes. Es poco probable, pero no obstante...

Sacó de la billetera una tarjeta de visita. Buscó las gafas y no las encontró:

—¿Dónde habré dejado las gafas?

—Están en el dormitorio —respondió Lidia.

—Tráemelas, por favor...

Lidia salió. Paulino se quedó con la billetera en la mano y miraba distraídamente a María Claudia. Ésta, que tenía los ojos bajos, los levantó y lo miró. Algo pasó por la mirada del hombre que la chica comprendió. Ni uno ni otro apartaron la mirada. El pecho de María Claudia palpitó, los senos ondularon. Paulino sintió que los músculos de la espalda se distendían lentamente. En el pasillo sonaron los pasos de Lidia que regresaba.

Cuando ella entró, Paulino reorganizaba la billetera con escrupulosa atención y María Claudia miraba la alfombra.

21

Tumbado en la cama, los pies sobre un periódico para no ensuciar la colcha, Abel saboreaba un cigarrillo. Había tenido una buena cena. Mariana sabía cocinar. Y era, también, una estupenda ama de casa. Se notaba eso en la forma de organizar la habitación, en los pequeños detalles. Su dormitorio estaba allí para demostrarlo. Los muebles eran pobres, pero limpios, y tenían aire de dignidad. No hay duda de que, así como los animales domésticos —el perro y el gato, por lo menos— reflejan el temperamento y el carácter de los dueños, también los muebles y los objetos más insignificantes de una casa reflejan algo de la vida de sus propietarios. De ellos se desprende frialdad o calor, cordialidad o reserva. Son testigos que cuentan, a todas horas, con un lenguaje silencioso, lo que han visto y saben. La dificultad está en encontrar el momento más favorable para recoger la confesión, la hora más íntima, la luz más propicia.

Siguiendo en el aire el movimiento envolvente del humo que subía, Abel oía las historias que le contaban la cómoda y la mesa, las sillas y el espejo. Y también las cortinas de la ventana. No eran historias con principio, desarrollo y fin, sino un fluir dulce de imágenes, la lengua de las formas y de los colores que dejan una impresión de paz y serenidad.

Sin duda, el estómago reconfortado de Abel formaba parte importante de esta sensación de plenitud. Hacía ya muchos meses que estaba privado de las sencillas refecciones domésticas, del sabor particular de la comida hecha con las manos y el paladar de una tranquila ama de casa. Comía en tabernas baratas el plato del día, la sopa insípida y los boquerones fritos que, a cambio de escasos escudos, les dan, a los abonados a lo poco, la ilusión de que se alimentan. Tal vez Mariana sospechara eso mismo. De otro modo, no se entiende la invitación, pues sus relaciones eran de hacía pocos días. O tal vez Silvestre y Mariana fuesen diferentes. Diferentes de todas las personas que había conocido hasta entonces. Más humanos, más sencillos. Más abiertos. ¿Qué sería lo que le daba a la pobreza de sus hospederos ese sonido de metal puro? (Por una oscura asociación de ideas, así sentía Abel la atmósfera de la casa.) «¿La felicidad? Es poco. La felicidad participa de la naturaleza del caracol, que se retrae cuando lo tocan.» Pero, si no es la felicidad, ¿qué puede ser? «Tal vez la comprensión... Pero la comprensión es simplemente una palabra. Nadie puede comprender a otro, si no es ese otro. Y nadie puede ser, al mismo tiempo, otro de sí mismo.»

El humo seguía escapándose del cigarrillo olvidado. «¿Estará en la naturaleza de ciertas personas esta capacidad de desprender de sí mismas algo que transfigure la vida? Algo, algo... Algo, puede ser todo o casi nada. Lo que interesa es saber qué. Pero entonces, veamos, pongamos la pregunta: ¿el qué?»

Abel pensó, volvió a pensar y, al final, ante sí sólo tenía una pregunta. Parecía un callejón sin salida. «¿Qué personas son éstas? ¿Qué capacidad es ésa? ¿En qué consiste la transfiguración? ¿No estarán estas palabras demasiado lejos de lo que quieren expresar? La circunstancia de tener que usar forzosamente palabras ¿no dificultará la respuesta? Pero, si no, ¿cómo encontrarla?»

Ajeno al esfuerzo especulativo de Abel, el cigarro se consumió hasta los dedos que lo sostenían. Con precaución para no hacer caer la brasa en que el pitillo se había transformado, dejó la colilla en el cenicero. Iba a retomar el hilo de su razonamiento cuando sonaron dos golpes suaves en la puerta. Se levantó:

—Adelante.

Apareció Mariana con una camisa en la mano.

—Perdone que le moleste, señor Abel, pero no sé si esta camisa tendrá arreglo...

Abel tomó la camisa, la miró y sonrió:

—¿Qué cree, señora Mariana?

Ella sonrió también y aventuró:

—No sé, ya está muy vieja...

—Haga lo que pueda. ¿Sabe? A veces necesito más una camisa vieja que una nueva... ¿No le parece raro?

—Usted sabrá las razones que tiene... —le dio vueltas a la camisa por todas partes, como si quisiera poner en evidencia su decrepitud, y añadió—: Mi Silvestre tuvo una parecida a ésta. Me parece que todavía tengo unos retales... Por lo menos para el cuello...

—Eso le va a dar mucho trabajo. Quizá no...

Se detuvo. Vio en los ojos de Mariana la pena que le daría si no aceptara el arreglo de la camisa:

—Gracias, señora Mariana. Quedará mejor...

Mariana salió. Tan gorda que daba risa, tan buena que daban ganas de llorar.

«Será bondad —pensó Abel—. Es poco todavía —pensó después—. Hay aquí algo que se me escapa. Son felices, eso se ve. Son comprensivos, son buenos, así lo siento. Pero falta algo, tal vez lo más importante, tal vez lo que es causa de la felicidad, de la comprensión, de la bondad. Tal vez lo que es —debe de ser eso—, simultáneamente, causa y consecuencia de la bondad, de la comprensión y de la felicidad».

De momento Abel no encontraba salida en el laberinto. La reconfortante cena tenía parte de responsabilidad en el embotamiento de la capacidad de razonar. Pensó leer un poco antes de acostarse. Era temprano, poco más de las diez y media, disponía de bastante tiempo por delante. Pero leer no le apetecía.

Salir tampoco, a pesar del tiempo sereno, del cielo sin nubes, de la temperatura amena. Sabía lo que iba a ver en la calle: personas remolonas o apresuradas, interesadas o indiferentes. Casas sombrías, casas iluminadas. El curso egoísta de la vida, el sufrimiento, el temor, las ansias, el abordaje a la mujer que pasa, la expectativa, el hambre, el lujo y la noche que levanta las máscaras para mostrar la verdadera cara del hombre.

Se decidió. Iría a conversar con Silvestre, con su amigo Silvestre. Sabía que el momento era malo, que el zapatero estaba ocupado con un trabajo de urgencia, pero si no le podía hablar por lo menos estaría junto a él, observándole los movimientos de las manos hábiles, sintiéndole la mirada tranquila. «Tranquilidad, rara cosa...», pensó.

Silvestre, al verlo entrar en la *marquise,* sonrió y dijo:

—Hoy no hay jueguecito, ¿eh?...

Abel se sentó enfrente. La bombilla baja iluminaba las manos del zapatero y el zapato de niño en el que trabajaba.

—¡Qué remedio! Usted no tiene horario de trabajo...

—Ya lo he tenido. Ahora soy empresario...

Pronunció la última palabra de un modo que le quitaba todo su significado. Mariana, apoyada en el cesto de la ropa, cosiendo la camisa, bromeó:

—Empresario sin capital...

Abel sacó un paquete de tabaco y le ofreció a Silvestre:

—¿Quiere uno de éstos?

—Pues sí.

Pero Silvestre tenía las manos ocupadas y no podía sacar el cigarrillo. Fue Abel quien lo sacó y se lo puso en la boca y, después, lo encendió. Todo esto en silencio. Nadie habló de alegría, pero todos estaban alegres. La sensibilidad más agudizada del joven aprehendió la belleza del momento. Una belleza pura. «Virginal», pensó.

Su silla era más alta que los taburetes donde se sentaban Silvestre y Mariana. Les veía las cabezas inclinadas, el pelo blanco, la frente arrugada de Silvestre, las mejillas brillantes y sonrojadas de Mariana y la luz familiar que los envolvía. El rostro de Abel estaba en la sombra, la brasa del nuevo cigarrillo encendido señalaba el lugar de la boca.

Mariana no era persona para largas tertulias. Además, su vista fatigada disminuía con la noche. Para su desesperación, daba cabezadas bruscas. Que no contaran con ella para tertulias. Al amanecer, podían invitarla.

—Ya te estás quedando frita —dijo Silvestre.

—¡Qué dices! Como si yo fuera un pájaro...

Pero era inútil. No habían pasado cinco minutos y ya Mariana se estaba levantando... Se le cerraban los ojos de sueño, que Abel la disculpara. Los dos hombres se quedaron solos.

—Todavía no le he agradecido la cena —dijo Abel.

—Venga ya. No tiene ninguna importancia.

—Para mí, mucha.

—No diga eso. Cena de pobre...

—Ofrecida a otro más pobre todavía... Tiene gracia: es la primera vez que me llamo a mí mismo pobre. Nunca lo había pensado.

Silvestre no respondió. Abel sacudió la ceniza del cigarro y siguió:

—Pero ésa no es la razón por la que digo que para mí tiene mucha importancia. Es que nunca me había sentido tan bien como hoy. Cuando me vaya, me llevaré muchas nostalgias de ustedes.

—Pero ¿por qué va a irse?

Con una sonrisa, Abel respondió:

—Recuerde lo que le dije el otro día... Cuando me siento atado, corto el tentáculo... —tras un breve silencio, que Silvestre no interrumpió, añadió—: Espero que no me considere un ingrato...

—No lo considero ingrato. Si no supiese quién es, si no conociese su vida, sería lógico que pensara así.

Abel se inclinó hacia delante, en un movimiento de curiosidad irreprimible:

—¿Cómo es posible que sea usted tan comprensivo?

Silvestre levantó la cabeza, parpadeando por culpa de la luz:

—En mi profesión eso no es corriente, ¿no es eso lo que quiere decir?

—Sí..., tal vez...

—Y mire que siempre he sido zapatero... Usted es encargado de obra y persona con conocimientos. Tampoco nadie diría...

—Pero yo...

—Acabe. Tiene estudios, ¿verdad?

—Sí.

—Yo también estudié. Tengo la instrucción primaria. Luego he ido leyendo cosas, aprendiendo...

Como si el zapato exigiese toda su atención, Silvestre se calló bajando todavía más la cabeza. La luz le iluminaba la nuca poderosa y los omoplatos musculosos.

—Estoy molestándole en su trabajo —dijo Abel.

—Nada de eso. Esto es algo que puedo hacer con los ojos cerrados.

Apartó el zapato, tomó tres hilos y comenzó a encerarlos. Lo hacía con movimientos largos y armoniosos. Poco a poco, a cada paso por la cera, el hilo blanco se hacía de un color amarillo cada vez más vivo.

—Si lo hago con los ojos abiertos es por la fuerza de la costumbre —continuó—. Y también porque, si los cerrase, el trabajo me llevaría más tiempo.

—Sin contar con que saldría imperfecto —añadió Abel.

—Claro. Eso demuestra que hasta cuando podemos cerrar los ojos, los debemos mantener abiertos...

—Lo que acaba de decir parece un acertijo.

—No se crea. ¿No es verdad que, con mi práctica del oficio, podría trabajar con los ojos cerrados?

—Hasta cierto punto. Usted ha aceptado que, en esas condiciones, la obra no saldría perfecta.

—Por eso los abro. ¿No es verdad también que, con mi edad, podría cerrar los ojos?

—¿Morir?

Silvestre, que había tomado la lezna y agujereaba la suela para comenzar a coser, suspendió el movimiento:

—¿Morir? Vaya idea. No tengo ninguna prisa.

—¿Entonces?

—Cerrar los ojos sólo quiere decir no ver.

—Pero ¿no ver qué?

El zapatero abrió los brazos como si quisiera abarcar todo aquello en que estaba pensando:

—Esto... La vida... Las personas...

—Sigue el acertijo. Confieso que no adivino hasta dónde quiere llegar.

—Ni podría adivinarlo. No sabe...

—Me está intrigando. Vamos a ver si me oriento. Usted dice que incluso cuando podemos cerrar los ojos los debemos conservar abiertos, ¿no es eso? También dice que los conserva abiertos para ver la vida, las personas...

—Exactamente.

—Pues bien. Todos nosotros tenemos los ojos abiertos, las personas, la vida... Y eso, ya se tengan seis o sesenta años...

—Depende de la manera de ver.

—¡Ah! Estamos llegando al punto. Usted conserva los ojos abiertos para ver de una cierta manera. ¿Es eso lo que quiere decir, señor Silvestre?

—Es lo que he dicho.

—¿De qué manera?

Silvestre no respondió. Estiraba ahora los hilos. Los músculos del brazo se contraían.

—Estoy molestándolo —dijo Abel—. Si seguimos conversando no tendrá el trabajo listo para mañana.

—Y si no hablamos se quedará intrigado toda la noche.

—Eso es verdad.

—Está lleno de curiosidad, ¿eh? Está como yo el otro día. Tras dieciséis años dando tumbos por la vida, descubre un ave rara, un zapatero filósofo. Es casi un premio gordo...

Abel tuvo la impresión de que Silvestre se estaba burlando. Apenas disimuló el mal humor y respondió, en un tono levemente agridulce:

—Me gustaría saber, sin duda, pero nunca he intentado forzar a nadie para que diga lo que no quiere. Ni siquiera a las personas en las que alguna vez he confiado...

—Esto parece que va por mí. Ya lo he captado.

El tono de las palabras era de tal manera jocoso y burlón que Abel tuvo que dominarse para no responder con acritud. Pero, como la única respuesta posible sería agria, prefirió callarse. Instintivamente sentía que no estaba enfadado con Silvestre, que no podría enfadarse aunque lo quisiera.

—¿Le he molestado? —le preguntó el zapatero.

—No... No...

—Ese *no* quiere decir *sí*. Aprendí con usted a oír todo lo que me dicen y a prestar atención a la manera como me lo dicen.

—¿No cree que tengo razón?

—La tiene. Tiene razón e impaciencia.

—¿Impaciencia? Incluso ahora que le acabo de decir que no fuerzo a nadie a hablar...

—¿Y si pudiera forzar?

—Si pudiera... Si pudiera, lo forzaría a usted. Bueno, ya lo he dicho. ¿Está satisfecho?

Silvestre se rió alto:

—Doce años de contacto con la vida todavía no le han enseñado a dominarse.

—Me han enseñado otras cosas.

—Le enseñaron a ser desconfiado...

—¿Cómo puede decir eso? ¿No he confiado en usted?

—Confió. Pero lo que dijo se lo podía haber dicho a otra persona cualquiera. Bastaría que sintiera necesidad de desahogarse.

—Es cierto. Pero dese cuenta de que ha sido con usted con quien me he desahogado.

—Se lo agradezco... Ahora no estoy bromeando. Crea que se lo agradezco.

—No es necesario que me lo agradezca.

Silvestre apartó el zapato y la aguja y empujó hacia un lado el banco de trabajo. Cambió la posición de la lámpara, para ver mejor el rostro de Abel:

—¡Vaya! Qué cara tiene de estar molesto...

El rostro de Abel se contrajo más. Sintió tentaciones de levantarse y salir.

—Oiga, oiga —dijo Silvestre—. ¿Es verdad, o no, que desconfía de todo el mundo? Que es un..., un... Me falta la palabra.

—¿Un escéptico?

—Eso, un escéptico.

—Tal vez. Me he llevado tantos golpes que sería milagroso que no lo fuese. Pero ¿qué es lo que hay en mí que le lleva a considerarme un escéptico?

—En todo lo que me ha contado, no he visto otra cosa.

—Pero, en ciertos momentos, se conmovió.

—Eso no quiere decir nada. Me ha conmovido su vida, lo que ha sufrido. También me conmuevo con esas grandes desgracias de las que a veces los periódicos hablan...

—Está rehuyendo la cuestión. ¿Por qué soy un escéptico?

—Todos los muchachos de su edad lo son. En estos tiempos por lo menos...

—¿Y qué muchachos conoce que hayan tenido una vida como la mía?

—Sólo a usted. Y es por eso mismo por lo que no le vale de mucho lo vivido. Quiere conocer la vida, me dijo. ¿Para qué? Para su uso personal, para su provecho, y nada más.

—¿Quién dice eso?

—Lo adivino. Tengo un sexto sentido, que adivina.

—¿Está otra vez bromeando?

—Ya ha pasado... ¿Recuerda que me habló de los tentáculos que nos agarran?

—Hace nada acabo de referirme a eso.

—Cierto, y ése es el punto clave. Esa preocupación por no ser atrapado...

Abel lo interrumpió. Su expresión de mal humor había desaparecido. Estaba ahora interesado, casi exaltado:

—¿Y qué? ¿Quiere verme con un empleo fijo donde tenga que yacer toda la vida? ¿Quiere verme agarrado a una mujer? ¿Quiere verme haciendo la vida de todo el mundo?

—No quiero ni dejo de querer. Si mi querer tuviera alguna importancia para usted, lo que yo querría es que su preocupación por huir de prisiones no lo llevara a ser prisionero de usted mismo, de su escepticismo...

Abel hizo un amago de sonrisa amarga.

—Y yo que creía estar viviendo una vida ejemplar...

—Y lo está, si de ella saca lo que yo saqué de la mía...

—¿Qué fue eso? Si puede saberse.

Silvestre tomó el tabaco, buscó el papel y, lentamente, lió un cigarro. Con la primera bocanada, respondió:

—Una cierta manera de ver...

—Volvamos al principio. Usted sabe lo que quiere decir. Yo no lo sé. Luego la conversación así no es posible.

—Lo es. Cuando le diga lo que sé.

—A ver si es verdad. Si hubiese comenzado por ahí, habría sido mejor.

—No lo creo. Usted necesitaba, primero, oírlo.

—Ahora lo oigo. Y pobre de usted si no me convence...

Lo amenazaba con el dedo índice, pero el rostro era amigable. Silvestre correspondió con una sonrisa a la amenaza. Después, echó la cabeza hacia atrás y miró al techo. Los tendones del cuello parecían cuerdas tensas. La camisa abierta dejaba ver la parte superior del pecho, ennegrecido por el vello, donde brillaban pequeños hilos de plata encrespados. Despacio, como si de la abstracción regresase cargado de recuerdos, Silvestre miró a Abel. Enseguida, comenzó a hablar, con una voz honda que temblaba en ciertas palabras y en otras era como si se tensara y se endureciera:

—Óigame, amigo mío. Cuando tenía dieciséis años ya era lo que hoy soy: zapatero. Trabajaba en un cubículo con otros cuatro compañeros desde la mañana a la noche. En invierno, las paredes chorreaban agua; en verano, se moría de calor. Adivinó cuando dijo que le parecía que, a los dieciséis años, la vida ya no tenía nada de maravilloso para mí. Usted pasó hambre y frío porque quiso, yo pasé lo mismo sin quererlo. Eso es muy diferente. Por su libre voluntad comenzó a hacer esta vida, y no lo censuro. Mi voluntad no fue ideada ni consultada para la vida que llevo. Tampoco le contaré mis años de niño, a pesar de ser ya lo bastante viejo para tener placer en recordarlos. Pero fueron tan tristes que, para el caso, sólo vendrían a importunar. Mala vida, poca ropa, muchas bofetadas, y está todo dicho. Son tantos los niños que viven así, que uno ya ni se extraña...

Con la barbilla asentada en un puño cerrado, Abel no perdía una palabra. Sus ojos oscuros brillaban. La boca, de trazo femenino, adquirió dureza. Todo el rostro estaba atento.

—A los dieciséis años vivía de esta manera —continuó Silvestre—. Trabajaba en Barreiro. ¿Conoce Barreiro? No voy allí desde hace un buen puñado de años, no sé cómo estará aquello ahora. Pero sigo. Como le dije, hice la instrucción primaria. Por la noche... Tenía un profesor que no evitaba los golpes. Me dieron como a los otros. La voluntad de aprender era mucha, pero el sueño todavía era más. Él debía de saber lo que hacía durante el día, recuerdo que se lo dije una vez, pero era igual que nada. Nunca se disculpó. Ya murió. Que la tierra le sea leve... En aquel tiempo, estaba la monarquía dando el último suspiro. Creo que fue incluso el último...

—Usted es republicano, claro —observó Abel.

—Si ser republicano es no admitir la monarquía, soy republicano. Pero a mí me parece que monarquía y república, a fin de cuentas, son palabras. Me lo parece, hoy... En aquel momento era republicano convencido y la república, más que una palabra. Llegó la república. Para eso ni hice ni deshice, pero lloré con tanta alegría como si todo hubiera sido obra mía. Usted, que vive en estos tiempos duros y desconfiados, no puede imaginar las esperanzas de aquellos días. Si todo el mundo sintió lo que yo sentí, hubo una época en que no hubo gente infeliz de una punta a otra de Portugal. Era un niño, ya lo sé, sentía y pensaba como niño. Más tarde comencé a ver que me robaban las esperanzas. La república ya no era novedad, y en esta tierra sólo se aprecian las novedades. Entramos como leones y salimos como burros de carga. Lo llevamos en la masa de la sangre... Había mucho entusiasmo, mucha dedicación, era como si nos hubiera nacido un hijo. Pero había también mucha gente dispuesta a liquidar nuestros ideales. Y no tenía escrúpulos. Después aparecieron, y eso fue malo, unos cuantos que querían, a base de fuerza, salvar la patria. Como si la patria se estuviera perdiendo... Comenzó cada cual a no saber lo que quería. Amigos de ayer eran enemigos al día siguiente sin saber bien por qué. Yo oía aquí, oía allí, observaba, quería hacer algo y no sabía qué. Tuve momentos en que habría dado la vida de buena gana, si me la hubieran pedido. Me metía en discusiones con mis compañeros de aula. Uno de ellos era socialista. Era el más inteligente de todos nosotros. Sabía muchas cosas. Creía en el socialismo y sabía decir por qué. A mí me prestó libros. Es como si lo viera. Era mayor que yo, muy delgado y muy pálido. Sus ojos echaban llamas cuando hablaba de ciertas cosas. Debido a la posición en que trabajaba, y porque era débil, iba encorvado. El pecho se le hundía. Decía que yo le caía bien porque era, al mismo tiempo, fuerte y listo... —se calló durante unos momentos, reencendió el cigarro, que se le había apagado, y prosiguió—: Tenía su nombre, se llamaba también Abel... Ya han pasado más de cuarenta años. Murió antes de la guerra. Un día faltó al trabajo sin avisar. Fui a visitarlo. Vivía con la madre. Estaba en la cama ardiendo de fiebre. Había vomitado sangre. Cuando entré al dormitorio, sonrió. Me impresionó esa sonrisa, parecía que estaba despidiéndose de mí. Dos meses después murió. Me dejó los libros que tenía. Todavía los conservo...

Los ojos de Silvestre retrocedían hacia el pasado distante. Veían el dormitorio pobre del enfermo, tan pobre como el suyo, las largas manos de uñas moradas, el rostro pálido, ojos como brasas vivas.

—Nunca ha tenido un amigo, ¿verdad? —preguntó.

—No, nunca lo he tenido...

—Es una pena. No sabe lo que es tener un amigo. Tampoco sabe lo que cuesta perderlo, ni la nostalgia que se siente cuando lo recordamos. Ésta es una de las cosas que la vida no le ha enseñado...

Abel no respondió, pero afirmó con la cabeza lentamente. La voz de Silvestre, las palabras que oía alteraban el orden de sus ideas. Una luz, no muy viva pero insistente, se introducía en su espíritu, iluminaba sombras y recodos.

—Después llegó la guerra —continuó Silvestre—. Fui a Francia. No lo hice por gusto. Me mandaron, no tuve otro remedio. Anduve por allí, metido hasta las rodillas en el barro de Flandes. Estuve en La Couture... Cuando hablo de la guerra, no soy capaz de decir muchas cosas. Imagino lo que debe de haber sido esta última para quien la vivió, y me callo. Sé que aquélla fue la Gran Guerra, ¿qué nombre se le dará a ésta? Y ¿qué nombre se le dará a la próxima? —sin aguardar respuesta, prosiguió—: Cuando volví, había algo diferente. Dos años siempre traen cambios. Pero quien estaba más cambiado era yo. Volvía al banco, a otro taller. Mis nuevos compañeros eran ya hombres, padres de hijos, que no se metían, decían ellos, en historias.

Así que descubrieron quién era yo, intrigaron con el patrón, fui despedido y amenazado por la policía...

Silvestre mostró una sonrisa forzada, como si recordase cualquier episodio burlesco. Pero luego se serenó:

—Los tiempos habían cambiado. Mis ideas, antes de ir a Francia, podrían ser dichas en voz alta con los compañeros, que a nadie se le ocurriría denunciarlas a la policía o al patrón. Ahora tenía que callarlas. Mantuve silencio. Fue por aquel entonces cuando conocí a mi Mariana. Quien la ve hoy no es capaz de imaginar lo que era en aquel tiempo. Bonita como una mañana de mayo...

Casi sin reflexionar, Abel preguntó:

—¿Quiere mucho a su mujer?

Silvestre, sorprendido, dudó. Después, serenamente, con una convicción profunda, respondió:

—La quiero. La quiero mucho.

«Es el amor —pensó Abel—. Es el amor el que les da esta tranquilidad, esta paz». Y, bruscamente, le entró en el corazón un deseo violento de amar, de darse, de ver en la secura de su vida la flor roja del amor. La voz serena de Silvestre continuaba:

—Me acordaba de mi amigo Abel, del otro...

Sonriendo, el joven hizo un gesto de agradecimiento por la delicadeza de la intención.

—Releí los libros que me había dejado y comencé a vivir dos vidas. De día, era el zapatero, un zapatero silencioso que no veía más allá de las suelas de los zapatos que arreglaba. Por la noche era verdaderamente yo. No se extrañe si mi manera de hablar es demasiado fina para la profesión que tengo. Conviví con mucha gente culta y, si no aprendí lo que debía, aprendí, por lo menos, lo que podía. Arriesgué la vida algunas veces. Nunca me negué a ninguna tarea, por más peligrosa que fuera...

La voz de Silvestre se iba haciendo lenta, como si se negara a un recuerdo penoso, o como si, no pudiendo evitar hablar de él, buscara la manera de decirlo:

—Una vez hubo una huelga de ferroviarios. Al cabo de veinte días fueron movilizados. Como respuesta, el comité central ordenó que las estaciones fuesen abandonadas. Yo estaba en contacto con los ferroviarios, tenía una misión que cumplir ante ellos. Era un elemento de confianza, pese a que la edad no era mucha. Me encargaron dirigir un grupo que debía recorrer un sector de Barreiro, por la noche. Teníamos que pegar panfletos. De madrugada tuvimos un encuentro con gente de la juventud monárquica...

Silvestre lió otro cigarro. Las manos le temblaban un poco y los ojos se negaban a mirar a Abel:

—Uno de ellos murió. Casi no le vi la cara, pero era joven. Quedó tendido en la calle. Caía una lluvia menuda y fría, y las calles estaban llenas de barro. Vinieron guardias y nosotros huimos antes de que nos identificaran. Nunca se supo quién lo mató...

Un silencio pesado, como si la muerte hubiera venido a sentarse entre los dos hombres. Silvestre conservaba la cabeza baja, Abel tosió levemente y preguntó:

—¿Y luego?

—Luego... fue así durante años. Más tarde me casé. Mi Mariana sufrió mucho por mi causa. En silencio. Pensaba que yo tenía razón y nunca me censuró. Nunca intentó apartarme de mi camino. Eso se lo debo. Los años pasaron. Hoy soy viejo...

Silvestre se levantó y salió de la *marquise*. Volvió pocos segundos después con la botella de *ginja* y dos vasos:

—¿Quiere una *ginja* para entrar en calor?

—Quiero.

Con los vasos llenos, los dos hombres se quedaron en silencio.

—¿Y entonces? —preguntó Abel minutos después.

—¿Entonces, qué?

—¿Dónde está la tal manera de ver la vida?

—¿No la ha descubierto?

—Tal vez, pero prefiero que me la diga.

Silvestre bebió el aguardiente de un trago, se limpió la boca con el dorso de la mano y respondió:

—Si no la ha descubierto por sí mismo, es porque no he sabido decirle lo que siento. No me extraña. Hay cosas que son tan difíciles de decir... Creemos que quedó todo dicho, y al final...

—No huya.

—No, no huyo. Aprendí a ver más allá de la suela de estos zapatos. Aprendí que, tras esta vida desgraciada que los hombres llevan, hay un gran ideal, una gran esperanza. Aprendí que la vida de cada uno de nosotros debe estar orientada por esa esperanza y por ese ideal. Y que si hay gente que no siente así, es porque murió antes de nacer —sonrió y añadió—: Esta frase no es mía. La oí hace muchos años...

—En su opinión, ¿yo pertenezco al grupo de los que han muerto antes de nacer?

—Pertenece a otro grupo, al grupo de los que todavía no han nacido.

—¿No se estará olvidando de la experiencia que tengo?

—No me olvido de nada. La experiencia sólo vale cuando es útil a otros, y usted no es útil a nadie.

—Reconozco que no soy útil. Pero ¿cuál es la utilidad de su vida?

—Me he esforzado. Y si no lo conseguí, ha quedado, por lo menos, el esfuerzo...

—A su manera. ¿Y quién le dice que es la mejor?

—Hoy casi todo el mundo dice que es la peor. ¿Pertenecerá usted al mundo de los que hablan así?

— Si le soy sincero, no sé...

—¿No lo sabe? ¿Después de lo que ha vivido y de lo que ha visto, con la edad que tiene, todavía no lo sabe?

Abel no pudo soportar la mirada de Silvestre y bajó la cabeza.

—¿Cómo es posible que no lo sepa? —insistió el zapatero—. ¿Doce años viviendo de esa manera todavía no le han mostrado la bajeza de la vida de los hombres? ¿La miseria? ¿El hambre? ¿La ignorancia? ¿El miedo?

—Me han enseñado todo eso. Pero los tiempos son otros...

—Sí. Los tiempos son otros, pero los hombres son los mismos...

—Unos murieron... Su amigo Abel, por ejemplo.

—Pero otros nacieron. Mi amigo Abel... Abel Nogueira, por ejemplo.

—Está contradiciéndose. Hace un instante me decía que pertenezco al grupo de los que todavía no han nacido...

Silvestre empujó de nuevo el taburete hacia delante. Tomó un zapato y recomenzó el trabajo. Con voz trémula, respondió:

—Tal vez no me haya comprendido.

—Lo comprendo mejor de lo que supone...

—¿Y no me da la razón?

Abel se levantó, miró el huerto a través de los vidrios. La noche era oscura. Abrió la ventana. Todo era sombra y silencio. Pero en el cielo había estrellas. La Vía Láctea desplegaba su camino luminoso de horizonte a horizonte. Y de la ciudad subía hacia las alturas un rumor sordo de cráter.

22

Gracias a la vitalidad de sus años, Enrique se restableció con rapidez. Sin embargo, a pesar de la levedad del problema, su carácter parecía haberse modificado. Quizá por los mimos excesivos que le habían sido dispensados, su sensibilidad se exacerbó. Ante una palabra más fuerte, las lágrimas le venían a los ojos y ya estaba él llorando.

Con lo bullicioso que era, se convirtió en comedido. En presencia del padre se ponía serio y lo acompañaba en silencio. Lo observaba con miradas tiernas, una admiración muda, una contemplación apasionada. El padre no se mostraba más afectuoso: no existía, por tanto, correspondencia de intereses. Lo que ahora atraía a Enrique era exactamente lo que antes le había apartado: el silencio, la frase breve, el aire ausente. Por motivos que ignoraba, y que no comprendería de haberlos conocido, tuvo al padre a su cabecera. Esa permanencia, el rostro preocupado y, al mismo tiempo, reservado, la atmósfera de hostilidad que envolvía la casa, todo eso más la receptividad, el afinamiento de la percepción que la enfermedad le había provocado le impelían, brumosamente, hacia el padre. En su pequeño cerebro se entreabría una de las muchas puertas cerradas hasta entonces. Sin que tuviera conciencia de eso, estaba dando un paso hacia la madurez. Notaba la falta de armonía familiar.

Era cierto que antes había presenciado escenas violentas entre sus padres. Pero como espectador indiferente, como si asistiera a un partido que ni de lejos ni de cerca le afectaba. Ahora no. Todavía bajo la influencia de la enfermedad, bajo la impresión del estado mórbido anterior, captaba, sin que para eso mediase su voluntad, las manifestaciones del conflicto latente. El prisma a través del cual veía a los padres parecía haber girado un poco, lo suficiente como para verlos de otro modo. Tarde o temprano ese cambio tendría que producirse: la enfermedad no hizo nada más que acelerarlo.

Sin duda, la madre no había perdido nada ante sus ojos: la veía tal cual era antes. Pero el padre se le presentaba con otro aspecto. Enrique tenía seis años: era imposible que entendiera que la alteración se producía en su interior. Así, para él, era el padre el que se había transformado. Lo cierto es que el padre no le hablaba ni le besaba más que antes y esta evidencia remitía a Enrique, a falta de auténtica explicación, a las atenciones que le había prodigado durante la enfermedad. De este modo, todo estaba en su lugar. En resumidas cuentas, el interés de Enrique no era nada más que una retribución. No por el interés presente, sino por el interés pasado. Un reconocimiento. Una gratitud. Cada época de la vida adopta la explicación más fácil e inmediata.

Este interés lo manifestaba viniera o no al caso. En la cena, la distancia que iba de la silla de Enrique a la del padre era menor que la que lo separaba de la madre. Cuando Emilio, por la noche, ponía en orden sus papeles, las compras y los encargos conseguidos durante el día, el hijo se apoyaba en la mesa para verlo trabajar. Si alguno de esos papeles caía —y Enrique lo deseaba con toda su capacidad de desear—, corría presuroso para entregárselo, y si el padre, en señal de agradecimiento, le sonreía, Enrique era el más feliz de los niños. Pero todavía existía una felicidad mayor, que no admitía comparación alguna: era cuando el padre le posaba la mano en la cabeza. En esos momentos, Enrique casi perdía la visión. Para Emilio, el interés súbito y aparentemente inexplicable del hijo le provocaba dos reacciones diferentes y opuestas. Primero, la conmoción. Tenía la vida tan hueca de afectos, tan distante del amor, se sentía tan aislado, que aquellas pequeñas atenciones, la presencia constante del hijo a su lado, la dedicación obstinada, lo conmovían. Pero enseguida tuvo percepción del peligro: tal interés, tal conmoción sólo servirían para hacer más difícil la decisión que había tomado de separarse. Se endureció, intentó apartarse del hijo evidenciando más los trazos de carácter que podrían contribuir al desánimo. Pero el niño no desistía. Si Emilio hubiera recurrido a la violencia, tal vez lo habría apartado. No podía. Nunca le había pegado y no le pegaría aunque los golpes fuesen el precio de su liberación. Pensar que la mano con que acariciaba al hijo, y que el niño amaba precisamente por la caricia, pudiera agredirle le producía un malestar intenso.

Emilio pensaba demasiado. Con cualquier cosa su cerebro se prendía. Andaba alrededor de los problemas, se metía en ellos, se ahogaba en ellos y, por fin, su propio pensamiento ya era un problema. Olvidaba lo que más le importaba y se empleaba en la búsqueda de los motivos, de las razones. La vida le pasaba al lado y no se subía. La cuestión que tenía que resolver estaba delante y no la veía. Aunque ésta le gritara: «Estoy aquí, mírame», no la oiría. Ahora mismo, en vez de acelerar el proceso que le apartara del interés del hijo, se entretenía buscando las razones de ese mismo interés. Y como no las encontraba, el cerebro, lanzado en las redes del inconsciente, concluyó con una explicación supersticiosa. Porque anunció que se separaba, el hijo empeoró; por la misma razón, el niño, amedrentado ante la perspectiva de perderlo, manifestaba este interés inesperado. Cuando el pensamiento emergía de este embrollo paralizante, Emilio se daba cuenta de la irracionalidad de la conclusión: Enrique apenas escuchó sus palabras, le prestó tan poca atención como al vuelo de una mosca, ahora visto, enseguida olvidado. Además, las últimas palabras, las palabras definitivas e irremediables, ni siquiera las oyó porque se había dormido. Pero aquí el cerebro de Emilio emprendía nuevo viaje en la cuerda floja del subconsciente: las palabras dichas, aunque no oídas, se quedan en el aire, sobrevuelan en la atmósfera, son, por decirlo de alguna manera, respiradas, y producen los mismos efectos que si hubiesen encontrado en su camino oídos que las atendieran. Conclusión insensata, supersticiosa, toda tejida de augurios y misterios.

Para Carmen, lo que estaba pasando era la señal más clara de la perversidad del marido. No contento con haberle negado la felicidad, quería ahora robarle su último bien, el amor del hijo. Luchó contra los malos designios de Emilio. Redobló los cariños con el niño. Pero Enrique prestaba más atención a una simple mirada del padre que a la exuberancia del afecto de la madre. Carmen, desesperada, llegó a pensar que el marido lo había embrujado, que le dio de beber una droga cualquiera para modificarle los sentimientos. Empecinada en esta idea, reaccionó de la siguiente manera: a escondidas, sometió al niño a rezos y purificaciones. Lo aterrorizó con amenazas de paliza si le decía algo al padre.

Perturbado por el ceremonial de sortilegio, Enrique estaba más nervioso y excitable. Amedrentado por las amenazas, se acercó más al padre.

Los esfuerzos de Carmen eran inútiles: ni hechizos ni caricias desviaban al hijo de esa obstinación. Se hizo más agresiva. Empezó a encontrar pretextos para pegarle. A la menor trastada le daba un cachete. Sabía que estaba actuando mal, pero no podía dominarse. Cuando, después de pegar al niño, lo veía llorar, lloraba también a escondidas, de rabia y de remordimientos. Su deseo era pegarle hasta cansarse, aunque supiera que después se arrepentiría mil veces. Perdió el dominio de sí misma. Le apetecía hacer cualquier cosa monstruosa, romper todo lo que tenía delante, recorrer la casa dando patadas a los muebles y puñetazos en las paredes, gritarle al marido en los oídos, sacudirlo, abofetearlo. Tenía los nervios a flor de piel, perdió la prudencia y el vago temor que, como mujer casada, debía sufrir en relación al marido.

Una noche, en la cena, Enrique puso su banqueta tan cerca del padre que Carmen sintió una ola de furia subirle por la garganta. Le parecía que la cabeza le iba a estallar. Vio todo danzando a su alrededor y, para no desplomarse, necesitó sujetarse a la mesa. El gesto instintivo hizo que una botella cayera. El accidente, los vidrios rotos, fue la mecha que la hizo explotar de cólera. Casi en un grito, exclamó:

—¡*Estoy harta! ¡Estoy harta!*

Emilio, que se tomaba la sopa indiferente a la rotura de la botella, levantó la cabeza serenamente, miró a la mujer con sus ojos claros y fríos y preguntó:

—¿De qué?

Carmen, antes de responder, lanzó una mirada al hijo tan cargada de irritación que el niño se encogió, apoyándose en el brazo del padre.

—¡*Estoy* harta de ti. *Estoy* harta de la casa. *Estoy* harta de tu hijo. *Estoy* harta de esta vida. *Estoy* harta!

—Tienes el remedio a mano.

—Eso querrías tú, que *yo* me fuese, *pero no iré.*

—Como quieras...

—¿Y *si yo quisier ir?*

—Quédate tranquila, que no iría a buscarte.

Acompañó la frase con una sonrisa irónica que fue, para Carmen, peor que una bofetada. Segura de que tocaría profundamente al marido, ella respondió:

—Tal vez te vayas... porque *yo, si* me voy, *no iré sola.*

—No entiendo.

—Me llevo a mi hijo.

Emilio sintió la mano del niño crisparse en su brazo. Lo miró un momento, le vio los labios trémulos y los ojos húmedos, y una honda piedad, una ternura irreprimible, lo invadió. Quiso evitarle al hijo aquel espectáculo degradante:

—Esta conversación es estúpida. Ni te das cuenta de que él está delante.

—¡*No me importa! No te hagas* el desentendido.

—Se acabó.

—Sólo cuando yo quiera.

—¡¡Carmen!!

La mujer levantó la cara y miró al marido. Su mandíbula fuerte, que la edad afilaba, parecía desafiarlo:

—*No me das miedo. Ni tú ni nadie.*

Eso estaba claro, Carmen no tenía miedo. Pero, de súbito, la voz se le quebró en la garganta, las lágrimas le iluminaron el rostro y, arrastrada por un impulso difícil de dominar, se lanzó hacia el hijo. De rodillas, con la voz sacudida por sollozos, murmuraba, casi gemía:

—*Hijo mío, mírame, mira, yo soy tu madre. Soy tu amiga. Nadie te gusta más que yo. Mira...*

Enrique temblaba de pavor agarrado al padre. Carmen seguía su monólogo deshilvanado, viendo cada vez más claramente que el hijo la rehuía y, con todo, era incapaz de renunciar a él. Emilio se levantó, soltó al niño de los brazos de la mujer, la levantó y la sentó en una silla. Ella se dejó llevar, casi desfallecida.

—¡Carmen!

Sentada, toda inclinada hacia delante, sujetándose la cabeza con las manos, Carmen lloraba. Al otro lado de la mesa, Enrique parecía que iba a tener una crisis nerviosa. Tenía la boca abierta, como si le faltase el aire, los ojos nublados, fijos como los de un ciego. Emilio corrió hacia él y, pronunciando palabras tranquilizadoras, lo sacó fuera de la cocina.

Con mucho esfuerzo, el niño se serenó. Cuando regresaron, Carmen se enjugaba los ojos con el delantal sucio. Allí, tan encorvada como una vieja, el rostro crispado y enrojecido, provocaba lástima. Emilio tuvo pena de ella:

—¿Estás mejor?

—Sí. ¿Y el niño?

—Está bien.

Se sentaron a la mesa, en silencio. En silencio comieron. Tras la escena tempestuosa, la calma del cansancio los obligaba al silencio. Padre, madre e hijo. Tres personas bajo el mismo techo, bajo la misma luz, respirando el mismo aire. Familia...

Cuando acabó la cena, Emilio se fue a la sala de estar y el hijo lo siguió. Se sentó en un viejo sillón de mimbre, agotado como si viniera de un trabajo violento. Enrique se le inclinó sobre las rodillas.

—¿Cómo te sientes?

—Estoy bien, papaíto.

Emilio le pasó las manos por el pelo suave. Esa pequeña cabeza, que su mano abarcaba, lo enternecía. Le apartó el pelo de los ojos, recorrió con los dedos las cejas finas y después, bajando, siguió el contorno del rostro hasta la barbilla. Enrique se dejaba acariciar como un cachorrito. Casi no respiraba, como si temiese que un soplo bastara para interrumpir la ternura. Tenía los ojos fijos en el padre. La mano de Emilio seguía recorriendo las facciones del hijo, ya olvidada de lo que hacía, con un movimiento mecánico del que la conciencia no participaba. El niño sintió el apartamiento del padre. Se deslizó entre las rodillas y apoyó la cabeza sobre su pecho.

Ahora Emilio estaba libre de la mirada del hijo. Sus ojos vagaban de mueble en mueble, de objeto en objeto. Sobre una columna, un muchacho de barro pintado lanzaba un anzuelo, pese a que tenía a sus pies un acuario vacío. Debajo de la estatuilla, cayendo desde la base de la columna, un *napperon* mostraba las habilidades domésticas de Carmen. Sobre el aparador y la vitrina que sólo guardaba unas lozas de Sacavém, unas copas de vidrio lucían sin brillo. Más pañitos insistían en la demostración de la capacidad decoradora de la dueña de la casa. Todo estaba deslucido, como si una capa de polvo, imposible de limpiar, ocultara brillos y colores.

Los ojos de Emilio recibían una impresión de fealdad, de monotonía, de prosaísmo. Una impresión deprimente. La lámpara del techo distribuía la luz de tal modo que su función parecía, más bien, la de distribuidora de sombras. Y era moderna la lámpara. Tenía tres brazos cromados, con los correspondientes globos. Por economía, sólo una bombilla estaba encendida.

Desde la cocina, Carmen se hacía sentir suspirando profundamente mientras rumiaba el disgusto y lavaba los platos.

Con el hijo apretado contra el pecho, Emilio veía la cortedad de su vida presente, recordaba la cortedad de su vida pasada. En cuanto al futuro... lo tenía en los brazos, pero ése no era el suyo. Dentro de unos años la cabeza que ahora se apoyaba, feliz, en su pecho, pensaría por su cuenta. ¿El qué?

Emilio apartó al hijo despacio y lo miró. El pensamiento de Enrique dormitaba todavía detrás de la serenidad. Todo estaba oculto.

23

Amelia susurró al oído de la hermana:

—Las chicas tienen problemas.

—¿Qué?

—Tienen problemas...

Estaban en la cocina. La cena había acabado poco antes. Adriana e Isaura hacían los ojales de las camisas en la habitación de al lado. La puerta abierta derramaba luz al pasillo oscuro. Cándida miró a la hermana incrédula:

—¿No te lo crees? —insistió Amelia.

La otra se encogió de hombros y alargó el labio inferior en una confesión de ignorancia...

—Si no fueras siempre con los ojos cerrados, ya te habrías dado cuenta como yo...

—Pero ¿qué les puede pasar?

—Eso me gustaría saber a mí.

—Será impresión tuya.

—Pudiera ser. Pero se cuentan con los dedos las palabras que hoy se han dicho la una a la otra. Y no ha sido sólo hoy. ¿No te has dado cuenta?

—No.

—Es lo que te digo. Vas con los ojos cerrados. Déjame aquí, con el arreglo de la cocina, y vete dentro. Y míralas...

Con sus pasos pequeños, Cándida se dirigió al pasillo camino de la habitación donde estaban las hijas. Ocupadas con el trabajo, no levantaron la cabeza cuando la madre entró. La radio emitía, sin gran ruido, la *Lucia* de Donizetti. Se oían las notas agudísimas de una soprano. Más para sondear el ambiente que para criticar, Cándida declaró:

—Qué voz... Parece que está haciendo piruetas.

Las hijas sonrieron, con una sonrisa tan forzada, tan constreñida como las acrobacias vocales de la cantante. Cándida se inquietó. Le dio la razón a la hermana. Algo pasaba entre sus hijas. Nunca las había visto así, reservadas y distantes. Se diría que estaban con miedo la una de la otra. Quiso pronunciar una frase conciliadora, pero la garganta, súbitamente seca, no articuló palabra. Isaura y Adriana seguían trabajando. La cantante abandonaba la voz con un *smorzando* casi inaudible. La orquesta dio tres acordes rápidos y la voz del tenor se levantó fuerte y envolvente.

—Qué bien canta Gigli —exclamó Cándida por decir algo.

Las dos hermanas cruzaron miradas, dubitativas, deseando cada una que fuese la otra la que hablara. Ambas sentían la necesidad de responder. Fue Adriana quien dijo:

—Es verdad. Canta muy bien. Ya es mayor.

Feliz por poder revivir, aunque fuera durante unos minutos, las antiguas veladas, Cándida defendió a Gigli:

—Eso no quiere decir nada. Escucha bien... No hay otro como él. Que es viejo... Los viejos también tienen valor. Decidme si hay alguien que le supere. Valen más los viejos que muchos jóvenes...

Como si la camisa que tenía en el regazo le hubiese propuesto un problema difícil, Isaura bajó la cabeza. La alusión de la madre al valor de los viejos y de los jóvenes, aunque sólo remotamente pudiese alcanzarla, le hizo subir la sangre a la cara. Como todos los que tienen un secreto escondido, que ven insinuaciones y sospechas en todas las palabras y miradas. Adriana notó la confusión, adivinó el motivo y procuró zanjar la conversación:

—Las personas mayores siempre están refunfuñando contra los jóvenes.

—Pero yo no estoy refunfuñando... —se disculpó Cándida.

—Ya lo sé.

Al decir estas palabras, Adriana hizo un gesto de impaciencia. Normalmente era una persona calmada, casi apática, no tenía, como la hermana, ese nervio que se adivinaba bajo la piel y que denunciaba una vida interior intensa y tumultuosa. Ahora, sin embargo, estaba trastornada. Todas las conversaciones le fastidiaban y, sobre todo, el aire eternamente perplejo y entristecido de la madre. El tono de humildad con que hablaba conseguía irritarla.

Cándida notó la sequedad de la voz de Adriana y se calló. Se hizo más pequeña en su silla, tomó su *crochet* e intentó pasar inadvertida.

De vez en cuando miraba, a hurtadillas, a las hijas. Isaura todavía no había abierto la boca. Estaba tan absorta en el trabajo que parecía no prestar atención a la música. En vano Gigli y Toti Dal Monte gorgoriteaban un dueto de amor: Isaura no oía; Adriana, algo más. Sólo Cándida, aunque preocupada, se dejaba llevar por la melodía fácil y dulce de Donizetti. Poco después, ocupada con los puntos del *crochet* y el compás, se olvidaría de las hijas. La despertó de esa distracción la voz de su hermana, que la llamó desde la cocina.

—¿Qué me dices? —preguntó Amelia, cuando Cándida llegó a donde estaba la otra.

—No me he dado cuenta de nada.

—Ya lo suponía...

—Pero, hija... Eso son imaginaciones tuyas... Cuando te da por desconfiar...

Amelia puso los ojos en blanco, como si considerase las palabras de la hermana absurdas o, más que absurdas, inconvenientes. Cándida no se atrevió a concluir la frase. Encogiéndose de hombros, gesto que venía a significar el desaliento de sentirse incomprendida, Amelia declaró:

—Ya investigaré yo. Fui tonta pensando que podía contar contigo.

—Pero ¿tienes algún motivo concreto que te lleve a pensar así?

—No te lo voy a decir.

—Pues deberías decírmelo. Ellas son mis hijas y me gustaría saber...

—Lo sabrás a su tiempo.

Cándida tuvo un asomo de irritación tan inesperado como un acceso de furia en un canario enjaulado:

—Pienso que todo son tonterías... Manías tuyas...

—¿Manías? Es fuerte la palabra. ¿Yo me preocupo de tus hijas y a eso lo llamas manías?

—Pero, Amelia...

—No hay Amelia que valga. Déjame a mí con mi trabajo y vete tú al tuyo. Todavía tendrías que agradecérmelo.

—Podría agradecértelo ya, si me dijeras qué está pasando. ¿Qué culpa tengo de no ser tan observadora como tú?

Amelia miró a la hermana de soslayo, desconfiada. El tono le parecía zumbón. Sintió que su actitud no era razonable y estuvo casi a punto de confesar que no sabía nada. Tranquilizaría a la hermana y, las dos juntas, tal vez acabarían descubriendo el motivo del desencuentro entre Isaura y Adriana. Pero la retuvo el orgullo. Confesar su ignorancia después de haber supuesto que sabía algo era una actitud que iba más allá de sus fuerzas. Se había acostumbrado a tener siempre razón, a hablar como un oráculo y ni por asomo estaba dispuesta a ceder en su papel. Murmuró:

—Está bien. La ironía es fácil. Me las ingeniaré sola.

Cándida regresó junto a las hijas. Iba inquieta, más que la primera vez. Amelia sabía algo que no quería contarle. ¿Qué sería? Adriana e Isaura guardaban la misma distancia entre sí, pero la madre tuvo la sensación de que las separaban leguas. Se sentó en su silla, tomó el *crochet,* dio precipitadamente varios puntos y, después, incapaz de seguir, dejó caer las manos, dudó un segundo y preguntó:

—¿Qué os pasa?

Ante esta pregunta directa, Isaura y Adriana hicieron un movimiento de pánico. Durante unos segundos no pudieron responder, pero después hablaron al mismo tiempo.

—¿A nosotras? Nada...

Adriana añadió:

—Pero, madre, qué ideas le pasan por la cabeza...

«Claro, es una tontería», pensó la madre. Sonrió y miró a las hijas despacio, a una, a la otra, y dijo:

—Tenéis razón, es una tontería. Cosas que se meten en la cabeza... No me hagáis caso.

Tomó de nuevo el *crochet* y, una vez más, recomenzó el trabajo. Isaura, poco después, se levantó y salió. La madre la siguió con la mirada perdida hasta que hubo desaparecido. Adriana se inclinó más sobre la camisa. Ahora la radio mezclaba las voces de los cantantes. Debía de tratarse de un final de acto, con muchas personas en el escenario, unas de voces agudas, otras de voces graves. El conjunto era confuso y sobre todo ruidoso. De repente, tras un redoble de metales que se sobrepuso al canto, Cándida intervino:

—Adriana.

—Madre.

—Mira a ver qué le pasa a tu hermana. Puede no sentirse bien.

El gesto reluctante de Adriana no le pasó inadvertido:

—¿Entonces? ¿No vas?

—Claro que voy. ¿Por qué no iba a ir?

—Eso querría saber yo.

Los ojos de Cándida brillaban de una manera insólita. Se diría que estaban mojados de lágrimas.

—Pero, madre, ¿en qué piensa?

—No pienso en nada, hija. No estoy pensando en nada...

—No hay nada en que pensar, créame, nosotras estamos bien.

—¿Me das tu palabra?

—Se la doy...

—Menos mal. Pero ve a verla, ve.

Adriana salió. La madre dejó caer el *crochet* en el regazo. Las lágrimas hasta entonces reprimidas cayeron. Dos lágrimas sólo, dos lágrimas que tenían que caer porque habían llegado hasta los ojos y no podían volver atrás. No creía en la palabra de la hija. Ahora tenía la certeza de que entre Isaura y Adriana había un secreto que ninguna quería o podía revelar.

La entrada de Amelia le cortó de raíz el pensamiento. Cándida echó mano de las agujas y bajó la cabeza.

—¿Y las chicas?

—Están dentro.

—¿Qué hacen?

—No lo sé. Si quieres investigar puedes ir a espiarlas, pero te digo que pierdes el tiempo. Adriana me ha dado su palabra. No pasa nada entre ellas.

Amelia mudó con violencia la posición de una silla y respondió con voz dura:

—Tu opinión no me interesa. Nunca he sido persona de espiar, pero si fuera necesario, comenzaré ahora.

—Estás obcecada.

—No importa si lo estoy. Pero, haya lo que haya, quédate sabiendo que no admito palabras como las que me acabas de decir.

—No he querido ofenderte.

—Pues me has ofendido.

—Te pido disculpas.

—Llegan tarde las disculpas.

Cándida se levantó. Era un poco más baja que la hermana. Involuntariamente se puso de puntillas.

—Si no las aceptas, no te alabo el gesto. Tengo la palabra de Adriana.

—No creo en ella.

—Creo yo, y eso es más que suficiente.

—¿Quieres decir que no tengo nada que ver con vuestra vida? ¿Es eso? Bien sé que no soy nada más que tu hermana y que la casa no es mía, pero estaba lejos de pensar que me lo ibas a hacer sentir de esta manera.

—Estás sacando conclusiones equivocadas de mis palabras. No he dicho tal cosa.

—A buen entendedor...

—Hasta los buenos entendedores se equivocan a veces...

—¡Cándida!

—¿Te parezco rara? Tu estúpida desconfianza me hace perder la paciencia. Acabemos con la discusión. Es lamentable que estemos enfadadas por esto.

Sin esperar a que la hermana respondiera, salió de la habitación, con las manos en los ojos. Amelia se quedó de pie, inmóvil, los dedos crispados en el respaldo de la silla y, ella también, con los ojos húmedos. Una vez más, tuvo deseos de decirle a la hermana que no sabía nada, pero el orgullo la retuvo.

Sí, el orgullo la había retenido, pero sobre todo la retuvo el regreso de las sobrinas. Venían risueñas, pero su mirada aguda descubrió que las sonrisas eran falsas, que era como si se las hubieran pegado a los labios tras la puerta, como si fueran máscaras. Pensó: «Ellas se entienden para engañarnos». Y se afianzó más en la decisión de descubrir lo que había detrás de las sonrisas simuladas.

24

Caetano rumiaba ideas de venganza. Había sufrido una afrenta y quería vengarse. Mil veces se censuró por su cobardía. Debería haberle parado los pies a la mujer, como le dijo. Debería haberla golpeado con sus puños gruesos y peludos, obligándola a correr por todas las esquinas de la casa ante su furia. No fue capaz, le faltó coraje y ahora deseaba vengarse. Pero quería una venganza perfecta, que no se limitara a una paliza. Algo más refinado y sutil, lo que no significaba que, como complemento, no pudiese añadirle otras brutalidades.

Al recordar la escena humillante se estremecía de cólera. Procuraba mantenerse en esa disposición, pero apenas la puerta se abría, se sentía impotente. Quiso convencerse de que era el aspecto frágil de la mujer lo que lo frenaba, quiso darle a su debilidad aires de conmiseración, pero se atormentaba, consciente de que no era nada más que debilidad. Imaginó formas de aumentar su desprecio por la mujer: ella le respondía con un desprecio mayor. Pasó a darle menos dinero para el gobierno de la casa. Luego desistió, porque el único perjudicado era él: Justina le presentaba menos comida. Durante dos días enteros (llegó a soñar con eso) pensó en esconder o retirar de casa el retrato y los recuerdos de la hija. Sabía que era el golpe más hondo que podía asestarle a la mujer.

El miedo lo detuvo. No miedo de la mujer, sino de las posibles consecuencias del acto. Se figuraba que tal acción era demasiado parecida a un sacrilegio. Un gesto así sin duda le acarrearía las mayores desgracias: la tuberculosis, por ejemplo. Con sus noventa kilos de carne y hueso, su salud exultante, temía la tuberculosis como el peor de los males y sentía un horror enfermizo ante la simple vista de alguien atacado por ese mal. La mera cita de la palabra le hacía temblar. Incluso cuando sobre la linotipia copiaba los originales (trabajo en que el cerebro no intervenía, por lo menos para la percepción de lo que leía) y le aparecía la palabra horrible, no podía evitar un sobresalto. Eso sucedía con tanta frecuencia que acabó convenciéndose de que el jefe del taller, conocedor de su aversión, le mandaba todo lo que el periódico publicaba acerca de la tuberculosis. Era una fatalidad que le llegasen a las manos las crónicas de las sesiones médicas en las que la enfermedad se discutía. Las misteriosas palabras de las que estaban repletos tales relatos, palabras complicadas, de un tremebundo sonido griego, y que parecían inventadas aposta para asustar a las personas sensibles, se le fijaban en el cerebro como ventosas y lo acompañaban durante horas.

Además de este impracticable proyecto, su imaginación anémica sólo le sugería ideas que serían aprovechables si viviese en términos más amistosos con la mujer. Ya le había quitado tantas cosas, amor, amistad, sosiego y todo lo demás que puede hacer soportable y cuántas veces deseable la vida conyugal, que no le quedaba nada. Casi llegó a lamentar haber perdido tan deprisa el hábito de besarla al entrar y salir de casa, para poder hacerlo ahora.

A pesar de todos los fracasos de su inventiva, no desistía. Se obstinaba en la idea de vengarse de una manera que obligara a la mujer a ponerse de rodillas ante él, desesperada y pidiéndole perdón.

Un día creyó haber encontrado la manera. Es verdad que una simple reflexión le mostró lo absurdo de la idea, pero tal vez ese mismo absurdo fue lo que le sedujo. Iba a desempeñar un papel nuevo en las relaciones con la mujer: el del celoso. La pobre Justina, fea, casi esquelética, no suscitaría celos al más feroz de los Otelos. Con todo, la imaginación de Caetano no fue capaz de producir nada mejor.

Mientras preparaba el lance, se mostró casi afable para con la mujer. Llegó al punto de acariciar al gato, lo que para el animal fue la mayor de las sorpresas. Compró un marco nuevo para el retrato de la hija y anunció que estaba pensando en hacer una ampliación de ese retrato. Tocada en la cuerda más íntima de su sensibilidad, Justina agradeció el marco y alabó la idea.

Pero conocía lo suficiente al marido para sospechar que ocultaba segundas intenciones. Se calló, por tanto, a la expectativa, a la espera de lo peor.

Concluida toda esta preparación, Caetano dio el golpe. Una noche, apenas salió del periódico, se encaminó a casa. Llevaba en el bolsillo una carta que se había dirigido a sí mismo, desfigurando la letra. Usó tinta diferente de la suya, escribió con una pluma estropeada que hacía angulosa la caligrafía y emborronaba las letras apretadas. Era una obra maestra de falsificación. Ni un perito descubriría el fraude.

Cuando metió la llave en la cerradura, el corazón le saltaba agitado. Iba a satisfacer su deseo de venganza, iba a ver a la mujer de rodillas defendiendo su inocencia. Entró silencioso. Quería que la sorpresa fuera completa. Despertaría a la mujer bruscamente, le pondría delante de los ojos la prueba de su culpabilidad. Sonrió en lo oscuro, mientras avanzaba por el pasillo sobre las puntas de los pies. A medida que caminaba iba deslizando la mano por la pared, hasta que encontró el umbral. Con la otra mano palpó el aire. La puerta estaba abierta. Sintió en el rostro la atmósfera cálida del dormitorio. Con la mano izquierda tanteó el interruptor. Todo estaba a punto. Puso en su rostro una expresión colérica y encendió la luz.

Justina estaba despierta. Esta eventualidad no la había previsto Caetano. La cólera se le fue, el rostro se le quedó inexpresivo. La mujer lo miró sorprendida, sin hablar. Caetano sintió que todo el edificio de su maquinación se desmoronaría si no hablaba inmediatamente. Recuperó la serenidad, volvió a cargar el ceño y disparó:

—Menos mal que está despierta. Me ahorra trabajo. Lea esto.

Le tiró la carta. Sin prisas, Justina tomó el sobre. Durante el movimiento pensó que ahí se contenía el resultado del insólito cambio del marido. Sacó la carta e hizo lo posible para leerla, pero el paso brusco y reciente de las tinieblas a la luz y la mala caligrafía no se lo permitieron a la primera tentativa. Cambió de posición, se frotó los ojos, se apoyó sobre un codo. Estas demoras exasperaban a Caetano: todo le estaba saliendo al revés.

Justina leía la carta. El marido seguía las transformaciones fisonómicas con ansiedad. Estúpidamente, se le pasó por el cerebro una idea: «¿Y si, al final, fuese verdad?». No tuvo tiempo para ver adónde lo llevaría este pensamiento. Justina se acababa de echar para atrás sobre la almohada, con risas estrepitosas.

—¿Se ríe? —explotó Caetano desorientado.

La mujer no podía responder. Reía como loca, una risa sarcástica, se reía del marido y de sí misma, más de sí misma que del marido. Se reía convulsivamente, a carcajadas, se reía como si al mismo tiempo llorase. Pero los ojos estaban secos: sólo la boca abierta, las carcajadas histéricas e inacabables.

—Cállese. Es un escándalo —exclamó Caetano caminando hacia ella. Dudaba si seguir la comedia que acababa de comenzar. La reacción de la mujer hacía imposible ejecutar un proyecto tan bien delineado.

—Cállese —repitió inclinado hacia ella—. Cállese.

Ahora sólo unas carcajadas flojas sacudían a Justina. Poco a poco se iba calmando. Caetano intentó retomar el hilo que se le había escapado.

—¿Es así como recibe una acusación de este tipo? Es peor de lo que suponía...

Ante semejantes palabras, Justina se sentó bruscamente en la cama. El movimiento fue tan rápido que Caetano retrocedió un paso. Los ojos de la mujer centelleaban:

—Todo esto es una farsa. No comprendo adónde quiere llegar.

—¿Llama farsa a esto? Era lo que faltaba. Farsa... Exijo que me dé explicaciones sobre lo que viene en esta carta.

—Pídaselas a quien la escribió.

—Es anónima.

—Ya veo. Y yo me niego a darlas.

—¿Se atreve a decirme eso?

—¿Qué quiere que le diga?

—Si es verdad.

Justina lo miró de una manera que él no pudo soportar. Desvió los ojos y dio con el retrato de la hija.

Matilde sonreía a los padres. La mujer siguió su mirada. Después murmuró despacio:

—¿Quiere saber si es verdad? ¿Quiere que le diga que es verdad? ¿Quiere que le cuente la verdad?

Caetano vaciló. Nuevamente la idea de instantes atrás se le apareció a través de la desorientación que se había adueñado de su cerebro: «¿Y si fuese verdad?». Justina insistió:

—¿Quiere saber la verdad?

De un salto, se levantó de la cama. Volvió el retrato de la hija: Matilde siguió sonriendo hacia el espejo donde las figuras de los padres se reflejaban.

—¿Quiere saber la verdad?

Sujetó su camisón por el dobladillo y, con un movimiento rápido, se lo quitó. Se quedó desnuda delante del marido. Caetano abrió la boca para decir lo que ni él sabía. No llegó a articular palabra. La mujer hablaba:

—¡Aquí tiene! ¡Míreme! Aquí tiene la verdad que quiere saber. Míreme bien. No desvíe los ojos. Vea bien.

Como si obedeciese las órdenes de un hipnotizador, Caetano la miraba con los ojos nublados. Veía el cuerpo moreno y delgado, más oscuro por la delgadez, los hombros agudos, los pechos blandos y caídos, el vientre hundido, los muslos delgados que se implantaban rígidamente en el tronco, los pies grandes y deformados.

—Vea bien —insistía la voz de Justina, con una tensión que anunciaba la quiebra inminente—. Vea bien. Si ni usted me quiere, usted a quien todo sirve, ¿quién me puede querer? Míreme bien. ¿Quiere que siga así, hasta que me diga que ya me ha visto? Diga, diga deprisa.

Justina temblaba. Se sentía rebajada, no por mostrarse desnuda delante del marido, sino por haber cedido a la indignación, por no haber podido responderle con un desprecio silencioso. Ahora era tarde y no podía mostrar lo que sentía.

Avanzó hacia el marido:

—¿Se queda callado? ¿Para esto ha inventado toda esta comedia? Debería sentirme avergonzada ante usted en este estado. Pero no me siento. Es la mayor prueba de desprecio que le doy.

Caetano, precipitadamente, salió del dormitorio. Justina oyó abrir la puerta y bajar la escalera con pasos rápidos. Después se sentó en la cama y comenzó a llorar sin ruido, extenuada por el esfuerzo que había realizado. Como si estuviera avergonzada por su desnudez, ahora que estaba sola, tiró de la ropa cubriéndose hasta los hombros.

El retrato de Matilde seguía vuelto hacia el espejo y su sonrisa no se había alterado. Una sonrisa alegre, la sonrisa de la niña que va al fotógrafo. Y el fotógrafo dice: «Así mismo, así. Atención, ya está. Ha quedado bonita». Y Matilde salió a la calle, de la mano de la madre, muy contenta por haber quedado bonita.

25

La perspectiva de estar todavía tres meses recibiendo de manos de la hija los quinientos escudos que Paulino Morais se comprometió a pagar —poco más de cuatrocientos cincuenta, después de haber hecho los descuentos que establece la ley— no agradaba a Anselmo. ¿Quién le garantizaba que ese hombre, pasados los tres meses, le aumentaría el sueldo? Podría enfadarse con la chica, tomarla con ella. Anselmo sabía bien qué era eso, por su experiencia de treinta años de oficina. Sabía bien que empleado caído en desgracia nunca más levantaba la cabeza. Ahí estaba su caso como demostración. ¿Cuántos más jóvenes que él y que entraron después lo habían adelantado? No eran más competentes y, sin embargo, ascendían.

—Sin contar —le decía a la mujer— con que la chica ya estaba habituada al estilo de la oficina antigua y tal vez le costase ahora amoldarse. Ya tenía su pequeña antigüedad, y eso también cuenta. Es verdad que conmigo no ocurrió así, pero todavía quedan patrones decentes.

—Pero, hombre, ¿quién te dice que ése no es el caso del señor Morais? Y tú olvidas que tenemos un buen respaldo... Doña Lidia sigue interesándose por Claudiña, y Claudiña no es ninguna tonta...

—Qué tendrá eso que ver...

—Pues ya ves...

Pero Anselmo no descansaba. Estuvo tentado de no aceptar el compromiso que la hija había asumido sin que su opinión hubiera sido tenida en cuenta, y si no lo hizo fue porque vio lo entusiasmada que ella estaba con el nuevo empleo. Claudiña garantizó que estudiaría a fondo taquigrafía y que, antes de tres meses, verían el sueldo aumentado. Lo dijo con tanta seguridad que Anselmo dominó sus augurios.

Durante la velada, mientras Rosalía zurcía los calcetines del marido y Anselmo alineaba números y nombres, unos y otros relacionados con el fútbol, la chica se iniciaba en los misterios de la escritura abreviada.

Aunque no lo confesase, Anselmo estaba pletórico de admiración ante las habilidades de la hija. En la oficina donde trabajaba nadie sabía taquigrafía: era una oficina a la antigua usanza, sin muebles de aluminio, y donde sólo hacía poco tiempo había entrado una máquina de sumar. El aprendizaje de Claudiña animó las veladas familiares y fue general la alegría cuando la chica enseñó al padre a escribir su nombre en taquigrafía. Rosalía también quiso aprender, pero tardó más tiempo, porque era analfabeta.

Pasada la novedad, Anselmo se dedicó a su trabajo interrumpido: elegir la selección nacional de fútbol, su selección. Descubrió un método simple y seguro: de portero puso al jugador que menos balones dejó entrar en el transcurso del campeonato. Como delanteros colocó, coherentemente, a los jugadores que más goles habían marcado. Los restantes lugares los distribuyó de acuerdo con los clubes de sus preferencias, sólo abdicando de este método cuando se trataba de jugadores que, según las noticias de los periódicos, eran insustituibles. El trabajo de Anselmo nunca concluía, puesto que, semana tras semana, las posiciones de los goleadores se alteraban. Sin embargo, como las variaciones, de las que tomaba nota en un gráfico que había inventado, no eran muy bruscas, creía que estaba a punto de encontrar la selección perfecta. Conseguida, faltaba ver qué haría el seleccionador.

Quince días después de comenzar a trabajar en la oficina de Paulino Morais, María Claudia llegó a casa contentísima. El patrón la había llamado a su despacho y mantuvo una larga conversación con ella. Más de media hora. Le dijo que estaba satisfecho con su trabajo y que esperaba que se llevasen siempre bien. Le preguntó varias cosas acerca de la familia, si quería a los padres, si la querían a ella, si vivían sin privaciones y más preguntas que María Claudia no recordaba.

Rosalía vio en todo esto la acción benefactora de doña Lidia y declaró que se lo agradecería en cuanto la viera. Anselmo apreció el interés del señor Morais y se sintió lisonjeado cuando la hija le hizo saber que había aprovechado una ocasión propicia para enaltecer los méritos del padre como empleado de una oficina. Anselmo comenzó a acariciar la posibilidad seductora de pasar a una firma importante, como la del señor Morais. Sería una buena patada a sus actuales colegas. Desgraciadamente, añadió Claudiña, no había lugares disponibles, ni esperanza de que los hubiera. Para Anselmo esa circunstancia no era obstáculo: la vida tiene tantas sorpresas que no sería extraño que le estuviera destinado un futuro confortable. Encontraba incluso que la vida le debía una infinidad de cosas y que tenía derecho a esperar un pago.

Esa noche no hubo calcetines para zurcir ni taquigrafía ni trabajos de selección. Tras la narración entusiástica de María Claudia, el padre creyó convenientes algunas recomendaciones:

—Necesitas tener mucho cuidado, Claudiña. En todas partes hay gente envidiosa y sé bien de lo que hablo. Si comienzas a subir muy deprisa, verás que tus colegas te tendrán envidia. Mucho cuidado...

—Pero, padre, son todos tan simpáticos...

—Lo son ahora. Después no será así. Tienes que procurar llevarte bien con el patrón y con ellos. Si no, comenzarán las intrigas y son capaces de perjudicarte. Yo conozco el medio.

—Pues sí, padre, pero no conoces mi oficina. Son todas personas de orden. Y el señor Morais es excelente.

—Lo será, pero ¿nunca has oído hablar mal de él?

—Cosas sin importancia.

Rosalía quiso colaborar en la conversación:

—Mira que tu padre tiene mucha experiencia. Si no ha ascendido más es porque le cortaron las piernas.

La referencia a la violenta operación no provocó esa extrañeza que sería perfectamente justificable de no ser por la circunstancia de que los miembros inferiores de Anselmo seguían unidos a su poseedor. Un extranjero desconocedor de las expresiones idiomáticas portuguesas, que entendiera al pie de la letra todo lo que oyera, creería estar en una casa de locos, viendo a Anselmo asentir con la cabeza gravemente y declarar con profunda convicción:

—Es verdad. Fue así.

—Está bien. Pero dejadme, yo sé hacer las cosas.

Con esta frase, Claudiña cerró la conversación. Su sonrisa confiada sólo podía proceder del conocimiento completo del modo de «hacer las cosas». De qué «cosas» se trataba es lo que nadie sabía, ni, tal vez, la propia María Claudia. Es natural que pensase que, por ser joven y bonita, desenvuelta para hablar y para reír, la solución de «las cosas» vendría de esos atributos. Sea como fuere, la familia descansó con la declaración.

Lo cierto es que tales atributos no bastaban. Lo verificó María Claudia. La taquigrafía no avanzaba. Estudiar sola con un libro era muy bueno para los rudimentos. Más adelante, la materia se complicaba y, sin profesor, María Claudia no progresaba. A cada página surgían dificultades insalvables. Anselmo quiso ayudar. Es verdad que de eso no entendía nada, pero tenía treinta años de experiencia de oficina y una gran práctica. Redactaba cartas en el más puro estilo comercial y, ¡qué diablos!, la taquigrafía no tenía tanta trascendencia. La tuviera o no la tuviera, lo confundió todo. La hija tuvo una crisis de nervios. Rosalía, despechada con la derrota del marido, la tomó contra la taquigrafía.

Quien salvó la situación fue María Claudia, lo que hizo que sumara puntos en cuanto a la declarada capacidad de saber hacer las cosas. Anunció que necesitaba un profesor que le diese unas clases por la noche. Anselmo contabilizó enseguida un gasto extra, pero pensó que se trataría de una inversión de capital que en poco más de dos meses comenzaría a dar intereses. Tomó bajo su responsabilidad encontrarle profesor. Claudiña le habló de algunas escuelas de enseñanza no oficial, todas con nombres imponentes donde la palabra «Instituto» era la regla. El padre no aceptó la sugerencia. Primero, porque eran caras; segundo, porque creía que no sería posible entrar en cualquier época del año; y tercero, porque había oído hablar de «mezclas» y no quería a la hija por ahí metida. Al cabo de algunos días encontró lo que les convenía: un viejo profesor jubilado, persona de respeto ante la cual una chica de diecinueve años no corría el menor riesgo. Además de no cobrar mucho dinero, tenía la inestimable ventaja de que daba las clases a hora razonable, lo que no obligaría a Claudiña a andar de noche por las calles de la ciudad.

Saliendo de la oficina a las seis, la chica iría en tranvía hasta San Pedro de Alcántara, donde el profesor residía, lo que no le ocuparía más de media hora. La clase se prolongaría hasta las siete y media, cuando empezaba a anochecer. De ahí a casa, tres cuartos de hora. Contando con un cuarto para los eventuales retrasos, a las ocho y media Claudiña debería estar en casa. Así fue durante algunos días. Ocho y media en el reloj de pulsera de Anselmo y Claudiña entraba.

Los progresos eran evidentes y fueron éstos los que le sirvieron a la chica para justificar su primer retraso: es que el profesor, entusiasmado con su aplicación, decidió concederle un cuarto de hora más sin aumento de honorarios. A Anselmo le gustó y se lo creyó, sobre todo porque la hija insistía en el detalle del desinterés del profesor. De acuerdo con su punto de vista utilitario, no podía dejar de pensar que él, en el lugar del profesor, haría «rendir el pescado», pero recordó que, pese a todo, aún hay gente buena y seria, lo que tiene todas las ventajas, sobre todo cuando la bondad y la seriedad resultan a favor de quienes, no siendo ni buenos ni serios, tienen la habilidad necesaria para recoger los frutos. La habilidad de Anselmo consistió en el hecho de haber encontrado un profesor así.

Ya le pareció que era excesivamente desinteresado e incomprensible cuando la hija comenzó a llegar a la casa a las nueve. Hizo preguntas y obtuvo las respuestas: Claudiña estuvo en la oficina hasta después de las seis y media acabando un trabajo urgente para el señor Morais. Estando, como estaba, en régimen de prueba, no podía decir que no, ni alegar razones personales. Anselmo estuvo de acuerdo, pero desconfió. Le pidió al gerente que lo dejase salir un poco más temprano y se plantó cerca de la oficina de la hija. Desde las seis hasta las siete menos veinte reconoció que estaba siendo injusto: Claudia salía efectivamente más tarde. Seguro que se había entretenido aplicada en un nuevo trabajo urgente. Estaba a punto de desistir del espionaje cuando decidió seguir a la hija, más porque no tenía otra cosa que hacer en ese momento que para aclarar desconfianzas. La siguió hasta San Pedro de Alcántara y se instaló en una pastelería enfrente de la casa del profesor. Apenas acababa de tomarse el café solicitado cuando vio a la hija salir. Pagó precipitadamente y fue tras ella. Apoyado en una esquina, con un cigarro en la boca y la cabeza descubierta, había un chico hacia quien Claudiña se dirigió. Anselmo se quedó de piedra cuando la vio darle el brazo y caminar los dos calle abajo, conversando. Durante un segundo pensó en intervenir. Se lo impidió su horror al escándalo. Los siguió de lejos y, cuando tuvo la certeza de que la hija tomaba el camino de casa, saltó hacia un tranvía y se adelantó.

Rosalía, al abrir la puerta, se sobrecogió ante el rostro trastornado del marido.

—¿Qué pasa, Anselmo?

Él se fue derecho a la cocina y se dejó caer en una silla sin abrir la boca. Rosalía pensó lo peor.

—¿Te han despedido? Ay...

Anselmo se recobraba de la conmoción. Negó con la cabeza. Después, con una voz cavernosa, declaró:

—Tu hija ha estado engañándonos. La he seguido. Estuvo poco más de un cuarto de hora en casa del profesor y después se encontró en la calle con un mamarracho cualquiera...

—Y tú ¿qué hiciste?

—¿Yo? No hice nada, fui detrás, después les adelanté. Ella debe de estar a punto de llegar.

Rosalía enrojeció hasta el pelo de furia:

—Si yo estuviera en tu lugar me habría acercado... Y no sé qué les hubiera hecho...

—Habría sido un escándalo.

—¡Mucho me importa a mí el escándalo! Él se llevaba dos bofetadas que lo ponían a dormir, y a ella la traía a casa de las orejas...

Anselmo, sin responder, se levantó y fue a cambiarse de ropa. La mujer lo siguió:

—¿Y qué le vas a decir cuando venga?

El tono era un poco insolente, por lo menos para los hábitos de Anselmo, acostumbrado como estaba a ser rey y señor de la casa. Miró a la mujer con ojos expresivos y, después de mantenerla durante algunos segundos bajo la intensidad de esa mirada, respondió:

—Ya me entenderé con ella. Y, a propósito, debo decirte que no estoy habituado a que me hablen en ese tono, ni aquí ni en ninguna parte.

Rosalía bajó la cabeza:

—Pero yo no he dicho nada...

—Lo que has dicho es más que suficiente para ofenderme.

Reconducida a su posición de cónyuge más débil, Rosalía regresó a la cocina, de donde llegaba un leve olor a quemado. Mientras se ocupaba de salvar la cena, rodeada de cazos, el timbre sonó. Anselmo fue a abrir.

—Buenas noches, papaíto —dijo Claudiña sonriendo.

Anselmo no respondió. Dejó que la hija pasase, cerró la puerta y sólo después habló indicándole la sala de estar.

—Entra ahí.

La muchacha, sorprendida, obedeció. El padre la mandó sentarse y, de pie ante ella, le dirigió su mirada intensa y cargada de severidad:

—¿Qué has hecho hoy?

María Claudia intentó sonreír y ser natural:

—Lo normal, papaíto. ¿Por qué me lo pregunta?

—Eso es cosa mía... Responde.

—Pues... estuve en la oficina. Salí después de las seis y media y...

—Sí, adelante.

—Después fui a clase. Como llegué tarde, salí también más tarde que de costumbre...

—¿A qué hora saliste?

Claudiña estaba azorada. Buscó la respuesta para ajustar las horas y dijo, por fin:

—Serían poco más de las ocho...

—¡Es falso!

La chica se amilanó. Anselmo gozó del efecto de su exclamación. Podía haber dicho «Es mentira», pero prefirió el «Es falso» porque era más dramático.

—Ay, papaíto... —balbuceó la hija.

—Lamento mucho lo que pasa —dijo Anselmo con voz conmovida—. No es digno de ti. Lo he visto todo. Te he seguido. Te he visto acompañada por un vivalavirgen cualquiera.

—No es un vivalavirgen —respondió Claudiña decidida.

—Entonces ¿qué hace?

—Está estudiando.

Anselmo hizo un chasquido con los dedos que pretendía expresar la insignificancia de semejante ocupación. Como si eso no bastase, exclamó:

—¡Por favor!...

—Pero es muy buen chico.

—¿Y por qué no ha venido a hablar conmigo?

—Fui yo quien le dijo que no viniera. Sé que eres muy exigente...

Se oyeron unos leves golpes en la puerta.

—¿Quién es? —preguntó Anselmo.

La pregunta era ociosa, porque sólo había una persona más en la casa. Por la misma razón, también lo era la respuesta, pero ni por eso dejó de ser dada:

—Soy yo. ¿Puedo entrar?

Anselmo no respondió afirmativamente porque no deseaba ser interrumpido, pero tenía la conciencia de que no le era lícito negar la entrada a la mujer. Prefirió callarse y Rosalía entró:

—¿Qué? ¿Ya la has regañado?

Si Anselmo alguna vez hubiera estado dispuesto a regañar a la hija, no sería en ese momento. La mujer lo forzaba, sin darse cuenta, a ponerse de parte de la hija:

—Ya. Estábamos acabando.

Rosalía se puso las manos en la cintura y movió la cabeza con vehemencia, al mismo tiempo que exclamaba:

—Parece mentira, Claudiña. Sólo nos das disgustos. Ahora que estábamos tan contentos con tu empleo, vienes con éstas.

María Claudia se levantó de golpe.

—Pero, madre, entonces ¿yo no me voy a casar? Y, para casarme, ¿no es necesario tener novio, conocer a un muchacho?

Padre y madre quedaron aturdidos. La pregunta era lógica, pero la respuesta difícil. Fue Anselmo quien creyó encontrarla:

—Un estudiante... ¿Qué vale eso?

—Puede no valer ahora, pero está estudiando para ser alguien.

Claudiña recobraba la serenidad. Entendía que los padres no tenían razón, que la razón estaba toda de su lado. Insistió:

—¿No queréis que me case? Decídmelo.

—No es eso, hija —respondió Anselmo—. Lo que nosotros queremos es verte bien... Tus cualidades merecen un buen marido.

—Pero ¡si ni siquiera lo conoces!

—No lo conozco, pero es lo mismo. Y, además —aquí retomó el tono severo—, no tengo que darte explicaciones. Te prohíbo que te encuentres con ese..., con ese estudiante... Y, para que no me hagas una jugarreta, voy a acompañarte a clase y a traerte de vuelta. Será un trastorno, pero tiene que ser así.

—Padre, yo prometo...

—No te creo.

María Claudia se revolvió como si le hubieran pegado. Había engañado muchas veces a los padres, se burló de ellos cuantas veces quiso, pero ahora sabía que la trataban con injusticia. Estaba furiosa. Mientras se quitaba el abrigo, dijo:

—Como quieras, pero ya anuncio que te tocará esperar todos los días a la salida de la oficina. El señor Morais tiene siempre trabajos que me obligan a quedarme después de la hora.

—Está bien, eso no tiene importancia.

Claudiña abrió la boca. Por la expresión del rostro parecía que iba a contradecir al padre, pero se calló con una sonrisa vaga.

26

Algunas veces, desde que comenzó a vivir libremente, Abel se preguntaba a sí mismo: «¿Para qué?». La respuesta era siempre igual y también la más cómoda: «Para nada». Y si el pensamiento insistía: «No es nada. Así no merece la pena», añadía: «Me dejo ir. Esto irá a alguna parte».

Veía claro que «esto», su vida, no iba a ninguna parte, que procedía como los avariciosos que amontonan oro sólo por tener el placer de contemplarlo. En su caso no se trataba de oro, sino de más experiencia, único provecho de su vida. Sin embargo, la experiencia, si no se aplica, es como el oro inmovilizado: no produce, no rinde, es inútil. Y de nada le vale a un hombre acumular experiencia como si acumulara sellos.

Sus pocas y mal asimiladas lecturas de filosofía, que abarcaban desde compendios escolares hasta separatas desenterradas de los polvorientos estantes de las librerías de viejo de la Calçada do Combro, le permitían pensar y decir que deseaba conocer el sentido oculto de la vida. Pero en los días de desencanto de su existencia no tuvo más remedio que reconocer que semejante deseo era una utopía y que las experiencias multiplicadas sólo servían para tornar más denso el velo que pretendía apartar. La falta de sentido concreto de su vida lo forzaba, no obstante, a afirmarse en un deseo que ya había dejado de serlo para transformarse en una razón de vida tan buena o mala como cualquier otra. En esos días sombríos en que lo rodeaba el vacío del absurdo, se sentía cansado. Procuraba atribuir ese cansancio a su lucha diaria para asegurarse la subsistencia, a la depresión causada por las épocas en que los medios para sobrevivir se reducían al mínimo. Sin duda, todo eso importaba: el hambre y el frío cansan. Pero no era bastante. Estaba acostumbrado a todo, y lo que al principio le llegó a asustar, ahora casi le era indiferente. Había preparado el cuerpo y el espíritu para dificultades y privaciones. Sabía que, con mayor o menor facilidad, podría librarse de ellas. Aprendió tanto en el transcurso de la vida que le habría sido relativamente fácil encontrar un empleo estable que le permitiera ganar lo necesario para mantenerse. Nunca intentó dar ese paso. No quería atarse, decía, y era verdad. Pero no quería atarse porque eso sería confesar la inutilidad en la que había vivido. ¿Qué habría ganado dando tan largo rodeo para, a fin de cuentas, salir al mismo camino por donde iban todos aquellos de quienes resueltamente quería alejarse? «¿Me quieren casado, fútil y tributable?», se preguntó Fernando Pessoa. «¿Es esto lo que la vida quiere de todo el mundo?», se preguntaba Abel.

El sentido oculto de la vida... «Pero el sentido oculto de la vida es que la vida no tiene ningún sentido oculto.» Abel conocía la poesía de Pessoa. Había hecho de sus versos otra Biblia. Tal vez no los comprendiese perfectamente, o viese en ellos lo que en ellos no estaba. De cualquier manera, y aunque recelaba que, en muchos pasajes, Pessoa se burlaba del lector y que, pareciendo sincero, se mofaba, se habituó a respetarlo hasta en sus contradicciones. Y, si no tenía dudas acerca de su grandeza como poeta, le parecía a veces, especialmente en esos días absurdos de desencanto, que en la poesía de Pessoa había mucho de gratuito. «¿Y qué hay de malo en eso? —pensaba Abel—. ¿No puede la poesía ser gratuita? Puede, sin duda, y no es nada malo. Pero ¿y bueno? ¿Qué hay de bueno en la poesía gratuita? La poesía es, tal vez, como una fuente que corre, es como agua que nace en la montaña, sencilla y natural, gratuita en sí misma. La sed está en los hombres, la necesidad está en los hombres, y sólo porque éstas existen, el agua deja de ser de gracia. ¿Será así también la poesía? Ningún poeta, como ningún hombre, sea quien sea, es sencillo y natural. Y Pessoa menos que ningún otro. Quien tenga sed de humanidad no la saciará en los versos de Fernando Pessoa: será como si bebiera agua salada. Y, con todo, qué admirable poesía y qué fascinación. Gratuita, sí, pero ¿eso importa si desciendo al fondo de mí mismo y me encuentro también gratuito e inútil? Y Silvestre protesta contra esta inutilidad —la inutilidad de la vida, que es la que interesa—. La vida debe ser interesada, interesada a todas horas, proyectándose de acá para allá. Presenciar no es nada. Presenciar es estar muerto. Era lo que él quería decir. No importa que se quede uno aquí o allá, lo que es necesario es que la vida se proyecte, que no sea un simple fluir animal, inconsciente como el fluir del agua en la fuente. Pero proyectarse ¿cómo? Proyectarse ¿hacia dónde? Cómo y hacia dónde, he ahí el problema que genera mil problemas. No basta decir que la vida debe proyectarse. Para el "cómo" y para el "hacia dónde" se encuentra una infinidad de respuestas. La de Silvestre es una, la de un creyente de una religión cualquiera es otra. ¿Y cuántas más? Sin contar que la misma respuesta puede servirles a varios, sirviendo también a cada uno otra respuesta que no sirve a otros. Al final, me he perdido en el camino. Todo estaría bien si, ocupado en apartar los obstáculos del mío, no adivinara la existencia de otros caminos. La vida que elegí es dura y difícil. Aprendí con ella. Está en mi mano dejarla y comenzar otra. ¿Por qué no lo hago? ¿Porque ésta me gusta? En parte. Me parece interesante hacer, conscientemente, una vida que sólo otros aceptarían a la fuerza. Pero no basta, esta vida no me basta. ¿Cuál elijo, entonces? ¿Estar "casado, fútil y tributable"? Pero ¿puede uno ser cada una de estas cosas y no ser las restantes? ¿Y luego?».

Luego… Luego… Abel se sentía perplejo. Silvestre lo había acusado de inútil y eso le molestaba. A nadie le gusta que le descubran los puntos sensibles, y la conciencia de su inutilidad era el talón de Aquiles de Abel. Mil veces su espíritu le puso delante la pregunta incómoda: «¿Para qué?». Se engañaba y disimulaba pensando en otro asunto o especulando en el vacío, pero ni aun así la pregunta desaparecía: permanecía firme e irónica, esperando el final del devaneo para mostrarse implacable como antes. Le desesperaba, sobre todo, no ver en los otros el aire de perplejidad que le permitiría compartir inquietudes. La perplejidad en los otros (así lo creía Abel) era el resultado de tristezas íntimas, de falta de recursos, de amores mal correspondidos, todo menos la perplejidad provocada por la propia vida, la vida sin más nada. En otro tiempo, esa certeza le producía una consoladora sensación de superioridad. Hoy le irritaba. Tanta seguridad, tanto sosiego ante los problemas secundarios le provocaban una mezcla de desprecio y envidia.

Silvestre, con sus recuerdos, le agravó el mal. Pero, aunque perturbado, Abel se daba cuenta de que la vida de su casero había sido inútil en lo que a resultados se refiere: no consiguió los objetivos perseguidos. Silvestre era mayor, hacía hoy lo que ayer: arreglar zapatos. Pero el mismo Silvestre dijo que, por lo menos, su vida le había enseñado a ver más allá de lo que la suela de los zapatos que arreglaba le proponía, mientras que a Abel la vida no hizo más que darle el poder de adivinar la existencia de algo oculto, de algo capaz de otorgarle un sentido concreto a su existencia. Más le valdría no haber recibido ese poder. Viviría tranquilo, tendría la tranquilidad del pensamiento adormilado, como le sucede al común de las personas. «El común de las personas —pensaba—. Qué estúpida es esta expresión. Qué sé yo lo que es el común de las personas. Miro a miles de personas durante el día; veo, con ojos de ver, a decenas. Las veo graves, risueñas, lentas, apresuradas, feas o hermosas, vulgares o atractivas. Y a eso lo llamo el común de las personas. ¿Qué pensará cada una de esas personas sobre mí? También yo voy lento o apresurado, grave o risueño, para algunas seré feo, para otras seré hermoso, o vulgar, o atractivo. A fin de cuentas, también formo parte del común de las personas. También yo tendré para algunos el pensamiento adormilado. Todos ingerimos diariamente la dosis de morfina que adormece el pensamiento. Los hábitos, los vicios, las palabras repetidas, los gestos habituales, los amigos monótonos, los enemigos sin odio auténtico, todo eso adormece. Vida plena... ¿Quién hay ahí que pueda declarar que viva plenamente? Todos llevamos al cuello el yugo de la monotonía, todos esperamos algo, el diablo sabrá qué... Sí, todos esperamos. Más confusamente unos que otros, pero la expectativa es de todos. El común de las personas... Esto, dicho así, con este tono desdeñoso de superioridad, es idiota. Morfina del hábito, morfina de la monotonía... Ah, Silvestre, mi bueno y puro Silvestre, ni siquiera tú imaginas las dosis masivas que has ingerido. Tú y tu gorda Mariana, tan buena que dan ganas de llorar —recordando estos pensamientos, Abel no estaba lejos, él mismo, de ponerse a llorar—. Ni siquiera lo que pienso tiene el mérito de la originalidad. Es como un traje de segunda mano en una tienda de ropa nueva. Es como una mercancía fuera del mercado, envuelta en papel de colores con un lazo a juego. Tedio y nada más. Cansancio de vivir, eructo de digestión difícil, náusea».

Cuando llegaba a este punto, Abel salía de casa. Si todavía estaba a tiempo y tenía dinero, entraba en un cine. Encontraba absurdas las historias. Hombres persiguiendo a mujeres, mujeres persiguiendo a hombres, aberraciones mentales, crueldades y estupidez, de la primera a la última imagen. Historias mil veces repetidas: él, ella y el amante; ella, él y el amante, y, lo peor de todo, la simpleza con que se reproducía la lucha entre el bien y el mal, entre la pureza y la depravación, entre el barro y la estrella. Morfina. Intoxicación permitida por ley y anunciada en los periódicos. Pretexto para pasar el tiempo, como si la eternidad fuese la vida del hombre.

Las luces se encendían, los espectadores se levantaban con el ruido sordo del batir de los asientos. Abel se iba quedando. Se habían callado los fantasmas en dos dimensiones que ocupaban las sillas. «Y yo soy el fantasma en cuatro dimensiones», murmuraba.

Creyéndolo dormido, venían los acomodadores a despertarlo. Fuera, los últimos espectadores corrían hacia los sitios libres de los tranvías. Parejas recién casadas, muy agarradas... Parejas de pequeñoburgueses con decenas de años de sagrado matrimonio, ella detrás, él delante. No más que medio paso los separaba, pero ese medio paso expresaba la distancia irremediable a la que se encontraban uno del otro. Y eran maduros y burgueses, el retrato anticipado de los novios cuya alianza matrimonial tenía todavía el brillo de la novedad.

Abel se metía por calles tranquilas, de pocos transeúntes, con las vías de los tranvías brillando paralelas, las famosas paralelas que nunca se encuentran. «Se encuentran en el infinito. Sí, dicen los sabios que las paralelas se encuentran en el infinito... Todos nos encontraremos en el infinito, en el infinito de la estupidez, de la apatía, del marasmo.»

—¿No quieres venir? —le preguntaba una voz de mujer en la oscuridad. Abel sonreía con tristeza.

«Admirable sociedad que todo lo previene. Ni siquiera se olvida de los infelices solteros que necesitan regularizar sus funciones sexuales. Tampoco de los felices casados a los que les gusta variar por poco dinero. Qué madre amorosa eres tú, ¡oh, Sociedad!»

En las calles de los barrios periféricos, en cada puerta había cubos de basura. Los perros buscaban huesos, los traperos harapos y papeles. «Todo se aprovecha —murmuraba Abel—. En la naturaleza nada se crea, nada se pierde. Adorable Lavoisier, apuesto a que nunca pensaste que la confirmación de tu principio estaría en este cubo de basura».

Entraba en un café, mesas ocupadas, mesas vacías, empleados que bostezaban, nubes de humo, ruido de conversaciones, tintineos de tazas... El marasmo. Y él solo. Salía, angustiado. La templada noche de abril lo recibía fuera. Los altos edificios le canalizaban el camino. De frente, siempre de frente. Girar a la izquierda o a la derecha sólo cuando la calle lo decida. La calle y la necesidad de, tarde o temprano, tener que ir a casa. Y, tarde o temprano, Abel iba a casa.

Le dio por hablar poco. Silvestre y Mariana se extrañaron. Se habían habituado a considerarlo persona de casa, casi familia, y se sentían afectados, ofendidos en su confianza. Una noche, Silvestre entró en su cuarto con el pretexto de enseñarle una noticia del periódico. Abel estaba acostado, con un libro en la mano y un cigarro en los labios. Leyó la noticia, que para él no tenía el menor interés, y le devolvió el periódico, murmurando una frase distraída. Silvestre se quedó mirándolo con los brazos apoyados en la barra de la cama. Visto así, el joven parecía más pequeño y tenía, a pesar del cigarro y de la barba un poco crecida, un aire de niño.

—¿Se siente preso? —preguntó Silvestre.

—¿Preso?

—Sí. El tentáculo...

—¡Ah!...

La exclamación salió con un tono indefinible, como de ausencia. Abel hinchó el busto, miró al zapatero fijamente y añadió, despacio:

—No. Tal vez esté sintiendo la falta de un tentáculo. Las conversaciones que hemos tenido me han hecho pensar en cuestiones que ya suponía superadas.

—No creo que estuvieran superadas. O estaban muy mal superadas... Si usted fuera lo que quiere parecer, yo no le habría contado mi vida...

—¿Y no está contento?

—¿Contento? Al contrario. Creo que usted está preso del aburrimiento. Está harto de la vida, cree que lo ha aprendido todo, sólo ve cosas que aumentan su aburrimiento. ¿Cree que puedo estar contento? No todo es fácil de contar. Siempre es posible dejar un empleo que nos pesa o una mujer que nos cansa. Pero el aburrimiento ¿cómo se corta?

—Ya me ha dicho todo eso con otras palabras. Seguramente no va a repetirlas...

—Si entiende que lo estoy molestando...

—No, no. Vaya idea...

Abel se levantó de un salto y extendió el brazo hacia Silvestre. El zapatero, que ya hacía un movimiento para retirarse, se quedó. Abel se sentó en el borde de la cama, con el tronco vuelto hacia su casero. Los dos se miraban sin sonreír, como si esperasen cualquier acontecimiento importante. El joven pronunció, lentamente:

—¿Sabe que soy su amigo?

—Lo creo —respondió Silvestre—. También yo soy su amigo. Pero parece que andamos enfadados...

—La culpa es mía.

—Tal vez sea mía. Usted necesita a alguien que lo ayude, y yo no sé, no soy capaz...

Abel se levantó, se calzó los zapatos y se dirigió hacia una maleta que había en una esquina. La abrió y, apuntando hacia los libros que casi la llenaban, dijo:

—En los peores momentos de mi vida, la idea de venderlos ni siquiera se me pasó por la cabeza. Están aquí todos los que saqué de casa, más los que fui comprando durante estos doce años. Ya los he leído y releído, he aprendido de ellos mucho. La mitad de lo aprendido lo he olvidado y la otra mitad puede que esté equivocada. Cierto o errado, la verdad es que sólo han contribuido a hacer más evidente mi inutilidad.

—Pienso que hizo bien en leerlos... ¿Cuántos se pasan la vida sin descubrir que son inútiles? A mi entender, sólo puede ser verdaderamente útil quien ya ha sentido que era inútil. Por lo menos, no corre tanto riesgo de volver a serlo...

—Utilidad, utilidad, sólo le oigo esa palabra. ¿Cómo puedo ser útil?

—Cada uno tiene que descubrirlo por sí mismo. Como todo en la vida. Los consejos no sirven de nada. Ya me gustaría a mí dárselos si sirviesen de algo...

—También a mí me gustaría saber qué hay por detrás de esas medias palabras...

Silvestre sonrió:

—No tenga miedo. Sólo quiero decir que lo que cada uno de nosotros tenga que ser en la vida, no lo será por las palabras que oye ni por los consejos que admite. Tendremos que recibir en la propia carne la cicatriz que nos transforma en verdaderos hombres. Después, se trata de actuar...

Abel cerró la maleta. Se volvió al zapatero y repitió, como si soñara:

—Actuar... Si todos actuaran como nosotros, querría decir que no hay verdaderos hombres...

—Mi tiempo ha pasado —respondió Silvestre.

—Por eso le es tan fácil censurarme... ¿Nos echamos un jueguito de damas?

27

Paulino llegó más tarde, casi a las once. Besó a Lidia sin rozarla apenas y se sentó en su sillón preferido, chupando la boquilla del cigarro.

Esa noche, por fuerza de las circunstancias, Lidia no estaba en camisón, lo que tal vez contribuyera a la irritación sorda de Paulino. La manera misma de sostener el cigarrillo entre los dientes, el tamborilear de los dedos en el brazo del sofá, todo eran señales de que no estaba satisfecho. Sentada ante él, en un taburete bajo, Lidia trataba de entretenerlo con las bagatelas de su día. Hacía varias noches que venía notando la transformación del amante. No se la «comía» con los ojos, lo que, pudiendo justificarse por la larga convivencia, también podría significar que estaba perdiendo interés en ella por cualquier otra razón. El sentimiento permanente de inseguridad de Lidia le hacía temer siempre lo peor. Detalles aparentemente insignificantes, pequeñas faltas de atención, palabras una pizca bruscas, un aire distraído alguna que otra vez eran otras tantas preocupaciones para ella.

Paulino no ayudaba en la conversación. Se producían largas pausas en las que ni uno ni otro sabían qué decir. Más concretamente: sólo Lidia no sabía qué decir; Paulino parecía preferir el silencio. Ella exprimía su imaginación para no dejar morir el diálogo. Él respondía distraídamente. Y la conversación, a falta de asunto, moría como un candil a falta de aceite. Esa noche, hasta el vestido de Lidia parecía un motivo más de alejamiento. Paulino lanzaba al aire largas bocanadas de humo, con un soplo impaciente y prolongado. Desistiendo de encontrar un asunto capaz de interesarlo, Lidia, como quien no quiere la cosa, apuntó:

—Parece que andas preocupado...

—Uhm...

La respuesta era imprecisa: podía significar de todo. Parecía esperar que Lidia concretara la suposición. Con el vago miedo a lo desconocido que se oculta en las casas oscuras y en las palabras imprudentes de las que nunca se conocen las consecuencias, Lidia añadió:

—Desde hace unos días te siento diferente. Siempre me cuentas tus preocupaciones... No quiero ser indiscreta, entiéndelo bien, pero tal vez fuera bueno que me dijeras...

Paulino la observó con mirada divertida. Llegó incluso a sonreír. Lidia se atemorizó con la mirada y la sonrisa. Ya estaba arrepentida de lo que había dicho. Viendo cómo se retraía, Paulino añadió, para no perder la oportunidad que le había ofrecido:

—Cuestiones de negocios...

—Muchas veces me has dicho que cuando estabas conmigo no pensabas en negocios...

—Es verdad, lo he dicho. Pero, ahora, pienso...

La sonrisa era malvada. Los ojos tenían la fijeza implacable de quien nota imperfecciones o faltas. Lidia sintió que se sonrojaba. Tenía el presentimiento de que algo desagradable para ella iba a pasar. Paulino, viéndola silenciosa, insistió:

—Ahora pienso. No quiero decir que haya dejado de sentirme bien a tu lado, claro, pero hay asuntos tan complicados que nos obligan a pensar en ellos a todas horas y sea cual sea la compañía.

Por nada del mundo Lidia querría conocer esos asuntos. Presentía que sólo le haría mal hablar de ellos y, en este momento, ansiaba una interrupción, que el teléfono sonara, por ejemplo, cualquier accidente que pusiera fin a la conversación. Pero el teléfono no sonó, ni Paulino estaba dispuesto a dejarse interrumpir.

—Vosotras no conocéis a los hombres. Podemos querer mucho a una mujer, pero de ahí no se desprende que pensemos sólo en ella.

—Es natural. A las mujeres les pasa lo mismo.

Un diablillo malicioso debió de empujar a Lidia a decir esas palabras. El mismo diablillo le susurraba otras más osadas y Lidia tenía que dominarse o dominarlo para no decirlas. Ahora era su mirada afilada la que se posaba sobre las fealdades de Paulino. Éste, un tanto molesto por la afirmación, respondió:

—Claro. Era lo que faltaba, que se pensara siempre en la misma persona.

La voz sonaba a despecho. Se miraron desconfiados, casi enemigos. Paulino procuraba descubrir hasta qué punto Lidia sabía. Ésta, a su vez, tanteaba en la imprecisión de las palabras que oía para encontrarles la causa. Súbitamente, una intuición le cruzó el cerebro:

—Es verdad, claro... Esto no tiene nada que ver, pero se me había olvidado decírtelo... La madre de la chica de arriba me pidió que te agradeciera tu interés...

La transformación de la cara de Paulino le confirmó que había acertado. Sabía, ahora, contra quién luchaba. Al mismo tiempo, sintió un estremecimiento de miedo. El diablillo se había escondido en algún lado y ella estaba desamparada.

Paulino se sacudió la ceniza del cigarro y se movió en el sillón como si estuviera mal sentado. Tenía el aspecto de un niño sorprendido comiendo mermelada a escondidas de la madre.

—Sí... La chica es apañada...

—¿Piensas en aumentarle el sueldo?

—Sí... Tal vez... Habíamos hablado de tres meses... pero su familia es pobre, fuiste tú la que me contó eso, ¿te acuerdas?, y... Claudiña se entiende bien con el trabajo...

—¿Claudiña?

—Sí, María Claudia.

Paulino se concentró en la contemplación de la ceniza que atenuaba el fulgor de la colilla. Con una sonrisa irónica, Lidia le preguntó:

—¿Y la taquigrafía? ¿Qué tal va?

—Va muy bien: la pequeña aprende con facilidad.

—Me lo creo, me lo creo...

El diablillo había vuelto. Lidia estaba segura de que acabaría venciendo, siempre que no perdiera la serenidad. Debía, sobre todo, evitar enfadar a Paulino, no permitir, por nada en el mundo, que él descubriera los secretos temores que la dominaban. Estaría perdida si él sospechaba que se sentía insegura.

—La madre se lleva muy bien conmigo, ¿sabes? Según me ha contado, la pequeña se portó muy mal hace unos días...

—¿Se portó mal?

La curiosidad de Paulino era tan flagrante que bastaría para convencer a Lidia, si no estuviera ya convencida.

—No sé qué te estará pasando por la cabeza... —insinuó. Después, fingiendo que se le ocurría en ese momento, lanzó una gran exclamación—: ¡Cielos! No es nada de eso... Si fuera verdad, ¿crees que me lo iban a contar? Eres demasiado bueno, querido Paulino.

Tal vez Paulino fuera demasiado bueno. Lo cierto es que pareció decepcionado. Balbuceó:

295

—Yo no estaba pensando...

—La cuestión es de lo más simple. El padre andaba con sospechas porque ella llegaba tarde a casa. La chica se disculpaba: que tú la entretenías con trabajos urgentes...

Paulino entendió que debía rellenar la pausa:

—No es exactamente así... Ocurrió alguna vez, es verdad, pero...

—Eso se comprende, y de ahí no viene ningún mal. ¡El padre la siguió y la sorprendió con el novio!

El diablillo exultaba, daba volteretas, se moría de risa. Paulino se quedó sombrío. Mordió la boquilla del cigarro con fuerza y farfulló:

—Son terribles, estas jóvenes modernas...

—¡Oh, querido, no seas injusto!... ¿Qué iba a hacer la pequeña? No te olvides de que tiene diecinueve años... ¿Qué hace una chica con diecinueve años? El príncipe encantado es siempre un muchacho de la misma edad, guapo y elegante, que dice palabras patéticas pero encantadoras. ¿Te olvidas de que yo también he tenido diecinueve años?

—Cuando yo tenía diecinueve años...

Y no dijo más. Se quedó mordiendo la boquilla, refunfuñando palabras incomprensibles. Se sentía despechado, furioso. Durante todo este tiempo se había esmerado en adular a la nueva dactilógrafa y de pronto va y descubre que ella sí le había hecho una buena jugada. Bien es verdad que no avanzó demasiado, muchas atenciones, algunas sonrisas, conversaciones inteligentemente conducidas a solas en su despacho, después de las seis... No le hizo ninguna propuesta, claro... La chica era muy joven y tenía padres... Con el tiempo, tal vez... Sus intenciones eran buenas, por supuesto, quería ayudar a la pequeña y a la familia, que era pobre...

—Pero ¿será eso verdad?

—Ya te digo que eres demasiado bueno. Esas cosas no se inventan. Cuando suceden, hasta se tiene el cuidado de ocultarlas. Y, si yo lo sé, es porque la madre tiene confianza en mí... —se interrumpió y añadió, comprensiva—: Espero que esto no te incomode mucho. Sería lamentable que comenzaras a tenerle antipatía a la pequeña. Conozco bien tus escrúpulos en cuestiones de esta naturaleza, pero te pido que no la perjudiques...

—Está bien. Quédate tranquila.

Lidia se levantó. No convenía insistir en el asunto. Introdujo desconcierto en el delicioso *flirt* de Paulino y creía que eso sería suficiente para acabar, de una vez por todas, con el devaneo. Preparó café, atenta a la elegancia de sus movimientos. Ella misma sirvió a Paulino. Se le sentó en las rodillas, le pasó los brazos por la espalda y le dio a beber el café como si fuera un niño pequeño. El asunto María Claudia estaba eliminado. Paulino se tomó el café, sonriendo ante las caricias que la amante le hacía en la nuca. De súbito, Lidia se mostró muy interesada en su cabeza:

—¿Qué usas ahora para el pelo?

—Un preparado nuevo.

—Lo noto por el olor. Pero, espera...

Miró fijamente la calva y añadió, risueña:

—¡Querido, tienes más pelo!...

—¿Palabra?

—Te lo juro.

—Dame un espejo.

Lidia saltó de las rodillas y corrió al tocador.

—Aquí tienes. Mira bien...

Entornando los ojos para ajustarse a la imagen que el espejo reflejaba, Paulino murmuró:

—Sí..., parece que tienes razón...

—Mira. Aquí y aquí... ¿No ves este vello pequeñito? ¡Es pelo que nace!

Paulino le entregó el espejo, sonriendo:

—El preparado es bueno. Ya me lo habían dicho. Tiene vitaminas, ¿sabes?

—¿Ah, sí?

Con gran acopio de detalles, Paulino le explicó la composición del preparado y el modo de aplicación. De esta manera, la velada, que comenzó mal, acabó bien. No fue tan larga como de costumbre. Atendiendo al estado de Lidia, Paulino salió antes de la medianoche. Con sobrentendidos, uno y otro lamentaron las abstinencias a que tal circunstancia los obligaba. Se compensaron mutuamente con besos y palabras tiernas.

Después de que él saliera, Lidia regresó al dormitorio. Comenzaba a recoger cuando oyó en el piso de arriba, sobre su cabeza, un leve taconeo. El sonido se oía con claridad. Iba y venía, desaparecía y regresaba. Mientras lo oía Lidia permanecía inmóvil, con los puños cerrados, la cabeza ligeramente erguida. Luego, dos golpes más fuertes (la caída de unos zapatos) y el silencio.

28

A su largo epistolario de quejas y lamentos, Carmen juntó una carta más. Allá lejos, en Vigo, en su tierra, los padres se quedaron abatidos y lagrimosos al leer el lienzo siempre renovado de desdichas de la hija, presa en manos de un extranjero.

Condenada al uso de una lengua extraña, sólo en las cartas podía explicarse en términos que ella misma entendía completamente. Relató todo lo que había pasado desde su última carta, deteniéndose en la enfermedad del hijo y dándole a la escena lamentable de la cocina un tono más compatible con su dignidad. Recuperada la sangre fría, pensó que se había portado de manera indecorosa. Ponerse de rodillas delante del marido era, para ella, la peor de las ignominias. En cuanto al hijo... El hijo se olvidaría, era un niño. Pero el marido no lo iba a olvidar y eso era lo que más le costaba aceptar.

Le escribió también al primo Manolo. No lo hizo sin dudar. Tenía la vaga idea de que cometía una traición y reconoció que esa carta, para él, no tendría sentido. Salvo breves misivas de felicitaciones en sus aniversarios o en Navidad, no había recibido de él nada más. Sabía, pese a todo, cómo le iba en la vida. Los padres la tenían al corriente de lo que sucedía en el clan familiar, y el primo Manolo, con su fábrica de cepillos, daba para mucha materia. Había triunfado en la vida. La pena era que se mantenía soltero: así, la fábrica, tras su muerte, tendría que contentar a tantos herederos que quedaría poco para cada uno. Si es que él no prefería a uno de esos herederos en detrimento de los otros. Era libre de disponer de sus bienes y todo podía pasar. Todos esos hechos eran ampliamente pormenorizados en las cartas de Vigo. Manolo todavía era joven, tenía sólo seis años más que Carmen, pero Enriquito debía ir haciéndose notar. Carmen nunca prestó atención a estas sugerencias, ni veía un modo eficaz de hacer presente a su hijo. Manolo no lo conocía. Lo vio cuando era muy pequeño y vino a Lisboa, con los padres de Carmen, de visita. Carmen supo (se lo dijo la madre) que el primo afirmó que no le había gustado Emilio. Por entonces, casada hacía poco tiempo, no le dio importancia, pero ahora veía que el primo Manolo tenía razón. Decían los portugueses que «de España, ni buen viento ni buen casamiento». Pues «de Portugal, ni buen marido ni...». Carmen no disponía de suficiente imaginación para inventar una rima que correspondiera con el maleficio lusitano, pero mantenía bien presentes todos los maleficios que proliferaban a este lado de la frontera.

Escritas las cartas, se sintió aliviada. Las respuestas no tardarían y, con ellas, el consuelo. Porque Carmen no quería nada más que compasión. La pena de Manolo la compensaría por la pequeña deslealtad que cometía con el marido. Se imaginaba al primo en su despacho de la fábrica, de la que conservaba algunos recuerdos. Un montón de cartas, encargos y facturas sobre la mesa. Su carta estaría encima. Manolo la abriría, la leería con mucha atención, la leería otra vez. Después la dejaría ante él, la miraría unos minutos con la expresión de quien recuerda acontecimientos agradables e, inmediatamente, apartaría todos los papeles, tomaría una hoja en blanco (con el nombre de la fábrica en mayúscula) y comenzaría a escribir.

Con estos recuerdos comenzaron las nostalgias a minar el corazón de Carmen. Nostalgias de todo lo que había dejado, de su ciudad, de la casa de los padres, del portón de la fábrica, del dulce hablar gallego que los portugueses no conseguían imitar. Recordando todo esto, se ponía a llorar. Seguro que hacía mucho tiempo que las añoranzas la mortificaban, pero, así como venían, así se iban, empujadas por el tiempo cada vez más pesado. Todo se esfumaba, la memoria apenas conseguía captar imágenes desvaídas de su pasado. Pero ahora todo se le aparecía con nitidez. Por eso lloraba. Lloraba el bien que había perdido y que nunca más recuperaría. Allí estaría con su gente, amiga entre amigos. Nadie, a sus espaldas, se mofaría de ella por su forma de hablar, nadie la llamaría «gallega» con el tono de desprecio que aquí utilizan. Sí, sería gallega en su tierra de gallegos, donde «gallego» no era sinónimo de «mozo de mudanzas» ni de «carbonero».

—*¡Ah, disgraciada, disgraciada...!*

El hijo la miraba con ojos asombrados. Con una terquedad inconsciente, resistió las tentativas de la madre de cautivarlo de nuevo, resistió los golpes y los conjuros. Cada bofetada, cada sortilegio lo empujaban más hacia el padre. El padre era calmo, tranquilo, la madre era excesiva en todo, en el odio y en el amor. Pero ahora ella lloraba y Enrique, como todos los niños, no podía ver llorar y mucho menos a su madre. Se le acercaba, la consolaba como podía, sin palabras. Le daba besos, arrimaba su cara a la cara mojada de lágrimas y, poco después, lloraban los dos. Entonces Carmen le contaba largas historias de Galicia, sustituyendo, sin ni siquiera darse cuenta, el portugués por el gallego.

—No te entiendo, madre...

Ella caía en la cuenta, traducía a la detestada lengua portuguesa aquellas lindas historias que sólo tenían belleza y sabor en su idioma natal. Luego le enseñaba fotografías, el retrato del abuelo Felipe y de la abuela Mercedes, alguna donde aparecía el primo Manolo con más familia. Enrique ya había visto todo esto, pero la madre insistía. Mostrando una donde se veía una esquina del jardín de la casa de los padres, dijo:

—Aquí jugué *muchas veces* con el primo Manolo...

El recuerdo de Manolo se le estaba convirtiendo en una obsesión. Por caminos recónditos, el pensamiento siempre llegaba a él, y Carmen se quedaba confusa cuando descubría el tiempo que llevaba pensando en él. Era una tontería. Había pasado tanto... Se sentía vieja, a pesar de sus treinta y tres años. Y, además, estaba casada. Tenía su casa, un marido, un hijo. Nadie tiene derecho, en esta situación, a semejantes pensamientos.

Recogía las fotografías, se afanaba en las ocupaciones domésticas, se aturdía. Pero el pensamiento regresaba: su tierra, sus padres, Manolo después de todo, como si el recuerdo de su figura y de su voz hubiera sido apartado y por eso llegara más tarde.

Por la noche, en la cama, al lado del marido, padecía largos insomnios. La nostalgia de la vida pasada se le hacía imperiosa, como si exigiera una acción inmediata de su parte. Enredada en pensamientos que la llevaban lejos, se hizo más calma. Su temperamento fogoso se ablandó, una dulce serenidad le entró en el corazón. A Emilio le extrañó la transformación, pero no hizo ningún comentario. Pensó que sería un cambio de táctica para captar nuevamente el amor del hijo. Supuso haber acertado al notar que Enrique se dividía, ahora, entre él y la madre. Se diría que hasta los pretendía reconciliar. Con una ingenua, y tal vez inconsciente, habilidad, buscaba interesar a ambos en sus asuntos. Los resultados eran desalentadores. Tanto el padre como la madre, siempre dispuestos a responder cuando se dirigía a cada uno, se hacían los distraídos si intentaba generalizar la conversación. Enrique no comprendía. Había querido poco al padre, pero se dio cuenta de que podía quererlo sin reservas; durante algún tiempo receló de la madre, pero ahora la madre lloraba y él reconocía que nunca había dejado de quererla. Los quería a los dos y veía que se apartaban cada vez más el uno del otro. ¿Por qué no hablaban? ¿Por qué se miraban a veces como si no se conocieran o como si se conocieran demasiado? ¿Por qué aquellas veladas silenciosas, donde la voz infantil parecía andar perdida, como en una selva inmensa y sombría que ahogaba los ecos y de donde habían huido todos los pájaros? Muy lejos habían huido las aves amorosas, la selva estaba petrificada, sin la vida que sólo el amor genera.

Lentos pasaron los días. El servicio postal encaminó a través del país y más allá de la frontera las cartas de Carmen. Tal vez por las mismas vías (quién sabe si por las mismas manos) las respuestas iniciarían su andadura. Cada hora, cada día, se aproximaban más. Carmen ni sabía lo que esperaba. ¿Compasión? ¿Buenas palabras? Sí, las necesitaba. No se sentiría tan sola al leerlas, sería como si alrededor estuvieran sus verdaderos parientes. Les veía los rostros compasivos inclinándose sobre ella e infundiéndole valor. Nada más debería esperar. Pero, quizá porque se le ocurrió escribir a Manolo, esperaba más. Los días pasaban. Su ansiedad le hacía olvidar que la madre no era muy rápida en escribir, que la correspondencia con ella sufría largos intervalos. Ya pensaba que se había olvidado...

Atado a su rutina de representante de comercio, viendo cada día más lejos el de su liberación, Emilio dejaba pasar el tiempo. Anunció que se iría, pero no daba el paso. Se le moría el valor. Cuando estaba casi a punto de cruzar el umbral de la puerta para no volver nunca más, algo le retenía. El amor había huido de su casa. No odiaba a la mujer, pero estaba fatigado de infelicidad. Todo tiene un límite: puede soportarse la infelicidad hasta aquí, pero no hasta allí. Y, sin embargo, no partía. La mujer ya no hacía esas escenas exasperantes, estaba más tranquila. Nunca más levantó la voz, nunca más se quejó de su negra vida. Pensando en esto, Emilio se asustaba ante la posibilidad de que ella pretendiera reconstruir la vida hogareña. Ya se sentía lo suficientemente preso como para desear tal eventualidad. Pero Carmen le hablaba sólo cuando no podía dejar de hacerlo. Nada permitía, pues, pensar en un deseo de reconciliación. Que ella conseguía atraer al hijo era evidente, pero de ahí a querer captarlo a él iba una gran distancia que no estaba dispuesto a recorrer. La transformación lo intrigaba: Enrique había vuelto a la convivencia con la madre, ¿qué esperaba ella para iniciar las escenas tempestuosas? Expuesta la pregunta y sin hallar la respuesta, Emilio se encogía de hombros con indiferencia y se entregaba al tiempo como si el tiempo pudiera darle el valor que le faltaba.

Hasta que llegó una carta. Emilio no estaba en casa, Enrique fuera, haciendo un recado. Cuando la recibió de las manos del cartero y reconoció la caligrafía de la madre, Carmen tuvo un estremecimiento.

—¿No trae nada más?

El cartero miró el lote que tenía en las manos y respondió:

—Es sólo ésa.

Sólo ésta. Carmen tuvo ganas de llorar. En ese momento comprendió que había estado esperando la carta de Manolo, no sólo, pero sobre todo la suya. Y la carta no llegaba. Con una lentitud que intrigó al cartero, cerró la puerta. Qué locura la suya. Cómo no lo había pensado antes. No debía de estar en sus cabales cuando le escribió al primo. Ocupada en estos pensamientos, hasta llegó a olvidarse de que tenía en las manos la carta de la madre. Pero, de súbito, sintió en los dedos el contacto del papel. Murmuró en gallego:

—*Miña nai...*

Con un gesto rápido, abrió el sobre. Dos hojas grandes, escritas de arriba abajo con la letra cerrada y pequeña que tan bien conocía. El pasillo era oscuro, no conseguía leer. Corrió hacia el dormitorio, encendió la luz, se sentó en el borde de la cama, todo esto apresuradamente, como si tuviera miedo a que la carta se evaporara de las manos. Con los ojos mojados de lágrimas, no conseguía distinguir las palabras. Nerviosa, se los enjugó, se sonó la nariz y pudo, por fin, saber lo que la madre le decía.

Sí, allí venía todo lo que esperaba. La madre se lamentaba una vez más, una vez más decía que no era culpa suya, que ella ya la había advertido... Sí, ya sabía todo eso, ya había leído esas mismas palabras en otras cartas... ¿Seguro que no decían nada más? ¿No tenían nada más que decirle? ¿No?... Pero... ¿Qué podían decir?... Ah, madre mía, querida madre...

Allí estaba. Iba a partir. Iba a pasar un tiempo en casa de los padres. Un mes, tal vez dos meses. Se llevaría a Enrique. Ellos le pagaban el pasaje. Sería... Lo que sería, ni Carmen era capaz de verlo. Se le saltaron las lágrimas y ya no podía leer más. Sin duda era felicidad. Dos meses, tal vez tres, lejos de esta casa, al lado de los suyos, el hijo con ella.

Se limpió los ojos y siguió leyendo. Noticias de casa, de la familia, el nacimiento de un sobrino. Después, besos y abrazos. En el margen de la carta, con letra más pequeña, una posdata. El timbre de la puerta sonó. Carmen no lo oyó. Volvió a sonar. Carmen ya había leído esas líneas finales, pero no oía nada más. Ahí estaba la explicación: Manolo le mandaba decir que no le escribía porque esperaba que ella llegara a Vigo. El timbre insistió, impaciente e inquieto. Como si regresara del fondo del tiempo, Carmen lo oyó, por fin. Abrió. Era el hijo. Enrique se quedó perplejo, la madre lloraba y reía al mismo tiempo. Se vio preso en sus brazos, sentía sus besos y oyó:

—Vamos a ver al abuelo Felipe y a la abuela Mercedes. Vamos a pasar una temporada con ellos. ¡Nos vamos, nos vamos, hijo mío!

Cuando Emilio llegó, por la noche, Carmen le mostró la carta. Nunca se había interesado por la correspondencia de la mujer y era demasiado delicado para ir a fisgonear en las cartas, a escondidas. Sospechaba de las quejas, adivinaba que su figura sería la del tirano en esa correspondencia, pero no quería leerla. Y Carmen, aunque no le desagradaba que el marido supiera lo que de él se decía, sólo le mostró el fragmento de la carta en el que la madre hablaba del viaje: era necesario que consintiera y la lectura del resto podría inducirlo, por despecho, a negarse. Emilio notó la falta de un margen que había sido cortado con tijeras. No preguntó por qué. Devolvió la carta, sin palabras.

—¿Entonces?

No respondió enseguida. Veía, él también, dos meses, tal vez tres, de soledad. Se veía libre, solo, en la casa vacía. Podría salir cuando quisiera, entrar cuando quisiera, dormir en el suelo o en la cama. Se veía haciendo todas las cosas que deseaba, y eran tantas que no conseguía ahora recordar ninguna. Una sonrisa distante en los labios. Desde ese momento comenzaba a sentirse libre, caían a su alrededor las cadenas que lo ataban. Por ahí fuera lo esperaba una vida ancha, plena, donde cabían todos los sueños y todas las esperanzas. ¿Qué importaba que no fuesen más que tres meses? Tal vez luego llegaran los días de su valor...

—¿Entonces? —insistió la mujer, presintiendo una negativa en el silencio.

—¿Entonces?... Me parece bien.

Sólo estas palabras. Por primera vez en muchos años había tres personas satisfechas en esta casa. Para Enrique era la perspectiva de las vacaciones, el tren «chu-cu-chu-chu-cu-chu-», todo lo que de maravilloso tienen los viajes para los niños. Para Emilio y para Carmen, la liberación de la pesadilla que los unía.

La cena fue tranquila. Hubo sonrisas y palabras amables. Enrique estaba contento. Hasta los padres parecían felices. La propia luz de la cocina parecía más clara. Todo era más claro y puro.

29

De la escena nocturna en que Justina se mostró desnuda por primera vez frente al marido, nunca se habló. Caetano por cobardía, Justina por orgullo. Simplemente se estableció una frialdad mayor. Caetano, al salir del periódico, se iba a pasar el resto de la noche y la mañana a otra cama. Sólo regresaba a casa para almorzar. Se acostaba y dormía toda la tarde. Cuando necesitaban entenderse, lo hacían con monosílabos y frases cortas. Nunca la aversión mutua fue tan completa. Caetano evitaba a la mujer, como si recelara que ella se le apareciera, súbitamente, desnuda. Justina, sin embargo, no evitaba mirarlo, pero lo hacía con desprecio, casi con insolencia. Él sentía el peso de esa mirada y hervía de cólera impotente. Sabía que muchos hombres les pegan a las mujeres y que unos y otras califican el acto de natural. Sabía que muchos consideraban eso una manifestación de virilidad, tal como otros entienden que es una prueba de virilidad la aparición de síntomas de enfermedades venéreas. Pero, si podía presumir de sus males de Venus, no podía vanagloriarse de haber golpeado alguna vez a la mujer. No era por cuestión de principios, aunque le gustara afirmarlo, sino por pura cobardía. Lo intimidaba la serenidad de Justina, sólo una vez quebrada y en condiciones que le hacían avergonzarse. Revisaba la escena, constantemente tenía ante sus ojos la figura escuálida y desnuda, oía las carcajadas que parecían sollozos. La reacción de la mujer, por inesperada, le acentuaba el complejo de inferioridad que desde hacía mucho sufría con respecto a ella. Por eso la evitaba. Por eso estaba en casa el mínimo tiempo posible, por eso huía de tener que acostarse a su lado. Y había otra razón. Sabía que cuando se acostara en la cama donde la mujer estuviera no podría impedirse poseerla. Cuando por primera vez tuvo conciencia de eso, se asustó. Quiso reaccionar, se llamó estúpido, enumeró todas las razones que deberían disuadirlo: el cuerpo sin gracia, la repulsión de otros tiempos, el desprecio. Pero cuantas más razones añadía, más furioso se le encendía el deseo. Para calmarlo, intentaba agotarse fuera de casa, pero nunca lo conseguía. Vacío, hueco, con las piernas flácidas y los ojos hundidos, le bastaba llegar a casa y sentir el olor peculiar del cuerpo de Justina para que la ola de deseo se desatara en lo más secreto de su ser. Era como si hubiera soportado un larga abstinencia y viese, por primera vez, una mujer al alcance de su brazo. Cuando se acostaba, después del almuerzo, el calor de las sábanas lo atormentaba. Una prenda de ropa de la mujer, abandonada sobre una silla, le atraía la mirada. Mentalmente, le daba al vestido vacío, a la media doblada, el contorno y el movimiento del cuerpo vivo, de la pierna tensa y vibrante. La imaginación construía formas perfectas que ni de lejos se correspondían con la realidad. Y si Justina, en ese momento, entraba en el dormitorio, necesitaba recurrir a toda su capacidad de autocontrol para no saltar de la cama y arrastrarla. Vivía dominado por la más baja sensualidad. Tenía sueños eróticos como un adolescente. Extenuaba a sus amantes de ocasión y las insultaba porque no conseguían calmarlo. Como una mosca obstinada, constantemente le picaba el deseo. Como una mariposa a la que la luz paraliza los movimientos de un lado del cuerpo y por eso describe círculos cada vez más apretados hasta que se quema en la llama, así circulaba alrededor de la mujer, atraído por su olor, por las formas toscas que el amor no moduló.

Justina no sospechaba el efecto que su presencia le producía al marido. Lo veía nervioso, excitable, pero atribuía ese estado al redoblado desprecio con que lo trataba. Como quien juega con un animal peligroso sabiendo el peligro que corre, pero sin huir de él por pura curiosidad, quería ver hasta dónde era capaz de aguantar el marido. Quería medirle la altura de la cobardía. Aflojó su desprecio silencioso y empezó a hablarle más para tener, también, más oportunidades de demostrárselo. En todas sus palabras, en todas las inflexiones de voz, le hacía evidente al marido hasta qué punto lo consideraba indigno. Caetano reaccionaba de una manera que ella nunca habría adivinado. Se había transformado en el tipo de amante masoquista. Los insultos, los latigazos en su orgullo de hombre y de marido lo transportaban al paroxismo del deseo. Justina jugaba con fuego sin saberlo.

Una noche, incapaz de resistir más tiempo, Caetano, al salir del periódico, corrió a casa. Tenía una cita pendiente, pero se olvidó de ella. La mujer que lo esperaba no podía satisfacerlo. Como si hubiese enloquecido, pero guardase todavía en la memoria el lugar donde le restituirían la razón, corrió a casa. Se metió en un taxi y le prometió al conductor una buena propina si lo llevaba rápido. Por las calles desiertas de la ciudad, el automóvil galopó en pocos minutos la distancia. La propina fue generosa, más aún, fue extravagante. Al entrar en casa, Caetano recordó, de repente, que la última vez que llegó a esa hora salió trasquilado. Durante un breve instante se mantuvo lúcido. Vio lo que iba a hacer, temió las consecuencias. Pero oyó la respiración pausada de Justina, sintió la calidez del dormitorio, palpó sobre la colcha el cuerpo acostado y, como una ola que el mar levanta de las profundidades, se irguió en él el furor sexual.

Fue a oscuras. Al primer contacto, Justina reconoció al marido. Sumergida a medias en el sueño, hizo unos movimientos confusos para defenderse. Pero él la dominó, aplastándola contra el colchón. Ella se quedó extendida, inmóvil, ajena, imposibilitada para reaccionar, como si estuviese soñando una de esas pesadillas en que la Cosa monstruosa, desconocida y por eso horrible, cae sobre nosotros. Consiguió, por fin, soltar un brazo. Tanteando en la oscuridad, encendió la lámpara de la mesilla de noche. Y vio al marido. Su rostro aterraba. Los ojos saltones, el labio inferior más caído que de costumbre, el rostro enrojecido y sudado, un rictus animal torciéndole la boca. Justina no gritó porque la garganta cerrada por el pavor no podía emitir el menor sonido. De súbito, la máscara de Caetano tuvo una especie de contracción que la hizo irreconocible. Era el rostro de un ser diferente, de un hombre arrancado a la animalidad prehistórica, de una bestia salvaje encarnada en un cuerpo humano.

Entonces, con un brillo frío en la mirada, Justina le escupió en la cara. Caetano, aturdido, aún estremeciéndose, se quedó mirándola. No entendía bien lo sucedido. Se pasó la mano por la cara y luego la observó. La saliva, todavía templada, se le pegó a los dedos. Los abrió: la saliva los ligaba con hilos brillantes cada vez más delgados hasta que se quebraban. Caetano comprendió. Comprendió, por fin. Fue como el latigazo imprudente que hace levantarse al tigre ya domado sobre las patas traseras, las garras extendidas, los dientes afilados. La mujer cerró los ojos y esperó. El marido no se movía. Justina comenzó a entreabrir los párpados, con miedo, e inmediatamente sintió que el marido la montaba de nuevo. Intentó desviarse, pero todo el cuerpo del hombre la dominaba. Quiso mantenerse fría, como la primera vez, pero la primera vez estuvo fría naturalmente, no lo estuvo por acción de la voluntad. Ahora, sólo a fuerza de voluntad lo conseguiría. Pero la voluntad empezó a flaquearle. Fuerzas poderosas, hasta entonces adormecidas, se levantaban dentro de ella. Olas rápidas y envolventes la recorrían. Algo parecido a una luz viva pasaba y volvía a pasar dentro de su cabeza. Soltó una exclamación inarticulada. La voluntad ahondaba en el pozo del instinto. Sobrevivió todavía un momento, se agitó y desapareció. Como loca, Justina correspondía al abrazo del marido. Su cuerpo delgado casi se perdía debajo del cuerpo del hombre. Vibraba, se contoneaba, furiosa también ahora, también ahora subyugada por el instinto ciego. Hubo una especie de estertor simultáneo y los cuerpos rodaron enlazados y palpitantes.

Después, movidos por la misma repugnancia, se apartaron. En silencio, cada uno en su lado recuperaba el aliento. La respiración jadeante de Caetano apagaba la de la mujer. De ella, apenas unos últimos estremecimientos señalaban su presencia.

Se hizo el vacío en el cerebro de Justina. Tenía los miembros doloridos y blandos. El olor fuerte del cuerpo del marido impregnaba su piel. Gotas de sudor le recorrían las axilas. Y una laxitud profunda le impedía el movimiento. Sentía todavía el peso del cuerpo del marido. Despacio, extendió el brazo y apagó la luz.

Poco a poco la respiración de Caetano se fue regularizando. Saciado, se deslizó hacia el sueño. Justina se quedó sola. Los estremecimientos cesaron, el cansancio disminuyó. Sólo el cerebro seguía vacío de capacidad de razonar. Fragmentos de ideas comenzaron a aparecer lentamente. Se sucedían unos a otros incompletos, sin continuidad, sin un hilo que los ligara entre sí. Justina quería pensar en lo que había sucedido, quería agarrarse a alguna de aquellas ideas huidizas que aparecían y desaparecían como burbujas que el hervor levanta y luego se destruyen. Era demasiado pronto. No lo conseguiría tan deprisa, porque de repente fue el asombro lo que se apoderó de ella. Tan absurdo se le antojaba lo que había pasado minutos antes que llegó a admitir que fuera un sueño. Pero su cuerpo atropellado y una extraña sensación de plenitud indefinible, localizada en ciertas regiones de su anatomía, decían lo contrario. Fue entonces, sólo entonces, cuando el horror se adueñó de ella o ella se adentró en el horror.

Durante el resto de la noche no durmió. Continuó mirando la oscuridad, desorientada, incapaz de razonar. Sentía vagamente que sus relaciones con el marido habían sufrido una alteración. Era como si hubiera pasado de las tinieblas a la luz intensa, ciega, de momento, para los objetos que la rodeaban, cuyos contornos adivinaba aunque los veía como un borrón confuso. Oyó todas las horas que el reloj marcó. Presenció la retirada de la noche y la aproximación de la mañana. Tonos azulados comenzaron a esparcirse por el dormitorio, aquí y allí. El vano de la puerta que daba al pasillo se diseñó en la penumbra con una tonalidad opalescente. Al mismo tiempo que la mañana, se empezaron a oír en el edificio ruidos imprecisos. Caetano dormía, vuelto de espaldas, con una pierna destapada hasta la ingle, una pierna blanca y floja como la barriga de un pez.

Reaccionando contra el entumecimiento que le ataba los miembros, Justina se levantó. Se quedó sentada, la espalda curvada, la cabeza perdida. Todo el cuerpo le dolía. Se levantó con cuidado para no despertar al marido, se puso la bata y salió del dormitorio. Seguía sin poder coordinar dos ideas, pero, tras esta imposibilidad, el pensamiento involuntario, ese que se procesa y desarrolla sin depender de la voluntad, comenzaba a trabajar.

Escasos segundos empleó Justina en llegar al cuarto de baño. Un momento bastó para que levantara la cabeza y se mirara al espejo. Se vio y no se reconoció. El rostro que tenía enfrente no le pertenecía o había estado oculto hasta ese momento. Alrededor de los ojos, un círculo oscuro los hacía más mortecinos. Las mejillas parecían chupadas. El pelo en desorden recordaba la agitación de la noche. Pero este aspecto no era nuevo para ella: siempre que la diabetes se agravaba, el espejo le mostraba esa apariencia. Lo que difería era la expresión. Debía estar indignada y estaba calma, debía sentirse ofendida y se sentía como si hubiese perdonado una injuria.

Se sentó en un banco de la *marquise*. El sol entraba ya por los cristales superiores y pintaba la pared con una línea de luz rosada que se iba ensanchando y aclarando. Por el aire vivo de la mañana pasaban gritos de golondrinas. Inducida por un impulso irreflexivo, regresó al dormitorio. El marido no se movió. Dormía con la boca abierta, los dientes muy blancos en la cara oscurecida por la barba. Se aproximó despacio y se inclinó sobre él. Ese rostro inerte sólo de lejos le recordaba la cara convulsionada que había visto. Recordó que le escupió y tuvo miedo, un miedo que la obligó a retroceder. Caetano hizo un movimiento. La ropa que lo cubría se deslizó sobre la pierna, que se movió y dejó el sexo a la vista. Una ola de asco le subió por el estómago a Justina. Huyó de la habitación. Sólo entonces se desató el último lazo que le atenazaba el pensamiento. Como si quisiera recuperar el tiempo perdido, el cerebro comenzó a girar rápidamente, hasta detenerse en un pensamiento único y obsesivo: «¿Qué voy a hacer? ¿Qué voy a hacer?».

No más desprecio, no más indiferencia. Ahora era odio lo que sentía. Odiaba al marido y se odiaba a sí misma. Recordaba que se había entregado con la misma furia con que él la poseía. Dio unos pasos indecisos en la cocina, como si estuviera en un laberinto. Por todas partes, puertas cerradas y caminos sin salida.

Si hubiese podido mantenerse indiferente, le estaría permitido presentarse como víctima de la fuerza bruta. Bien sabía que, como mujer casada, no tenía derecho a negarse, pero la pasividad hubiera sido su mayor rechazo. Se habría dejado poseer, no se habría entregado. Y se entregó. El marido vio que ella se entregó; consideraría eso una victoria y actuaría como vencedor. Impondría la ley que decidiese y se reiría en su cara cuando ella quisiera rebelarse. Un momento de desvarío, y todo el trabajo de años se desmoronó. Un momento de ceguera, y la fuerza se convirtió en debilidad.

Tenía que pensar en lo que debía hacer. Y pensar deprisa, antes de que él despertara. Pensar antes de que fuese demasiado tarde. Pensar, ahora que el odio estaba vivo y sangrando. Cedió una vez, no quería ceder otra. Pero el recuerdo de las sensaciones comenzó a perturbarla. Nunca, hasta esa noche, había alcanzado las más altas cumbres del placer. Incluso cuando mantenía relaciones normales con el marido, jamás experimentó esa aguda sensación que hace temer la locura y desearla. Nunca se sintió lanzada, como en aquel momento, al remolino del placer, rotos todos los lazos, cruzadas todas las fronteras. Lo que para las demás mujeres sería la ascensión, para ella era la caída.

El timbre de la puerta le cortó el pensamiento. Corrió a abrir, de puntillas. Atendió al lechero y regresó a la cocina. El marido no se había despertado.

Veía, ahora, la situación clara. Tenía que elegir entre el placer o el dominio. Callándose, aceptaría la derrota a cambio de otros momentos como el que había vivido, siempre que el marido estuviera dispuesto a concederlos. Hablando, se arriesgaría a que le echara en cara la manera en que ella le había correspondido. Exponer estas dos alternativas era fácil, lo difícil era optar por una de ellas. Unos instantes atrás sintió asco, pero ahora una marejada interior, como olas del mar dentro de una cavidad, le traía los recuerdos del éxtasis sexual. Hablar sería perder la posibilidad de la repetición. Callarse sería sujetarse a las condiciones que el marido quisiera imponerle. Justina oscilaba entre los dos polos: el deseo despierto y la voluntad de dominio; uno excluía al otro. ¿Qué elegir? Más aún: ¿hasta dónde era posible elegir? Dominando, ¿cómo podría resistirse al deseo, después de haberlo conocido? Sometiéndose, ¿cómo soportaría la sumisión impuesta por un hombre al que despreciaba?

El sol de la mañana de domingo entraba por la ventana como un río de luz. Desde el lugar en que estaba sentada, Justina veía las pequeñas nubes blancas de contornos desdibujados que recorrían el cielo limpio. Buen tiempo. Claridad. Primavera.

Del dormitorio llegó un murmullo apagado. La cama crujió. Justina se estremeció sintiendo que la cara le ardía. La línea de pensamiento que venía desarrollando se quebró. Se paralizó, a la espera. Los ruidos continuaban. Se aproximó a la puerta del dormitorio y acechó: el marido tenía los ojos abiertos y la vio. Imposible volver atrás. En silencio, entró. En silencio, Caetano la miró. Justina no sabía lo que iba a decir. Todos los razonamientos la abandonaron. El marido sonrió. Ella no tuvo tiempo para descubrir el significado de esa sonrisa. Casi sin darse cuenta de que hablaba, dijo:

—Haga como que no ha pasado nada esta noche. Por mí, haré lo mismo.

La sonrisa desapareció de los labios de Caetano. Una arruga honda se acentuó entre las cejas.

—Tal vez no sea posible —respondió.

—Conoce a muchas mujeres por ahí fuera, puede divertirse con ellas...

—¿Y si yo quisiera usar mis derechos de marido?

—No podría negarme, pero se cansará...

—Ya lo entiendo... Creo que lo entiendo... ¿Por qué no actuó así anoche?

—Si tuviese alguna dignidad, no haría esa pregunta. ¿Ya se ha olvidado de que le escupí en la cara?

El rostro de Caetano se endureció. Las manos que se posaban en la colcha se cerraron con fuerza. Parecía que se iba a levantar, pero no lo hizo. Con voz lenta y sarcástica respondió:

—Ya me había olvidado, sí. Me acuerdo ahora. Pero también me acuerdo de que sólo me escupió una vez...

Justina comprendió la insinuación y se quedó callada.

—¿Qué pasa? ¿No responde? —preguntó el marido.

—No. Me da vergüenza por los dos.

—¿Yo? ¿Yo, que he sufrido su desprecio?

—Se lo merece.

—¿Quién se cree que es para despreciarme?

—Nadie, pero lo desprecio.

—Pero ¿por qué?

—Comencé a despreciarlo en cuanto lo conocí, y sólo lo conocí después de estar casada. Es un vicioso.

Caetano se encogió de hombros impaciente.

—Eso son celos.

—¿Celos, yo? Déjeme reír. Sólo se tienen celos de quien se ama, y yo no lo amo. Lo quise, quizá, pero duró poco tiempo. Cuando mi hija estuvo enferma, ¿qué importancia le dio? Todo el tiempo era poco para sus amantes...

—Está diciendo disparates.

—Piense lo que quiera. Sólo quiero que se convenza de que lo que pasó esta noche no se repetirá.

—Veremos...

—¿Qué quiere decir?

—Me ha dicho que soy un vicioso. Es posible. Suponga que, por cualquier razón, vuelvo a interesarme...

—Evite ese interés. Además, ¿cuántos años hace que no me ve como una mujer?

—Parece que siente pena...

Justina no respondió. El marido la miraba con una expresión maligna:

—¿Siente pena?

—No. Sería ponerme al nivel de las mujeres que conoce.

—Le recuerdo que con ellas es más difícil. ¿Ha pensado que me bastaría con tirarle del brazo? Soy su marido...

—Desgraciadamente para mí.

—Eso que acaba de decir es una inconveniencia. El hecho de que me quedara indiferente cuando me escupió no quiere decir que esté en disposición de soportarle todas las impertinencias. ¿Me oye?

—Le oigo, pero no me da miedo. Ya me ha amenazado con que me pisaría y no he temblado.

—No me provoque.

—No me asusta.

—¡Justina!

Discutiendo, ella se había aproximado. Estaba a la vera de la cama y miraba al marido desde arriba. Con un movimiento rápido, el brazo derecho de él se movió y la agarró por la muñeca. No la atrajo, pero la mantuvo sujeta. Justina sintió un escalofrío en todo el cuerpo. Las rodillas temblaban una contra otra como si estuviesen dispuestas a vengarse. Caetano murmuró con voz ronca:

—Tienes razón... Soy un vicioso. Ya sé que no me quieres, pero, desde que te vi la otra noche, me volví loco. ¿Me oyes?... Me volví loco. Si no hubiese venido esta noche, me habría muerto...

Más que las palabras, el tono en que fueron pronunciadas perturbó a Justina. Intentó libertar su muñeca, desesperada, sintiendo que el marido la atraía lentamente:

—¡Déjeme! ¡Déjeme!

Sus débiles fuerzas cedían. Ya estaba inclinada sobre él, ya sentía en los oídos las palpitaciones de su corazón. Pero sus ojos tropezaron con el retrato de la hija, vio su dulce y obstinada sonrisa. Se mantuvo en el borde de la cama y resistió. Notó que el marido iba a sujetarla con la otra mano. Movió el cuerpo y clavó los dientes en los dedos que la inmovilizaban. Con un berrido, Caetano la soltó.

Ella corrió hacia la cocina. Ahora lo sabía todo, ahora sabía el motivo... Si no hubiese cedido al impulso que la hizo mostrarse desnuda al marido, nada de esto habría pasado. La Justina de hoy sería la Justina de ayer. Habló y ¿qué resultado obtuvo? La conciencia cierta y segura de que todo se había modificado. Si esta vez no cedió fue sólo por una casualidad. El retrato de la hija no habría servido de nada si el diálogo no le hubiera dado fuerza para resistir y también porque sólo hacía pocas horas... «Es decir, si él no hubiera insistido, si hubiera dejado pasar un día, dos días, si después de esos dos días hubiera hecho una tentativa, no habría resistido...»

Justina preparaba el desayuno con el pensamiento lejos de lo que hacía. Y pensaba: «Es un vicioso, por eso lo desprecié. Continúa siendo un vicioso, por eso lo sigo despreciando. Y, despreciándolo, me he entregado, y sé que, si llega la oportunidad, me entregaré otra vez. ¿Será esto el matrimonio? ¿Tendré que concluir, al cabo de tanto, al fin de tantos años, que puedo ser tan viciosa como él? Si lo quisiera... Si lo quisiera no hablaría de vicio. Lo encontraría todo natural, me entregaría siempre como hoy. Pero ¿es posible, no amando, sentir lo que he sentido? No lo amo y estuve a punto de enloquecer de placer. ¿Los otros también vivirán así? ¿Habrá, entre ellos, sólo el odio y el gozo? ¿Y el amor? Entonces, lo que sólo el amor debería dar, ¿también lo da este deseo animal? O, en resumidas cuentas, ¿el amor será sólo el deseo?».

—¡Justina! Quiero levantarme. ¿Dónde está el pijama?

¿Ya se iba a levantar? ¿Iba a pasar toda la mañana junto a ella? Tal vez quisiera salir... Entró en el dormitorio, abrió el ropero y le entregó el pijama al marido. Él lo recibió sin palabras. Justina ni siquiera lo miró. En el fondo del corazón seguía despreciándolo y cada vez más, pero no tenía valor para encararlo. Volvió a la cocina temblando: «Es miedo lo que siento. Tengo miedo de él. Yo tengo miedo de él... Si me lo hubieran dicho ayer, me habría reído...».

Con las manos en los bolsillos, arrastrando las zapatillas, Caetano pasó para ir al cuarto de baño. La mujer respiró: temía cualquier familiaridad y no estaba preparada para recibirla.

Caetano, en el cuarto de baño, silbaba un fado melodioso. Se puso delante del espejo, interrumpió el silbido para tocarse la cara y refregarse la barba hirsuta. Luego, mientras preparaba la maquinilla de afeitar, retomó el fado. Se enjabonó y abandonó el silbido para afeitarse con seguridad. Estaba ya en la última pasada cuando oyó la voz de la mujer cerca de la puerta cerrada:

—El café está listo.

—Está bien, hija. Ya voy.

Para él la conversación con la mujer no contaba. Sabía que había vencido. Con mayor o menor resistencia, algo que hasta le daba su gracia. Vería doña Justina cómo iba a pagar, y con cuántos palmos de lengua fuera, todos los desaires que le había hecho. La tenía en sus manos. ¿Cómo demonio no se dio cuenta de que la mejor forma de tenerla tiesa era, justamente, ésa? Se acabó el desprecio, se acabó el orgullo hecho ya añicos. Sin contar con que a ella le había gustado, la muy golfa. Es verdad que le escupió en la cara, sí señor, pero hasta eso lo iba a pagar. Le haría lo mismo aunque fuera una vez, por lo menos. Cuando ella comenzara con el «ay-ay-ay-ay» y a bambolearse, ¡toma ya de tu propia medicina! Está por ver qué hará ella. Quizá se enfade, quizá, pero sólo se enfadará después...

Caetano estaba contento. Ni los granos del cuello sangraban con el paso de la cuchilla. Se le habían calmado los nervios, por fin. Anduvo revoloteando en torno a la mujer, lo reconocía, pero ahora la tenía en la palma de la mano. Aunque la antigua repugnancia volviera, lo que estaba claro es que no rechazaría «la asistencia técnica que todo marido debe dar a su esposa».

El uso de la palabra *técnica* en esta frase le hizo sonreír: «Asistencia técnica. Tiene gracia...».

Se lavó con gran desperdicio de agua y jabón. Mientras se peinaba, iba pensando: «No hay duda de que fui un gran mentecato. Estaba claro que la carta anónima no iba a dar ningún resultado...».

Se interrumpió. Abrió la ventana despacio y echó una mirada alrededor. No le sorprendió ver a Lidia: por ella había interrumpido lo que hacía. Lidia miraba abajo y sonreía. Caetano le siguió la mirada y vio en el huerto del entresuelo derecha, el de la casa del zapatero, al huésped corriendo detrás de una gallina, mientras Silvestre, apoyado en el muro, con un cigarro en la boca, se daba sonoras palmadas en los muslos.

—Abel, que no es capaz de agarrar al bicho. Que no vamos a tener caldo para el almuerzo.

Lidia soltó una carcajada. Abel miró hacia arriba y sonrió.

—Disculpe... ¿Quiere echarme una mano?

La risa de Lidia sonó más alta:

—Sólo serviría para obstaculizar...

—Pero no es caritativo reírse de mi triste figura.

—No me río de usted. Me río de la gallina...
—se interrumpió para saludar—: Buenos días, señor
Silvestre. Buenos días, señor...

—Abel... —dijo el muchacho—. No digo los apellidos porque estamos muy lejos para presentaciones.

La gallina, en una esquina, se agitaba y cacareaba.

—Se está burlando —hizo ver el zapatero.

—¿Sí? Pues voy a obligarla a hacer reír a esta
señora.

Caetano no quiso oír más. Cerró la ventana. Los
cacareos agudos del ave perseguida recomenzaron. Sonriendo, Caetano se sentó en el borde del retrete, mientras
ordenaba los pensamientos: «No dio resultado la carta...
Ésa no dio, pero ésta va a dar...». Extendió la mano
hacia la ventana, señalando la de Lidia, y murmuró:

—Me la vas a pagar, tú también... O yo no me
llamo Caetano...

30

Las diligencias de Amelia patinaron ante la defensa obstinada de las sobrinas. Intentó hacerlas hablar por las buenas. Les recordó la antigua armonía, el perfecto entendimiento que antes existía entre todas. Isaura y Adriana se lo tomaban a broma. Le demostraban, con todas las razones posibles, que no estaban enfadadas, que sólo la preocupación de verlas constantemente felices le hacía imaginar cosas que no existían ni en sombras.

—Todas tenemos nuestras preocupaciones, tía —decía Adriana.

—Ya lo sé. Yo también las tengo. Pero no penséis que me engañáis. Tú hablas, y te ríes, pero Isaura nada. Sería necesario que estuviera ciega para no verlo.

Desistió de saber por ellas, directamente, la razón de la frialdad que las separaba. Veía que existía entre ambas una especie de pacto para fingir ante ella y la hermana. Pero si la apariencia bastaba a la que era la madre, Amelia sólo se daría por satisfecha con la realidad. Sin disimulos, se puso a vigilarlas. Obligó a las sobrinas a un estado de tensión cercano al pánico.

La menor frase oscura le daba pie a insinuaciones. Adriana las soportaba tomándoselo a broma, Isaura se recogía en el silencio, como si recelase que de las palabras más inocentes la tía concluyera lo que no debía.

—¿No dices nada, Isaura? —preguntaba Amelia.

—No tengo nada que decir...

—Antes, en esta casa, toda la gente se entendía. Todas hablábamos, todas teníamos qué decir. Pero hemos llegado a tal punto que ya no oímos ni la radio.

—No la oye porque no quiere, tía.

—¿Para qué, si estamos todas pensando en otra cosa?

De no ser por la actitud de la sobrina, tal vez habría abandonado su idea. Pero Isaura parecía disminuida por algún pensamiento oculto que la atormentaba. Amelia decidió despreocuparse de Adriana y concentrar toda su vigilancia en la otra. Cuando ella salía, la seguía. Volvía desilusionada. Isaura no hablaba con nadie por el camino, no se desviaba del recorrido que la conducía a la tienda donde trabajaba, no escribía cartas y no las recibía. Ni siquiera iba ya a la biblioteca de donde se traía los libros:

—No estás leyendo, Isaura.

—No tengo tiempo.

—Tienes tanto tiempo como tenías antes. ¿Te han tratado mal en la biblioteca?

—Qué cosas dice...

Cuando oyó la pregunta acerca de su actual indiferencia por los libros, Isaura se sonrojó. Bajó la cabeza y evitó encontrar los ojos de la tía. Ésta le notó la confusión y creyó haber encontrado allí el hilo de la madeja. Fue a la biblioteca con el pretexto de conocer los horarios de lectura en el lugar. Quería ver a los empleados. Salió como entró: los empleados eran dos viejos calvos y desdentados y una señora joven. Su sospecha se fue al aire como humo y en él se desvaneció. Sintiendo que todas las puertas se le cerraban, se volvió de nuevo a la hermana. Cándida se hizo la desentendida:

—Ya estás tú otra vez con tus ideas.

—Estoy y no desisto. Ya veo que tú les echas un capote a tus hijas. Cuando estás con ellas eres toda mimos, pero no me engañas. Por la noche te oigo suspirar. Y mucho...

—Pienso en otras cosas, cosas antiguas...

—El tiempo de los suspiros por esas cosas antiguas ya ha pasado. Los problemas que tú tienes también yo los tengo, pero guardados en un cajón. Y tú también los guardaste. Lo que te hace suspirar son cosas modernas, son las chicas...

—Pero, mujer, tienes manías enfermizas... ¿Cuántas veces nos hemos enfadado nosotras? ¿Y no hemos hecho las paces? El otro día, sin ir más lejos.

—Eso es. Ahí está. Nos enfadamos y hacemos las paces. Ellas no están enfadadas, no, pero no me quieras convencer...

—Yo no quiero convencerte de nada. Si te apetece seguir con ese disparate imaginario, sigue. Estás estropeando nuestra vida. Iba todo tan bien...

—Si las cosas van mal no es por culpa mía. En lo que me afecta, hago lo que puedo para que todo vaya bien. Pero —se sonaba con fuerza para disimular la conmoción— yo no puedo ver a las chicas así...

—Adriana está de buen humor... Mira ayer, cuando contó el caso del jefe que tropezó en la alfombra...

—Eso son disimulos. ¿Isaura también está de buen humor?

—Todos tenemos días...

—Tenemos días, sí. Y no son pocos. Parece que os habéis puesto de acuerdo. Tú sabes lo que pasa.

—¿Yo?

— Sí, tú. Si no supieras nada, andarías tan preocupada como yo.

—Pero si acabas de decir que suspiro por la noche...

—Te pillé.

—Eres muy lista, pero te equivocas si crees que sé algo... Por otra parte, esto no pasa de delirios que se te han metido en la cabeza...

Amelia se mostró indignada. ¿Delirios? Cuando la bomba reventase, ya se vería quién tenía delirios. Modificó su táctica. Dejó de atormentar a las sobrinas con preguntas e insinuaciones. Se hizo indiferente y olvidadiza. Enseguida notó que la tensión aflojaba. La propia Isaura sonreía ante las exageraciones de la hermana, que traía siempre una historia para contar. La actitud de Isaura la convenció aún más de que había un misterio. Era necesario que se sintiera menos presionada por la sospecha y por la persecución para que diera la cara lo que quiera que fuese. Fingía ayudarla a olvidar, pero Amelia no olvidaba. Retrocedía para saltar mejor y más lejos.

Se mostraba indiferente, oído atento a todas las palabras y sin reaccionar por más extrañas que fuesen. Creía que, fragmento aquí, fragmento allá, acabaría desenredando el ovillo. Comenzó a rebuscar en el pasado todos los elementos que pudieran servirle. Intentó recordar cuándo «eso» había empezado. Tenía la memoria ya débil y embotada, pero forcejeó, ayudada por el calendario, hasta que supuso haber hecho el descubrimiento. «Eso» comenzó la noche en que oyó a las sobrinas hablando en el dormitorio e Isaura lloraba. «Ha sido una pesadilla», dijo Adriana. Adriana fue quien lo dijo, luego el asunto tenía que ver con Isaura. ¿Qué se habrían dicho?

Sabía que las chicas se cuentan todo unas a otras, por lo menos así pasaba en su tiempo. Una de dos: o Isaura lloraba por algo que Adriana le había contado, y entonces el asunto iba con ésta, o lloraba por algo que ella misma había dicho, y eso explicaba que Adriana hubiese querido disimular. Pero, siendo el asunto de Adriana, ¿cómo podía mantener la sangre fría?

Estos pensamientos le hicieron dirigir su atención hacia Adriana. Siempre sospechó que esa alegría sonaba a falso, que no era nada más que un disfraz. Isaura se callaba, Adriana disimulaba. A no ser que el disfraz pretendiese, simplemente, encubrir a Isaura. Amelia se desesperaba en este callejón sin salida. Después comenzó a pensar que Adriana estaba casi todo el día lejos de su vista. No podía ir a la oficina como fue a la biblioteca. Tal vez allí estuviera la llave del misterio. Pero si la explicación estaba ahí, ¿cómo es que esto sólo aparecía tras dos años?...

La observación no tenía consistencia: las cosas alguna vez tienen que suceder y que no hayan sucedido ayer no quiere decir que no sucedan hoy o mañana. Estableció, por tanto, que «el asunto» tenía que ver con Adriana y se relacionaba con la oficina. Si se probaba que estaba equivocada, lo intentaría por otro lado. Provisionalmente, dejaba de lado a Isaura. Pero no conseguía entender sus lágrimas. Acontecimiento grave tendría que haber sido para que llorara aquella noche y se mantuviera silenciosa y triste después. Acontecimiento grave... Amelia no veía bien, o no quería ver, qué podría haber sido. Adriana era una joven, una mujer, y un acontecimiento grave en la vida de una mujer y que hace llorar a la hermana de esa mujer sólo puede ser... Encontró absurda la idea y quiso apartarla. Pero ahora todo le traía apuntes que daban consistencia a esa posibilidad. Primero: Adriana estaba todo el día fuera de casa; segundo: de vez en cuando tenía tertulias fuera; tercero: todas las noches se encerraba en el cuarto de baño. Casi por casualidad, Amelia descubrió que desde aquella noche Adriana nunca más se había encerrado en el cuarto de baño. Antes, era siempre la última y siempre tardaba. Ahora, si no era siempre la primera, en contadas ocasiones se quedaba para el final. Y, cuando tal acontecía, se repetía Amelia, era por poco tiempo. Pues bien, todas sabían que Adriana tenía un Diario, una niñería a la que nadie daba importancia, y que era en el cuarto de baño donde escribía. ¿Estaría ahí la explicación de todo este embrollo? ¿Y cómo conseguiría la llave para abrir su cajón?

Cada una de las cuatro mujeres tenía una gaveta sólo suya. Todas las otras estaban franqueadas: bastaba tirar de ellas. Viviendo en dependencia unas de otras, sirviéndose de las mismas ropas de cama y de las mismas toallas, sería absurdo cerrar cajones con llave. Pero cada una poseía sus recuerdos. Amelia y Cándida, viejas cartas, las cintas de sus ramos de novia, fotografías amarillentas, alguna que otra flor seca, tal vez un rizo de pelo. Las gavetas particulares eran, así, una especie de santuario donde cada una, cuando estaba sola y la nostalgia apretaba, iba a rezarles a sus recuerdos. Cada una de las mayores podría, mirando la suya, decir, con pocas probabilidades de error, lo que contenía la gaveta de la otra. Pero ninguna de ellas sería capaz de adivinar lo que guardaban los cajones de las más jóvenes. En el de Adriana, por lo menos, el Diario, y Amelia tenía la certeza de que allí encontraría la explicación. Antes de pensar en la forma de leer el manuscrito, ya le pesaba la violación que tendría que cometer. Pensó en lo que sentiría si supiera que le habían sido desvelados sus secretos, pobres secretos que no serían nada más que recuerdos de hechos que todo el mundo conocía. Pensó que sería un abuso intolerable. Pero pensó, también, que había prometido descubrir el secreto de las sobrinas, y no sería ahora, promesa hecha y a un paso de cumplirla, cuando retrocedería. Sucediera lo que sucediera, era necesario descubrirlo. Las dificultades eran grandes. Como si no bastase la convicción de que los secretos de cada una eran inviolables, que ninguna se atrevería a meter mano en el cajón que no le perteneciese, Adriana llevaba siempre las llaves con ella. Mientras estaba en casa, las guardaba en el bolso y era imposible sacarlas, abrir la gaveta y leer lo que hubiese para leer sin que nadie se diera cuenta. Que Adriana se olvidase de las llaves era poco probable. ¿Quitárselas, de manera que pensara que las había perdido? Era lo más fácil, pero tal vez desconfiara y podía sellar la cerradura de otra manera. Sólo quedaba una solución: hacer una llave igual. Para conseguirlo era necesario copiarla, y para copiarla tendría que llevarla a la tienda. ¿No habría otro procedimiento? Hacer un diseño, sin duda, pero ¿cómo?

Amelia forzó la imaginación. Se trataba de encontrar una oportunidad, nada más que unos escasos minutos, para dibujar las llaves. Hizo varias tentativas, pero en el último instante aparecía alguien. Tantas contrariedades le aumentaban el ansia de saber. El cajón cerrado la hacía estremecerse de impaciencia. Ya había perdido los escrúpulos que sintió al principio. Era necesario saber, fuesen cuales fuesen las consecuencias. Si Adriana había cometido algún acto del que pudiese avergonzarse, lo mejor era que se supiera antes de que fuese demasiado tarde. «Demasiado tarde» era lo que asustaba a Amelia.

Se empecinó y lo consiguió. Las primas de Campolide vinieron a visitarlas para corresponder a la visita realizada tiempo antes por Cándida y Amelia. Era un domingo. Pasaron allí la tarde, tomaron té, conversaron mucho. Fueron, una vez más, repasados los recuerdos. Siempre los mismos, todas lo sabían, pero todas ponían cara de oírlos por primera vez. Nunca Adriana estuvo tan exuberante y nunca la hermana hizo un esfuerzo tan grande para parecer contenta. Cándida, enredada en la alegría de las hijas, parecía haber olvidado todo. Sólo Amelia no olvidaba. Cuando vio una oportunidad, se levantó y fue a la habitación de las sobrinas. Con el corazón palpitando y las manos trémulas, abrió el bolso de Adriana y sacó las llaves. Eran cinco. Reconoció dos, la de la puerta de la calle y la de la puerta de la escalera; de las restantes, dos eran de tamaño medio y la otra pequeña. Dudó. No sabía cuál sería la de la gaveta, aunque suponía que debía de ser una de las dos casi iguales. La gaveta estaba a pocos pasos. Podía probar, pero temió que cualquier ruido atrajese a la sobrina. Decidió copiar las tres. No lo hizo sin dificultad. El lápiz se le escurría de los dedos y no quería seguir exactamente el contorno de las llaves. Le había sacado una punta larga y fina para hacer el diseño lo más fiel posible, pero las manos le temblaban tanto que estaba casi a punto de desistir. De la sala de al lado llegaban las carcajadas de Adriana: era la historia de la alfombra que las primas ignoraban. Todas reían mucho y las risas ahogaron el pequeño chasquido del bolso al cerrarse.

Esa noche, después de cenar, mientras la radio, que fue encendida como consecuencia del buen ambiente que quedó de la tarde, murmuraba un *Nocturno* de Chopin, Amelia expresó su alegría por ver a las sobrinas tan amables la una con la otra.

—¿Reconoces que era manía tuya, lo ves? —sonrió Cándida.

—Lo veo...

31

Ya con su mensualidad en el bolso, bien doblados los billetes en el sobado monedero, la madre de Lidia se tomó una taza de café. Dejó sobre la cama el *tricot* con que ocupaba sus veladas. Venía siempre dos veces por mes: una, por dinero; otra, por amistad. Conocedora de los hábitos de Paulino Morais, sólo aparecía en días impares de la semana: martes, jueves o sábado. Sabía que no era deseada ni en esos ni en otros, pero no podía dejar de venir. Para vivir «con la cabeza alta» necesitaba del subsidio mensual. Ya que tenía una hija en buena situación económica, malo sería que la abandonase. Y como estaba segura de que Lidia, por sí misma, no daría un paso para auxiliarla, se hacía notar. Y para que no creyese que sólo el interés la hacía presentarse, más o menos dos semanas después de recibir el dinero iba a conocer el estado de la hija. De las dos visitas, la más soportable era la primera, porque tenía un objetivo real. La segunda, pese al afectuoso interés manifestado, era un fastidio tanto para la madre como para la hija.

Lidia estaba sentada en el sofá, con un libro abierto sobre las rodillas. Interrumpió la lectura para servir el café y todavía no la había retomado. Miraba a la madre sin la menor sombra de amistad en los ojos. La observaba fríamente, como a una desconocida. La madre no se daba cuenta de la mirada o estaba tan habituada que no se dejaba impresionar. Se tomaba el café en pequeños sorbos, con la compostura que siempre mantenía en casa de la hija. Recogió con la cuchara el azúcar depositado en el fondo de la taza, único gesto menos delicado que se permitía, y que justificaba porque era golosa.

Lidia bajó los ojos hasta el libro, con un movimiento que parecía significar que había alcanzado el límite de su capacidad de observación de una persona desagradable. No quería a la madre. Se sabía explotada, pero no radicaba ahí el motivo de la enemistad. No quería a la madre porque sentía que ella no la quería como hija. Varias veces pensó en apartarla. No lo hizo por temor a escenas desagradables. Pagaba por su tranquilidad un precio que, aunque alto considerado en sí mismo, no era excesivo para lo que le proporcionaba. Dos veces al mes tenía que recibir la visita de la madre, y se habituó. Las moscas también atosigan y, sin embargo, lo único que se puede hacer es habituarse a ellas...

La madre se levantó y colocó la taza en el tocador. Volvió a sentarse y retomó el *tricot*. El hilo ya estaba deslustrado y el punto avanzaba a paso de tortuga. El progreso era tan lento que Lidia todavía no había conseguido descubrir a qué destinaba el trabajo.

Incluso sospechaba que la madre sólo hacía *tricot* cuando estaba en su casa.

Intentó concentrarse en la lectura, tras haber echado una mirada al reloj de muñeca para calcular el tiempo que todavía estaría acompañada. Pensaba no abrir la boca hasta la despedida. Se sentía hastiada. Paulino había vuelto al antiguo mutismo, pese a toda la buena voluntad que empleaba para agradarle. Lo besaba con convicción, cosa que sólo hacía cuando lo entendía imprescindible. Los mismos labios pueden besar de diversas maneras y Lidia las conocía todas. El beso apasionado, el beso que no es sólo labios, que es también lengua y dientes, estaba reservado para las grandes ocasiones. En los últimos días había hecho largo uso de él, viendo que Paulino se apartaba o, por lo menos, lo parecía.

—¿Qué te pasa, hija? Hace tiempo que estás mirando esa página y todavía no la has acabado.

La voz era meliflua e insinuante, como la del empleado que agradece la gratificación de Navidad. Lidia se encogió de hombros y no respondió.

—Parece que estás preocupada... ¿Algún desencuentro con el señor Morais?

Lidia levantó la cabeza y preguntó con ironía:

—¿Y si fuera así?

—Sería una imprudencia, hija. Los hombres son muy raros y, por una tontería cualquiera, se enfadan. Nunca se sabe cómo bregar con ellos...

—Parece tener mucha experiencia...

—Viví veintidós años con tu fallecido padre. ¿Quieres mayor experiencia?

—Si vivió veintidós años con mi padre y no conoció a otros hombres, ¿cómo puede hablar de experiencia?

—Son todos iguales, hija. Visto uno, vistos todos.

—¿Cómo lo sabe si sólo ha conocido a uno?

—Basta abrir los ojos y ver.

—Tiene buenos ojos, madre.

—Anda que no los tengo... No es por presumir, pero me basta mirar a un hombre para conocerlo.

—Sabe más que yo, por lo que oigo. Y del señor Morais, ¿qué piensa?

La madre dejó el *tricot* y fue elocuente:

—Ha sido la providencia la que te ha visitado. Un hombre así, ni llevándolo en hombros le pagarías todo lo que le debes. Basta mirar la casa que tienes, y las joyas. Y los vestidos. ¿Alguna vez has encontrado a alguien que te tratara de esta manera? Lo que yo he sufrido...

—Ya conozco sus sufrimientos.

—Dices eso de un modo... Parece que no lo crees. Sería necesario no ser madre para no sufrir. ¿Qué madre no quiere ver a los hijos en buena situación?

—Sí. ¿Qué madre? —repitió Lidia, burlándose.

La madre retomó el trabajo y no respondió. Hizo dos vueltas, lentamente, como si tuviese el pensamiento en otro lugar. Después, volvió a la conversación:

—¿Tú le diste a entender que había algún desencuentro, eh? Mira bien lo que haces...

—Qué preocupación la suya, madre. Si hay o no desencuentros es cosa mía.

—No me parece bien que pienses así. Todavía si...

—¿Por qué no acaba? ¿Todavía si... qué?

El hilo presentaba tanta dificultad que parecía estar lleno de nudos. O al menos la madre se inclinó tanto sobre el trabajo como si se le hubiese aparecido el nudo gordiano resucitado.

—¿Entonces? ¿No responde?

—Quería decir..., quería decir que... Si tú te encontraras en una situación mejor...

Lidia cerró el libro con un estallido. Sobresaltada, a la madre se le soltaron una serie de puntos.

—Sería necesario que la respetara mucho para no echarla de casa. Respeto no le tengo ninguno, téngalo en cuenta, así que, si no hago lo que digo no es por respeto.

—Por favor, hija... ¿Qué he dicho para que te inflames de esa manera?

—¿Todavía me lo pregunta? Póngase en mi lugar.

—Pero, hija, qué exaltación la tuya. Parece que me censuras. Y es sólo tu bien lo que me preocupa...

—Haga el favor de callarse.

—Pero...

—Le pido que haga el favor de callarse.

La madre lloriqueó:

—Me parece imposible que me trates de esta manera, a mí, tu madre... Yo, que te crié y te di cariño. Esto es lo que le queda a una madre...

—Si yo fuese una hija como todas las otras hijas, y usted una madre como las otras madres, tendría razones para quejarse.

—¿Y mis sacrificios? ¿Y mis sacrificios?...

—Está bien pagada, si los ha hecho. Está en una casa que costea el señor Morais, está sentada en un sillón que él compró, tomando el café que él bebe, tiene en el bolso dinero que él me ha dado. ¿Lo considera poco?

La madre lloriqueó más:

—¡Oh, hija, qué cosas dices! Hasta me siento avergonzada.

—Ya lo veo. Sólo se siente avergonzada cuando las palabras se dicen en voz alta. Pensadas no dan vergüenza.

Rápidamente, la madre se enjugó las lágrimas y respondió:

—No he sido yo la que te ha obligado a esta vida. Si la tienes, es porque quieres.

—Muchas gracias. Supongo, por el rumbo que la conversación está siguiendo, que será la última vez que ponga los pies en esta casa...

—¡Que no es tuya!

—Muchas gracias, una vez más. Mía o no, quien manda aquí soy yo. Y si yo digo: «Salga de aquí», usted sale.

—Tal vez un día me necesites.

—No llamaré a su puerta, esté tranquila. Aunque me esté muriendo de hambre, no iré a pedirle ni un céntimo del dinero que me ha quitado.

—Y que no es tuyo.

—Pero que me he ganado. Ahí está la diferencia. Soy yo quien gano este dinero, soy yo. Lo gano con mi cuerpo. Para algo me tenía que servir tener un buen cuerpo. ¡Para sustentarla!

—No sé por qué sigo aquí, por qué no me voy.

—¿Quiere que se lo diga? Por miedo. El miedo de perder la gallina de los huevos de oro. La gallina soy yo, los huevos están en su monedero, el nido es esa cama, y el gallo... ¿Sabe quién es el gallo?

—¡Qué indecencias!

—Hoy me ha dado por decir indecencias. La verdad, a veces, parece indecente. Todo está bien mientras no se comienza a decir indecencias, mientras no se comienza a decir verdades.

—Me voy.

—Pues váyase. Y no vuelva, que a lo mejor me encuentra dispuesta a decir más indecencias.

La madre envolvió y desenvolvió el *tricot,* sin decidirse a levantarse. Hizo un esfuerzo para contemporizar:

—Pero, hija, tú hoy no estás bien. Eso son nervios. Yo no te quise ofender, y tú fuiste muy lejos. Seguramente andáis alterados, y por eso te has puesto así. Pero eso pasa, verás que eso pasa...

—Parece estar hecha de material elástico. Por más golpes que le den, vuelve siempre a la misma posición. ¿Todavía no ha entendido que quiero que se vaya?

—Pues sí. Mañana llamo por teléfono para saber cómo estás, esto pasa.

—No pierda su tiempo.

—Pero, hija, tú...

—Ya he dicho lo que tenía para decir. Haga el favor de salir.

La madre reunió sus cosas, tomó el bolso y se dispuso a retirarse. Tal como la conversación estaba, no había muchas esperanzas de poder regresar. Intentó reblandecer a la hija por la vía de la conmoción:

—Ni te imaginas el disgusto que me has dado...

—Me lo creo, me lo creo. Está pensando que se le acaba su renta, ¿verdad? Todo acaba en este mundo...

Se interrumpió al oír que abrían la puerta de la escalera. Se levantó y fue hasta el pasillo:

—¿Quién es?... Ah, eres tú, Paulino. No te esperaba hoy...

Paulino entró. Venía con la gabardina y no se quitó el sombrero. Al ver a la madre de Lidia, exclamó:

—¿Qué hace esta señora aquí?

—Yo...

—Yo, yo, nada, ¡salga!

La frase le salió casi gritada. Lidia intervino:

—Pero ¿qué modales son ésos, Paulino? No pareces tú. ¿Qué pasa?

Paulino la miró, furioso:

—¿Todavía me lo preguntas? —giró el cuerpo a un lado y explotó—: ¿Todavía está aquí? ¿No le he dicho que saliera?... O espere... Ahora va a saber la linda prenda de hija que tiene. ¡Siéntese!

La madre de Lidia se dejó caer en la silla.

—Y usted siéntese también —le ordenó Paulino a la amante.

—No estoy acostumbrada a que me hablen en ese tono. No quiero sentarme.

—Como quiera.

Se quitó el sombrero y la gabardina y los tiró sobre la cama. Después se volvió a la madre de Lidia y comenzó:

—Usted es testigo de cómo he tratado a su hija.

—Sí, señor Morais.

Lidia interrumpió:

—Pero ¿el asunto es conmigo o con mi madre?

Paulino dio media vuelta, como si lo hubiesen picado: avanzó dos pasos hacia Lidia esperando que ella retrocediese. Lidia no retrocedió. Paulino le entregó una carta que sacó del bolsillo:

—Aquí tiene la prueba de que me engaña.

—Se ha vuelto loco.

Paulino se puso las manos en la cabeza:

—¿Loco? ¿Loco? ¿Todavía me llama loco? Lea, lea lo que ahí dice.

Lidia abrió la carta y la leyó en silencio. El rostro no se le alteró. Cuando llegó al final, preguntó:

—¿Cree lo que dice esta carta?

—¿Si lo creo?... Claro que me lo creo.

—Entonces ¿a qué espera?

Paulino la miró como si no hubiera entendido. La frialdad de Lidia lo desarmaba. Mecánicamente, dobló la carta y se la guardó. Lidia lo miraba de frente, a los ojos. Amilanado, se volvió a la otra, que abría la boca de asombro:

—Imagínese que su hija estaba engañándome con un vecino, el huésped del zapatero, un tipejo cualquiera...

—¡Oh, Lidia, parece imposible! —exclamó la madre, horrorizada.

Lidia se sentó en el sofá, cruzó la pierna y sacó de la caja un cigarro y se lo puso en la boca. Movido por el hábito, Paulino se lo encendió.

—Gracias —expulsó el humo con fuerza y dijo—: No sé a qué esperan. Usted ha declarado que cree lo que esa carta dice, mi madre ve que me acusan de estar liada con un muchacho que, supongo, no tiene oficio ni beneficio. ¿A qué esperan para irse?

Paulino se le acercó, más callado:

—Dígame si es verdad o mentira.

—No tengo nada que añadir a lo que ya he dicho.

—Es verdad, está visto que es verdad. Si no fuese verdad, protestarías y...

—Si quiere que le diga lo que pienso, se lo diré: esta carta es un pretexto.

—Un pretexto ¿para qué?

—Lo sabe mejor que yo.

—¿Quieres decir que he sido yo quien la ha escrito?

—Hay personas que no miran los medios para conseguir sus objetivos...

—Eso es una refinada mentira —gritó Paulino—. Yo sería incapaz de una acción así.

—Tal vez...

—¿Qué es esto? Quieres, a la fuerza, hacerme perder la paciencia...

Lidia aplastó el cigarro en el cenicero y se levantó fríamente:

—Entra aquí como un salvaje, me acusa de una supina idiotez y ¿espera que me quede indiferente?

—Entonces ¿es mentira?

—No piense que le voy a responder. Tiene que creer o no creer lo que la carta dice, y no a mí. Ya ha dicho que lo creía. ¿No lo ha dicho? ¿Por qué espera, entonces? —sonrió forzadamente y añadió—: Los hombres que se consideran engañados matan o dejan la casa. O fingen que no lo saben. ¿Qué va a hacer usted?

Paulino se dejó caer en el sillón, abatido:

—Pero dime sólo si es mentira...

—Lo que tenía que decir, está dicho. Espero que no le lleve mucho tiempo decidir.

—Me pones en una situación...

Lidia le dio la espalda y se acercó a la ventana. La madre la siguió y cuchicheó:

—¿Por qué no le dices que es mentira?... Así se quedaba tranquilo.

—Déjeme.

La madre volvió a sentarse, mirando al hombre con aire de conmiseración. Paulino, derrumbado en el sillón, se daba con los puños cerrados en la cabeza, sin encontrar salida en el laberinto en que lo habían metido. Recibió la carta después del almuerzo y poco le faltó para tener una congestión cuando acabó de leerla. La carta no venía firmada. No indicaba el lugar de los encuentros, lo que impedía sorprender a Lidia in fraganti, pero se detenía en descripciones y pormenores y lo invitaba a proceder como un hombre. Después de haberla releído (estaba en su despacho de la compañía, cerrado por dentro para no ser incomodado), pensó que la carta tenía su lado bueno. La frescura y la juventud de María Claudia le tenían un poco atolondrado. Constantemente inventaba pretextos para llamarla al despacho, de tal manera que ya habían empezado las murmuraciones de los empleados. Como todo patrón que se precie, tenía a un hombre de confianza que le daba conocimiento de todo lo que se hacía y decía en la empresa. Comenzó a exigir más a los murmuradores y redobló las atenciones a María Claudia. La carta le venía como miel sobre hojuelas. Una escena violenta, dos insultos y adiós, por aquí me voy, con nuevas perspectivas. Por supuesto que había obstáculos: la propia juventud de María Claudia, los padres... Pensaba reunir los dos provechos en el mismo saco: conservar a Lidia, que era un buen pedazo de mujer, y cazar a Claudiña, que prometía serlo todavía mejor. Pero eso era antes de recibir la carta. La denuncia era formal y le obligaba a adoptar una decisión. Lo malo es que todavía no estaba muy seguro de Claudiña y temía quedarse sin Lidia. No le sobraba tiempo, ni disposición, para buscar amantes. Pero la carta estaba allí, ante él. Lidia le ridiculizaba con un pobretón que andaba realquilando habitaciones: era el peor de los insultos, el insulto a su virilidad. Mujer joven, hombre viejo, amante joven. Ofensa como ésta no podía soportarla. Llamó a Claudiña a su despacho y habló con ella durante toda la tarde. No le habló de la carta. Tanteó el terreno con mil cuidados y no quedó descontento. Después de que saliera la muchacha, releyó la carta y decidió tomar las medidas radicales que el caso exigía. De ahí la escena.

Pero Lidia reaccionó de manera imprevista. Le puso enfrente, con la mayor frialdad, el dilema: tomar o dejar, reservándose, para colmo, el derecho de actuar como considerase oportuno en el caso de que él se decidiera por el «tomar». Pero ¿por qué no respondía? ¿Por qué no decía sí o no?

—Lidia, ¿por qué no dices sí o no?

Ella lo miró altanera:

—¿Todavía va por ahí? Pensé que ya se había decidido.

—Pero es un disparate... Éramos tan amigos.

Lidia sonrió, una sonrisa de ironía y tristeza.

—¿Ves como sonríes? Responde a lo que te pregunto, venga.

—Si yo le respondo que es verdad, ¿qué hará?

—¿Yo?... No sé... Está claro: ¡te dejo!

—Muy bien. ¿Y ya ha pensado que si le respondo que es mentira, está sujeto a recibir otras cartas? ¿Cuánto tiempo cree que podría aguantar? ¿Quiere que esté aquí, a sus órdenes, hasta el momento en que deje de creer en mí?

La madre intervino:

—Pero, señor Morais, ¿no ve que es mentira? Basta mirarla.

—Cállese, madre.

Paulino movió la cabeza perplejo. Lidia tenía razón. La persona que había escrito la carta, viendo que nada había pasado, escribiría otras, quizá con más detalles, más completas. Sería tal vez insolente, lo clasificaría con los peores epítetos que se le pueden dar a un hombre. ¿Cuánto tiempo podría aguantar? ¿Y quién le garantizaría que Claudiña estaría dispuesta a hacer de segunda? Con un gesto rápido y violento, se levantó:

—Está decidido. Me voy, y ya.

Lidia palideció. A pesar de todo lo que había dicho, no esperaba que el amante la dejara. Había sido sincera, e imprudente, ahora lo reconocía. Respondió, con falsa serenidad:

—Como quiera.

Paulino se puso la gabardina y tomó el sombrero. Quiso acabar con honra por su dignidad de hombre. Declaró:

—Quede sabiendo que comete la peor de las acciones. No esperaba esto. Que usted lo pase bien.

Se dirigió hacia la puerta, pero Lidia lo detuvo:

—Un momento... Las cosas que le pertenecen en esta casa, y son casi todas, están a su disposición. Puede mandar a buscarlas cuando quiera.

—No quiero nada. Puede quedarse con ellas. Todavía tengo dinero para ponerle casa a otra mujer. Buenas noches.

—Buenas noches, señor —dijo la madre de Lidia—. Yo creo...

—Cállese, madre.

Lidia se acercó a la puerta del pasillo y le dijo a Paulino, que ya estaba con la mano en el tirador para salir:

—Le deseo las mayores felicidades con su nueva amante. Tenga cuidado de que no le obliguen a casarse con ella...

Sin responder, Paulino salió. Lidia volvió y se sentó en el sofá. Encendió un nuevo cigarrillo. Miró a la madre con desdén y dijo:

—¿Qué espera? Se acabó el dinero. ¡Salga! Ya le decía que todo acaba en este mundo...

La madre, con una expresión de dignidad ofendida, avanzó hacia ella. Abrió el bolso, sacó el dinero del monedero y lo puso sobre la cama:

—Aquí tienes. Tal vez te haga falta...

Lidia ni se movió:

—Guarde el dinero. ¡Ya! De la misma manera que he ganado ése, puedo ganar más. ¡Salga!

Como si no desease otra cosa, la madre guardó el dinero y salió. No iba contenta consigo misma. La última frase de la hija le hizo tener presente que podría seguir contando con ese auxilio si no hubiera sido tan agresiva. Si se hubiese puesto de su parte, si se hubiese mostrado más cariñosa... Pero mucho puede el amor filial... Por eso, tenía la esperanza de que, más temprano que tarde, podría regresar...

El golpe de la puerta al cerrarse sobresaltó a Lidia. Estaba sola. El cigarro ardía lentamente entre sus dedos. Estaba sola como tres años antes, cuando conoció a Paulino Morais. Se acabó. Era necesario recomenzar. Recomenzar. Recomenzar...

Despacio, dos lágrimas brillaron en sus ojos. Oscilaron un momento, suspendidas del párpado inferior. Después cayeron. Sólo dos lágrimas. La vida no vale más que dos lágrimas.

32

Hombre de poca persistencia, Anselmo se cansó pronto de custodiar a la hija. Le fastidiaban, sobre todo, las dos esperas: desde las seis, hasta que la hija saliese, y mientras estaba con el profesor de taquigrafía. El primer día tuvo el placer de ver huir al estudiante, cuando éste se acercaba. El segundo, el mismo placer. Pero, después, el muchacho dejó de aparecer y Anselmo se fue cansando de su función de ángel de la guarda. La hija, tal vez por resentimiento, no decía ni una palabra durante el trayecto. También eso le molestaba. Intentaba conversar, hacía preguntas, y recibía respuestas breves que le quitaban las ganas de seguir. Además de que, acostumbrado como estaba a la realeza doméstica, le parecía poco digna la misión que a sí mismo se había atribuido. Mal comparado, y con el debido respeto, era como si el Presidente de la República anduviera por la calle controlando el tráfico. Anselmo sólo pedía un pretexto para acabar con la vigilancia: una promesa de la hija de que se portaría como muchacha juiciosa. O cualquier otra cosa.

El pretexto apareció y no fue la promesa. Claudiña, a fin de mes, le entregó cerca de setecientos cincuenta escudos, lo que significaba que el patrón le había aumentado el sueldo a ochocientos. Por inesperado, este aumento alegró a toda la familia y particularmente a Anselmo. Estando como estaban probados los méritos de Claudiña, se encontró en la «obligación moral» de ser magnánimo. Y como su periclitante situación económica sólo le permitía ser magnánimo de corazón, lo fue: le anunció a la hija que iba a dejar de acompañarla. El agradecimiento de Claudiña fue bastante moderado. Pensando que ella no había comprendido bien, repitió la declaración. El agradecimiento no aumentó. A pesar de la ingratitud, Anselmo cumplió su palabra, pero, para asegurarse de que la hija no haría mal uso de la libertad que le concedía, la siguió algunos días, de lejos. Ni la sombra del muchacho apareció.

Sosegado, Anselmo regresó a su entretenimiento diario, que tanto placer le daba. Cuando Claudiña llegaba a casa, él ya estaba instalado ante sus mapas de estadística deportiva. Comenzó, también, a elaborar un álbum de fotografías de jugadores, que le obligaba a comprar todas las semanas una revista de aventuras para jóvenes, revista esta que, para aumentar las ventas, incluía en cada número un *hors-texte* en color con la imagen de un jugador de fútbol. Al comprar la revista, encontraba siempre la manera de decir que era para un hijo, y se la llevaba a casa enrollada en una hoja de papel, de modo que los vecinos no descubrieran su debilidad. Incluso se permitió el lujo de comprar números atrasados, consiguiendo, de una sentada, ser poseedor de algunas decenas de retratos. El aumento de sueldo de Claudiña fue providencial. Rosalía se atrevió a protestar contra el dispendio, pero Anselmo, regresado a su autoridad, la hizo callar.

Por fin, todos estaban satisfechos: Claudiña libre, Anselmo ocupado y Rosalía como de costumbre. La máquina familiar retomó su curso normal, que sólo se excitó cuando Rosalía, en una velada, lanzó una sospecha:

—Me huelo que hay novedades con doña Lidia...

Padre e hija la miraron con puntos de interrogación en los ojos.

—¿Tú no sabes nada, Claudiña? —insistió la madre.

—¿Yo? Yo no sé nada.

—Uhm... Tal vez no quieras decirlo...

—Ya he dicho que no sé nada.

Rosalía metió el huevo de zurcir en el calcetín que estaba cosiendo. Lo hizo con lentitud, como si quisiera atizar la curiosidad del marido y de la hija, y añadió:

—¿Todavía no habéis notado que el señor Morais no viene desde hace más de ocho días?

Anselmo no lo había notado y lo dijo enseguida. Claudiña sí lo había notado y también lo dijo. Pero añadió:

—El señor Morais ha estado enfermo. Me lo dijo él...

Algo decepcionada, Rosalía no consideró que la enfermedad fuese razón suficiente:

—Tú sí que podías saberlo, Claudiña...

—¿Saber el qué?

—Si están enfadados. Es lo que yo sospecho...

Claudiña se encogió de hombros, con fastidio:

—Lo que faltaba. ¿Cómo voy a preguntarle una cosa así?

—¿Qué hay de malo? Le debes favores a doña Lidia, es lógico que te intereses.

—¿Qué favores le debo a doña Lidia? Si le debo algo a alguien, es al señor Morais.

—Pero, hija —acudió Anselmo—, si no fuera por doña Lidia, tú no tenías esa colocación...

La muchacha no respondió. Se volvió hacia la radio y comenzó a buscar una emisora que pusiera música de su gusto. Se quedó en un concurso. Un cantante, de voz tipo «caliente», narraba, con música huera y huero verso, sus desdichas amorosas. Tal vez porque la cancioneta la había ablandado, Claudiña declaró, al callarse el cantante:

—Está bien. Si queréis, puedo intentar enterarme... Por supuesto —añadió tras una larga pausa—, si se lo pregunto, el señor Morais me lo dirá...

Claudiña tenía razón. Cuando, al día siguiente, llegó a casa, ya lo sabía todo. No la esperaban tan pronto: eran poco más de las siete y media. Tras besar a los padres, anunció:

—Bien: ya lo sé.

Antes de dejarla continuar, el padre quiso saber por qué llegaba tan temprano.

—No he ido a clase —respondió.

—Entonces, llegas tarde...

—Me quedé para que el señor Morais me contara.

—¿Y entonces? —preguntó Rosalía, ansiosa.

Claudiña se sentó. Parecía un poco nerviosa. El labio inferior le temblaba ligeramente. El pecho le latía, lo que podía atribuirse al cansancio de la caminata.

—Dinos, hija. Estamos llenos de curiosidad...

—Se enfadaron. El señor Morais recibió una carta anónima donde se decía...

—¿El qué? ¿El qué? —preguntaron marido y mujer, excitados por la curiosidad.

—... que doña Lidia lo engañaba.

Rosalía se dio un golpe en los muslos:

—Estaba segura.

—Lo peor es el resto —siguió Claudiña.

—¿Qué resto?

—La carta decía que lo engañaba con el huésped del señor Silvestre.

Anselmo y Rosalía tocaron las nubes, de asombro.

—Qué poca vergüenza —exclamó Rosalía—. Parece imposible, doña Lidia haciendo una cosa de ésas...

Anselmo la contradijo:

363

—A mí no me parece imposible. ¿Qué se puede esperar de una persona con una vida así? —y más bajo, para que la hija no lo oyera—: Es todo el mismo ganado...

A pesar de la sordina, Claudiña lo oyó. Pestañeó, pero se hizo la desentendida. Rosalía todavía murmuró:

—Parece imposible.

Se estableció un silencio incómodo. Claudiña añadió después:

—El señor Morais me enseñó la carta... Me dijo que no tenía ni idea de quién la había mandado.

Anselmo creyó conveniente condenar las cartas anónimas. Las calificó como infames. Pero Rosalía saltó desde su posición, con la santa indignación de quien defiende una causa justa:

—Si no fuera por las cartas anónimas, se quedarían escondidas muchas cosas. Qué bonito sería que el señor Morais siguiera haciendo la triste figura de engañado...

Todo se iba encaminando hacia la decisión que el acontecimiento exigía. Anselmo estuvo de acuerdo:

—Sí, si yo estuviera en la misma situación, también me gustaría que me avisaran...

Escandalizada ante tal posibilidad, la mujer interrumpió:

—Pero ¿qué idea tienes de mí? Por lo menos, respeta a tu hija.

Claudiña se levantó y se fue a su cuarto. Rosalía, todavía enfadada, observó:

—Mira que decir eso, hombre. No se habla así.

—Bueno. Está bien. A ver cuándo cenamos.

La decisión fue retrasada. Claudiña regresó del dormitorio y, poco después, cenaban. Durante la refección no se habló de otro asunto. Sin embargo, Claudiña guardaba el más absoluto silencio, como si la conversación fuese demasiado escabrosa para intervenir en ella. Rosalía y Anselmo apreciaron el caso desde todas las perspectivas, excepto una, la que exigía tal decisión. Unos y otros sabían que era necesaria, pero, tácitamente, la reservaron para más tarde. Rosalía declaró que desde el primer día no le había gustado el huésped del zapatero y obligó al marido a recordar que ya entonces notó su pobre presencia.

—A mí, lo que me confunde —dijo Anselmo— es que doña Lidia se haya relacionado con un vagabundo que va realquilando habitaciones... ¿Qué diablos podría ella esperar?

—Que no te confunda eso. No hace mucho dijiste que no se puede esperar otra cosa de personas que llevan esa vida...

—Eso es, eso es...

Cuando acabaron la cena, Claudiña comentó que le dolía la cabeza y que iba a acostarse. Ahora, ya sin testigos, marido y mujer se miraron, movieron la cabeza y abrieron la boca al mismo tiempo para hablar. La cerraron luego, cada uno esperando que el otro hablase. Anselmo tomó, por fin, la palabra:

—¡Así son las rameras, uf!

—Gente sin vergüenza.

—Yo, a él, no lo censuro. Es hombre, aprovecha... Pero ella, con todo lo bueno que tiene en casa.

—Buenos vestidos, buenas pieles, buenas joyas...

—Es lo que yo te digo: quien se mete en una se mete en cien... Lo llevan en la masa de la sangre. Sólo están a gusto pensando en sinvergonzonerías.

—Y si todavía fuera sólo pensar...

—Y con el huésped del zapatero, en las barbas del señor Morais.

—Es necesario tener poca vergüenza.

Todo esto tenía que decirse, porque la decisión sólo vendría después de haber definido bien las culpas. Anselmo tomó un cuchillo y comenzó a reunir las migas. Como si de ese trabajo dependiese la seguridad de los pilares del edifico, la mujer lo observaba con atención:

—Así las cosas —comenzó Anselmo después de acabar con la recogida—, hay que tomar una decisión...

—Pues sí...

—Tenemos que actuar.

—Eso creo...

—Claudiña no puede seguir tratando a esa mujer. Sería un mal ejemplo.

—Ni yo lo consentiría. Te lo iba a decir en este momento.

Anselmo levantó la fuente y arrastró nuevas migajas. Las juntó con las primeras y declaró:

—Y, en cuanto a nosotros, las conversaciones con esa desvergonzada se han terminado. Ni buenos días, ni buenas tardes. Hacemos como que no existe.

Estuvieron de acuerdo. Rosalía comenzó a juntar los platos sucios de la cena y Anselmo sacó el álbum del cajón del aparador. La velada fue corta. Las emociones fatigan. Marido y mujer se retiraron al dormitorio, donde continuaron con la apreciación severa del proceder de Lidia. Y la conclusión fue ésta: hay mujeres que merecerían desaparecer de la faz de la tierra, hay mujeres cuya existencia es una mancha que se arrastra en medio de las personas honestas...

Claudiña no dormía. Y no era el alegado y verídico dolor de cabeza lo que le quitaba el sueño. Recordaba la conversación con el patrón. Las cosas no habían pasado tan sencillamente como contó a los padres. No tuvo la menor dificultad para saber, pero lo que siguió no podía ser contado fácilmente. No pasó nada grave, nada que, mirándolo bien, no pudiese y debiese ser contado. Pero era difícil. No todo lo que parece es, no todo lo que es parece. Pero entre el ser y el parecer hay siempre un punto de entendimiento, como si ser y parecer fuesen dos planos inclinados que convergen y se unen. Hay un declive, la posibilidad de escurrir por él, y, si así sucede, se llega al punto en que, al mismo tiempo, se contacta con el ser y el parecer.

Claudiña preguntó y supo. No enseguida, porque Paulino tenía mucho que hacer y no le podía dar, inmediatamente, las explicaciones pedidas. Tuvo que esperar a las seis. Los colegas salieron, ella se quedó. Paulino la llamó a su despacho y la mandó sentarse en el *maple* reservado a los clientes importantes de la casa. El *maple* era bajo y bien tapizado. Claudiña, que no había aceptado la reciente moda de las faldas largas, se quedó con las rodillas descubiertas. El tapizado mullido la mantenía como en un regazo. El patrón cruzó dos veces el despacho hasta sentarse en una esquina de su mesa. Tenía un traje gris claro y una corbata amarilla que lo rejuvenecía. Encendió un cigarrillo, y el aire ya cargado del despacho se hizo más denso. En poco tiempo sería asfixiante. Pasaron largos minutos antes de que Paulino hablase. El silencio, apenas interrumpido por el tictac de un solemne reloj de pie, era embarazoso para María Claudia. El patrón parecía estar a sus anchas. Ya el cigarro iba por la mitad cuando él habló:

—Entonces ¿quieres saber lo que pasa?

—Reconozco, señor Morais... —fue así mismo como María Claudia respondió—, reconozco que no tengo derecho... Pero mi amistad con doña Lidia...

Hablaba de este modo como si supiese de antemano que las razones de la ausencia de Paulino sólo podían ser consecuencia de un enfado. Quizá estuviese bajo la impresión de las palabras de la madre, que no encontraba otro motivo. Su respuesta sería tonta si finalmente no había habido desencuentro.

—¿Y su amistad conmigo no cuenta? —preguntó Paulino—. Si es sólo la amistad con ella la que le hace hablarme del asunto, no sé si debo...

—He hecho mal preguntando. No debo inmiscuirme en su vida. Le pido que me disculpe...

Esta manifestación de falta de interés podría servirle a Paulino de pretexto para no explicar lo que pasaba. Pero Paulino esperaba las preguntas de María Claudia. Incluso se preparaba para responderlas.

—Dese cuenta de que no ha respondido a mi pregunta. ¿Es sólo la amistad con ella la que le hace querer saber? ¿No cuenta por ventura la amistad que tiene conmigo? ¿No es mi amiga?

—Usted ha sido tan bueno...

—También soy bueno con los otros empleados, pero eso no me lleva a contarles mi vida privada ni los mando sentarse en ese *maple*...

La muchacha no respondió. La observación la dejó aturdida. Bajó la cabeza al sentir que se sonrojaba. Paulino simuló no darse cuenta. Tomó una silla y se sentó enfrente de Claudiña. Después, contó lo que pasaba. La carta, la discusión con Lidia, la ruptura. Omitió los pasajes que le eran desfavorables y se presentó con la dignidad que la referencia a esos pasajes habría comprometido fatalmente. Por algunas dudas en el relato, María Claudia sospechó que la actitud más digna no habría sido la de él. Pero en cuanto al fondo de la cuestión, no ofrecía dudas, una vez leída la carta que Paulino le mostró:

—Estoy arrepentida de haberle preguntado, señor Morais. Realmente veo que no tenía derecho...

—Lo tiene más de lo que cree. Soy su amigo, y entre amigos no puede haber secretos.

—Pero...

—Está claro que no le voy a pedir que me cuente los suyos. Los hombres confían más en las mujeres que ellas en ellos, por eso le he contado todo. Tengo confianza en usted, la más completa de las confianzas... —se inclinó hacia delante con una sonrisa—. Queda, entonces, como un secreto entre nosotros. Los secretos aproximan, ¿sabe?

Como única respuesta, María Claudia sonrió. Hizo lo que todas las mujeres hacen cuando no saben qué responder. La persona a quien la sonrisa va dirigida puede interpretarla como quiera.

—Me gusta verla sonreír. A mi edad, a uno le gusta ver sonreír a los jóvenes. Y usted es tan joven...

Nueva sonrisa de María Claudia. Paulino interpretó:

—Y no sólo joven, también es guapa.

—Muchas gracias, señor Morais.

Esta vez la sonrisa no vino aislada y las palabras de agradecimiento provocaron rubor:

—No vale la pena sonrojarse, Claudiña. Lo que he dicho es la pura verdad. No conozco a ninguna otra tan guapa...

Por decir algo, ya que la sonrisa no bastaba, la muchacha dijo lo que debería haber callado:

—Doña Lidia era mucho más guapa que yo...

Así mismo: «Era». Como si Lidia hubiese muerto, como si ya no contara para la conversación a no ser como un simple término de comparación.

—No pretenda comparar. Se lo digo yo, como hombre... Usted es diferente. Es joven, es guapa, tiene un no sé qué que me impresiona...

Paulino era persona delicada. Tan delicada que dijo: «Con permiso» antes de alargar la mano para retirarle el pelo que caía sobre el hombro de María Claudia. Pero la mano no siguió el mismo trayecto en el regreso. Se posó en la mejilla de la muchacha, tan despacio que parecía una caricia, tan lenta que parecía no querer apartarse. Claudiña se levantó precipitadamente. La voz de Paulino, de pronto enronquecida, se oyó:

—¿Qué le pasa, Claudiña?

—Nada, señor Morais. Tengo que irme. Ya es tarde.

—Todavía no son las siete.

—Pero tengo que irme.

Hizo un movimiento para avanzar, pero Paulino le impedía el paso. Lo miró, trémula y asustada. Él la tranquilizó. Le pasó la mano por la cara como haría un abuelo afectuoso y murmuró:

—¡Tontiña! Yo no le hago mal. Sólo quiero su bien...

Lo mismo que le decían los padres. «Sólo queremos tu bien.»

—¿Me ha oído? Sólo quiero su bien.

—Tengo que irme, señor Morais.

—Pero ¿cree en lo que le acabo de decir?

—Lo creo, sí, señor Morais.

—¿Y es amiga mía?

—Sí, señor Morais.

—¿Y nos llevaremos siempre bien?

—Así lo espero, señor Morais.

—Estupendo.

Le pasó nuevamente la mano por la cara y recomendó:

—Lo que le he dicho, que quede entre nosotros. Es un secreto. Si quiere, puede contárselo a sus padres... Pero si se lo cuenta, no se olvide de decir que dejé a esa mujer porque ella se portó indignamente. Sería incapaz de dejar a una persona que estimase sin una razón de peso. Es verdad que, desde hacía algún tiempo, no me sentía bien a su lado. Creo que ya la quería menos. Pensaba en otra persona, una persona que conozco desde hace pocas semanas. Me sentaba mal ver que esa persona estaba tan cerca de mí y no podía hablarle. ¿Me entiende, Claudiña? Era en usted en quien yo pensaba...

Con las manos extendidas, avanzó hacia la chica y la sujetó por los hombros. Claudiña sintió los labios de Paulino recorriéndole la cara, buscándole la boca. Sintió el aliento del tabaco, los besos golosos que la devoraban. No tuvo fuerzas para reaccionar. Cuando él la dejó, se sentó en el *maple* exhausta. Después, sin mirarlo, murmuró:

—Déjeme marcharme, señor Morais...

Paulino respiró hondo, como si se hubiese liberado bruscamente de una opresión que le afectaba a los pulmones, y dijo:

—He de hacerte muy feliz, Claudiña.

A continuación abrió la puerta del despacho y llamó al ordenanza. Mandó que trajera el abrigo de la señorita Claudiña. El ordenanza era su hombre de confianza, de tanta confianza que pareció no notar la perturbación de María Claudia, así como no pareció asombrado cuando vio al patrón ayudándola a ponerse el abrigo.

Nada más. Fue esto lo que María Claudia no contó en casa. Le dolía mucho la cabeza y el sueño no llegaba. Acostada sobre la espalda, los brazos doblados y las manos detrás de la nuca, pensaba: imposible no comprender lo que Paulino quería. Imposible cerrar los ojos a la evidencia. Estaba todavía en el declive del parecer, pero tan cerca del ser como una hora de la hora siguiente. Sabía que no había reaccionado como debería, no sólo durante esa conversación sino desde el primer día, desde el momento en que, sola con Paulino, en casa de Lidia, le vio los ojos voraces que la desnudaban. Sabía que, de la ruptura, sólo la carta no era obra suya. Sabía que había llegado a ese punto no por lo que hizo, sino por lo que no hizo. Sabía todo esto. Tan sólo no sabía si quería ocupar el lugar de Lidia. Porque toda la cuestión se resumía ahora en querer o no querer. Si se lo hubiera contado todo a los padres, al día siguiente ya no iría a la oficina. Pero no se lo quiso contar. ¿Y por qué no lo contó? ¿Necesidad de resolver el asunto con sus propias fuerzas? Sus fuerzas la habían conducido a esa situación. ¿Retraimiento de quien quiere ser independiente? ¿Y a qué precio?

Hacía algunos minutos que María Claudia distinguía en el piso de abajo un ruido de zapatos de tacón. Al principio no le prestó atención, pero el ruido no cesaba y acabó por interrumpirle el pensamiento. Estaba intrigada. De súbito oyó la puerta abrirse, el girar de una llave en la cerradura y, tras un breve silencio, una persona que bajaba. Lidia salía de casa. María Claudia miró el reloj luminoso de la mesilla de noche. Once menos cuarto. ¿Qué haría Lidia saliendo a la calle a esa hora? Apenas acabó de formular la pregunta, encontró la respuesta. Sonrió fríamente, pero luego descubrió hasta qué punto era una sonrisa monstruosa. Le vinieron unas repentinas ganas de llorar. Se tapó la cabeza con la ropa para ahogar los sollozos. Y así, casi sofocada por la falta de aire y por las lágrimas, tomó la firme decisión de contárselo todo a sus padres al día siguiente...

33

Cuando, tras muchos pasos y gastos, Emilio pudo llegar a casa con toda la documentación que la mujer y el hijo necesitaban para partir, a Carmen casi le salta el corazón de alegría. Aquellos días de espera le habían parecido años. Recibía cualquier contratiempo que la forzara a retrasar el viaje como algo más fuerte de lo que su impaciencia podía soportar. Pero ahora no había nada que temer. Con curiosidad infantil, hojeó y rehojeó el pasaporte. Lo leyó de cabo a rabo. Todo estaba en orden, faltaba fijar el día de la partida y avisar a los padres. Si fuera por ella, se iría al día siguiente, tras enviar un telegrama. Pero tenía que preparar las maletas. Emilio la ayudó y las veladas que ese trabajo ocupó fueron las más felices que la familia vivió. Sin mala intención, Enrique lanzó una nube en la general alegría cuando declaró que tenía pena de que el padre no los acompañara. Pero el empeño y la buena voluntad de Carmen y Emilio en convencerlo de que el hecho no tenía la menor importancia, le hizo olvidar la pequeña sombra. Si los padres estaban alegres, también él debía estarlo. Si los padres no lloraban mientras separaban las ropas y los objetos de uso personal, sería absurdo que él llorara. Tres noches después, todo estaba listo. Las maletas ya tenían las etiquetas de madera con el nombre de Carmen y el lugar de destino. Emilio compró los pasajes y le dijo a la mujer que luego harían las cuentas, cuando regresara. Estaba claro que esa operación sería necesaria, puesto que los suegros se comprometieron a pagar los pasajes y Emilio tuvo que pedir dinero prestado para comprarlos. Carmen respondió que en cuanto llegase le mandaría el dinero, para que él no tuviera dificultades. Marido y mujer se comportaban con delicadeza, de tal manera que las últimas horas Enrique las vivió en la alegría de ver a los padres reconciliados, habladores como nunca los había visto antes.

Fue el día anterior al de la partida cuando Carmen supo lo acontecido en casa de Lidia. Con el pretexto de desearle buen viaje, Rosalía se pasó parte de la mañana contándole el enfado de Paulino. Relató los motivos, censuró el procedimiento de Lidia y, por su cuenta y riesgo, insinuó que quizá no fuera ésta la primera vez que ella abusaba de la buena fe del señor Morais. Pródiga en elogios para con el patrón de la hija, destacó su delicadeza y la nobleza de su comportamiento. Y no se olvidó de añadir que, ya en el primer mes, Claudiña tuvo aumento de sueldo.

En esos momentos Carmen mostró el asombro natural en quien oye tan deplorable historia. Acompañó a Rosalía en la censura, la secundó en los lamentos acerca de las costumbres inmorales de ciertas mujeres y, como la vecina, se enorgulleció, en su fuero interno, de no ser como ellas. Después de que Rosalía saliera, notó que seguía pensando en el asunto, lo que estaría bien si no tuviera que partir al día siguiente y si ese hecho no la distrajera de otras preocupaciones. ¿Qué le importaba a ella que doña Lidia, de quien, por otra parte, no tenía razones de queja (por el contrario, siempre fue muy delicada y siempre le dio diez céntimos a Enriquito por un simple recado), qué le importaba que hubiera llevado a cabo tan fea acción?

La acción en sí no importaba, pero sí sus consecuencias. Después de lo sucedido, Paulino no podría regresar a casa de Lidia: sería una vergüenza para él. Y, sin saber cómo, Carmen se encontró en la misma situación que Paulino, o casi. Entre ella y el marido no mediaba ningún escándalo público, pero sí toda una vida en común, vida difícil y desagradable, repleta de resentimientos y enemistades, de escenas violentas y de reconciliaciones penosas. Paulino se fue, seguro que de una vez para siempre. Ella se iba también, pero regresaría en tres meses. ¿Y si no regresara? ¿Y si se quedase en su tierra con su hijo y su familia?

Cuando admitió esa posibilidad, cuando pensó que podría no regresar nunca más, sintió vértigo. Era fácil. Se callaría, partiría con el hijo y, cuando llegara a España, le escribiría una carta al marido dando noticias de su decisión. ¿Y luego? Luego recomenzaría su vida, desde el principio, como si acabara de nacer. Portugal, Emilio, el matrimonio habrían sido una pesadilla que duró años y años. Tal vez pudiese... Sería necesario el divorcio, evidentemente... Tal vez... Pero en este punto Carmen recordó que no podría quedarse en España sin la autorización del marido. Partía con su autorización, sólo con su autorización podría continuar.

Estos pensamientos le turbaron la alegría. Con ellos o sin ellos, partiría, pero la tentación de no regresar casi tornaba doloroso el júbilo. ¿Volver, después de tres meses de libertad, no sería el peor de los castigos? ¿Condenarse para el resto de la vida a sufrir la presencia y las palabras, la voz y la sombra del marido, no sería el infierno después de haber reconquistado el paraíso? Tendría que luchar constantemente para conservar el amor del hijo. Y cuando el hijo (la imaginación de Carmen saltaba por encima de los años), y cuando el hijo se casara, la vida sería todavía peor, porque viviría sola con el marido. Todo se acabaría si él concediera el divorcio. Pero ¿y si por capricho o mala fe la obligara a regresar?

Todo el día la atormentaron esos pensamientos. Hasta los momentos felices de su vida de casada, que los tuvo, se le habían olvidado. Veía sólo la mirada fría e irónica de Emilio, su silencio cargado de censura, su aire de fracasado que no presta importancia a mostrarse como tal y que hace del fracaso un cartel que todo el mundo puede leer.

La noche llegó sin que ella hubiera avanzado un paso en las respuestas a las preguntas que continuamente se le planteaban en el espíritu. Tan silenciosa se mostró que el marido quiso saber qué le preocupaba. «Nada», respondió. Estaba sólo un poco nerviosa por la proximidad del viaje. Emilio comprendió y no insistió. También él estaba nervioso. En pocas horas estaría libre. Tres meses de soledad, de libertad, de vida plena...

Al día siguiente fue la partida. Toda la vecindad lo sabía y casi toda se asomó a las ventanas. Carmen se despidió de los vecinos con quienes tenía buenas relaciones y entró en el coche con el marido y el hijo. Llegaron a la estación poco antes de que el tren partiera. Sólo el tiempo de colocar el equipaje, ocupar los lugares y hacer las despedidas. Enrique apenas tuvo tiempo de llorar. El tren se perdió en la boca del túnel, dejando una humareda blanca que se deshacía en el aire, como un pañuelo de despedida engullido en la distancia...

Fue el primer día de libertad. Emilio vagó por la ciudad durante horas. Recorrió sitios donde nunca había estado, almorzó en una taberna de Alcántara, con un aire tan feliz que el tabernero le cobró el doble del precio de la comida. No protestó y además dio propina. Volvió en automóvil al centro, compró tabaco extranjero y, al pasar cerca de un restaurante caro, pensó que había sido estúpido almorzar en una taberna. Fue al cine, en los intervalos tomó café, entabló conversación con un desconocido que le dijo, a propósito del café, que sufría horriblemente del estómago. Cuando acabó la película, siguió a una mujer. En la calle la perdió de vista y no le importó. Se quedó parado en una acera sonriéndole al monumento a los restauradores. Pensó que con un simple salto estaría encima de la pirámide, pero no dio el salto. Estuvo más de diez minutos mirando al guardia de tráfico y oyendo el silbato. Lo encontraba todo divertido y veía a las personas y las cosas como si las estuviese viendo por primera vez, como si estuviese recuperando la vista tras muchos años de ceguera. Un chico que intentaba convencer a los transeúntes de que se dejaran sacar fotos se le dirigió y él no lo rechazó. Se puso en posición y, a la señal del fotógrafo, caminó hacia delante con paso firme y una sonrisa en los labios.

Fue a cenar a un restaurante caro. La comida era buena y el vino también. Tras tantos gastos extraordinarios le quedaba poco dinero, pero no se arrepintió. No se arrepentía de nada. Era libre, no tan libre como las aves, que ésas no tienen obligaciones que cumplir, pero por lo menos tanto cuanto podía esperar. Cuando salió del restaurante, todos los anuncios luminosos de Rossio refulgían. Los miró uno por uno, como estrellas de la Anunciación. Ahí estaban la máquina de coser, los dos relojes, la copa de vino de Oporto que se vaciaba sin que nadie la bebiera, el coche que no sale del mismo sitio. Y aquí abajo seguían las dos fuentes con mujeres de cola de pez y cornucopias, tan avariciosas que sólo ofrecen agua. Y la estatua del emperador Maximiliano de México, y las columnas del Teatro Nacional, y los automóviles circulando en el asfalto, y los gritos de los vendedores de periódicos, y el aire puro de la libertad.

Regresó a casa tarde, un poco cansado. Los escasos faroles iluminaban, sin convicción, la calle. Todas las ventanas estaban cerradas y sin luz. La suya también.

Al abrir la puerta sintió la extraña impresión del silencio. Anduvo de habitación en habitación, dejando tras de sí las luces encendidas y las puertas abiertas, como un niño. No tenía miedo, naturalmente, pero la inmovilidad de las cosas, la ausencia de voces familiares, un ambiente indefinible de expectativa le producían sensación de malestar. Se sentó en la cama de la que sería el único ocupante durante los próximos tres meses y encendió un cigarrillo. Estaría solo durante mayo, junio, julio, tal vez parte de agosto. Era el mejor tiempo para gozar de la libertad. Sol, calor, aire libre. Iría a la playa todos los domingos, se tumbaría al sol como un lagarto que acaba de despertar del sueño del invierno. Vería el cielo azul, sin nubes. Daría largos paseos por el campo. Los árboles de Sintra, el Castelo dos Mouros, las playas del litoral cercano. Todo eso solo. Todo eso y lo demás que pudiera hacer y que ahora no podía ni imaginarse porque había perdido el hábito de la imaginación. Estaba como ave que, viendo la puerta de la jaula abierta, duda en dar el salto que la lanzará fuera de las rejas.

El silencio de la casa lo rodeaba como una mano cerrada. La realización de proyectos, sean los que fueren, exigía dinero. Tendría que trabajar mucho y eso le robaría tiempo. Pero trabajaría con más ganas y, si en alguna cosa tuviera que recortar, sería en alimentación. Se arrepintió de la cena cara y del tabaco extranjero. Era el primer día, era lógico que se excediese. Otros, en su lugar, lo habrían hecho peor.

Se levantó y fue apagando luces. Volvió a sentarse. Estaba perplejo, como alguien a quien le ha caído el premio gordo y no sabe qué hacer con el dinero. Descubrió que, habiendo deseado tanto la libertad, ahora no sabía cómo gozarla completamente. Los proyectos de poco antes le parecían mezquinos y frívolos. En resumidas cuentas, sería hacer solo lo que había hecho con la familia. Recorrería los mismos lugares, se sentaría bajo los mismos árboles, iba a tumbarse sobre la misma arena. No podía ser. Tenía que pensar en algo más importante, algo que pudiera recordar después del regreso de la mujer y del hijo. ¿Qué podía ser? ¿Orgías? ¿Juergas? ¿Aventuras con mujeres? De todo eso tuvo en los años de soltería y no tenía ganas de comenzar. Sabía que esos excesos dejan siempre un sabor amargo de arrepentimiento y disgusto. Repetirlos sería ensuciar su libertad. Pero, además de excursiones y de lujuria, no veía nada más con que ocupar los tres meses que tenía por delante. Quería algo más elevado y digno, y no sabía qué.

Encendió un nuevo cigarro, se desnudó y se acostó. En la cama sólo había una almohada: era como si estuviese viudo, o soltero, o divorciado. Y pensó: «¿Qué voy a hacer mañana? Tengo que ir al trabajo. Por la mañana daré una vuelta. Necesito hacer encargos. ¿Y por la tarde? ¿Voy al cine? Ir al cine es perder tiempo: no hay ninguna película que merezca la pena. Si no voy al cine, ¿adónde iré? A dar una vuelta, claro. Pasear por cualquier lugar. Pero ¿por dónde? Lisboa es una ciudad en la que sólo puede vivir quien tenga mucho dinero. Quien no lo tenga, debe trabajar para ocupar el tiempo y ganar para comer. Mi dinero no es mucho... ¿Y por la noche? ¿Qué haré por la noche? Otra vez al cine... Qué panorama... ¿Será que me voy a pasar los días metido en un cine, como si no hubiera nada más que hacer? ¿Y el dinero? Por estar solo no puedo dejar de comer y de pagar el alquiler de la casa. Estoy libre, no hay duda, pero ¿para qué sirve la libertad si no tengo los medios para beneficiarme de ella? Si sigo pensando de esta manera, acabaré deseando que regresen...».

Se sentó en la cama, nervioso: «He ambicionado tanto este día... Lo he disfrutado completamente hasta llegar a casa, pero no ha sido nada más que entrar y venirme estos pensamientos idiotas. ¿Me habré transformado tanto como para parecerme a las mujeres a las que los maridos pegan y que, pese a eso, no pueden pasar sin ellos? Sería estúpido. Sería absurdo. Sería cómico que llevara tantos años deseando la libertad y, apenas pasado el primer día, sentir ya deseos de correr en busca de quien me la impedía». Aspiró una bocanada y murmuró:

—Es el hábito, claro. También el tabaco es malo para la salud y no lo dejo. Sin embargo, podría dejar de fumar si el médico me dijera: «El tabaco lo mata». El hombre es un animal de hábitos, evidentemente. Esta indecisión es consecuencia del hábito. Todavía no me he habituado a la libertad...

Tranquilizado con esta conclusión, volvió a acostarse. Lanzó la colilla al cenicero. No acertó. La colilla rodó sobre el mármol de la mesilla y cayó al suelo. Para probarse a sí mismo que era libre, no se levantó a recogerla. El cigarro ardió lentamente, quemando la madera del suelo. El humo subía despacio, la pavesa se ocultaba bajo la ceniza. Emilio se tapó hasta el cuello. Apagó la luz. La casa se hizo más silenciosa. «Es el hábito..., el hábito de la libertad. Un hombre hambriento moriría si le dieran mucha comida de una sola vez. Es preciso habituarlo... Es preciso habituarle el estómago... Es preciso...» El sueño le llegó de golpe.

Ya iba avanzada la mañana cuando despertó. Se restregó lentamente los ojos y sintió hambre. Al abrir la boca para llamar, recordó, de repente, que la mujer se había ido, que estaba solo. De un salto, salió de la cama. Descalzo, recorrió toda la casa. Nadie. Estaba solo, como deseaba. Y no pensó, como al acostarse, que no sabía de qué manera gozar la libertad. Pensó sólo que estaba libre. Y se rió. Se rió alto. Se lavó, se afeitó, se vistió, tomó su cartera y salió a la calle, todo esto como si estuviera soñando.

La mañana era clara, el cielo limpio, el sol cálido. Los edificios eran feos y feas las personas que pasaban. Los edificios estaban amarrados al suelo y las personas tenían aire de condenadas. Emilio rió otra vez. Era libre. Con dinero o sin dinero, era libre. Aunque no pudiera hacer nada más que repetir los pasos ya dados y ver lo que había visto, era libre.

Se echó el sombrero hacia atrás como si le molestara la sombra. Y siguió calle adentro, con un brillo nuevo en la mirada y un pájaro cantándole en el corazón.

34

Llegó, por fin, el día en que se desvelarían los secretos. Después de tejer prodigios de diplomacia, Amelia convenció a la hermana de que acompañara a Isaura a la tienda de las camisas. Que el día era bonito, que le haría bien el aire libre y el sol, que era un crimen estar entre cuatro paredes mientras, fuera, la primavera parecía haber enloquecido de alegría. En los elogios a la primavera alcanzó el lirismo. Fue tan elocuente que la hermana y la sobrina se burlaron un poco. Le preguntaron si no quería salir también, ya que estaba tan inspirada. Se disculpó con la cena y las empujó hacia la puerta. Recelosa de que alguna regresara, las siguió con la mirada desde la ventana. Cándida era muy olvidadiza, casi siempre se dejaba algo atrás.

Estaba, ahora, sola en casa: la hermana y la sobrina tardarían unas buenas dos horas y Adriana llegaría más tarde. Fue a buscar las llaves que había escondido y regresó a la habitación de las sobrinas. La cómoda tenía tres gavetas pequeñas: la del medio era la que pertenecía a Adriana.

Al aproximarse, Amelia sintió una vergüenza súbita. Iba a cometer una acción censurable, bien lo sabía. Aunque esa acción le permitiese saber lo que tan cuidadosamente las sobrinas escondían, ¿cómo podría, en caso de que la obligaran a hablar, reconocer que había violado la gaveta? Conocida la violación, todas temerían nuevas invasiones y ella, Amelia, concedía que todas la iban a detestar por eso. Saber naturalmente, por casualidad o de otra manera más digna, no afectaría a su autoridad moral, pero usar una llave falsa, actuar con malas artes apartando a las personas que podrían impedírselo, era el cúmulo de la indignidad.

Con la llave en las manos, Amelia se debatía entre el deseo de saber y la conciencia de la indignidad del gesto. ¿Y quién le garantizaba que no descubriría algo que más valdría que permaneciera ignorado? Isaura estaba de buen ánimo, Adriana seguía alegre, Cándida tenía, como siempre, una confianza total en las hijas, fuesen sus pensamientos los que fuesen. La vida de las cuatro parecía querer entrar en los antiguos senderos, calma, tranquila, serena. ¿La violación de los secretos de Adriana no haría imposible la tranquilidad? Desvelados los secretos, ¿no se llegaría a lo irremediable? ¿No se volverían todas contra ella? Y, aunque fuesen grandes las culpas de las sobrinas, ¿lograrían sus buenas intenciones disculpar el atentado contra el derecho que asiste a cada persona de querer sólo para sí misma sus secretos?

Todos estos escrúpulos ya habían asaltado a Amelia y ya habían sido repelidos. Pero, ahora que bastaba un pequeño movimiento para abrir la gaveta, regresaban más fuertes que antes, con la última y desesperada energía del que va a morir. Miró las llaves que mantenía en la palma de la mano abierta. Mientras pensaba, notó, inconscientemente, que la llave más pequeña no serviría. El orificio de la cerradura era demasiado ancho para ella. Los escrúpulos continuaron atropellándose, cada cual queriendo llegar más deprisa y ser más convincente que los otros y, pese a todo, venían ya sin fuerza ni esperanza. Amelia tomó una de las llaves menores y la introdujo en la cerradura. El tintineo del metal, el crujir de la llave en la cavidad hicieron desaparecer los escrúpulos. La llave no servía. Sin darse cuenta de que todavía le faltaba una para probar, se obstinaba con ésa. Se asustó al sentir que se atascaba. Comenzaron a aparecerle gotas de sudor en la cabeza. Tiró de la llave con fuerza, a sacudidas, ya presa de un pánico irracional. De un tirón más violento consiguió sacarla. Era, sin duda, la otra. Pero Amelia, tras el esfuerzo, estaba tan derrotada que necesitó sentarse en el borde de la cama de las sobrinas. Las piernas le temblaban. Al cabo de unos instantes se levantó, más calmada. Introdujo la otra llave. Despacio, la giró. El corazón comenzó a batirle con más fuerza, con palpitaciones tan profundas que la mareaban. La llave servía, ya era imposible retroceder.

La primera cosa que sintió, al abrir la gaveta, fue un intenso perfume a jabón de alhucema. Antes de retirar los objetos que la llenaban, procuró retener en la memoria las respectivas posiciones. Encima, dos pañuelos con monograma bordado que reconoció inmediatamente. Pertenecieron al cuñado, al padre de Adriana. En el lado izquierdo, un manojo de fotografías antiguas, atadas con un elástico. En el lado derecho, una caja negra, sin cerradura, con guarniciones de plata. Dentro, algunas cuentas de collar, un alfiler de solapa al que le faltaban dos piedras, un tallo de flor de naranjo (recuerdo de la boda de alguna chica conocida) y poco más. En el fondo, una caja más grande, cerrada. Ignoró las fotografías: eran demasiado antiguas para poder interesarle. Con cuidado, para no alterar la posición de los diferentes objetos, sacó la caja. La abrió con la llave más pequeña y vio lo que buscaba: el Diario, y algo más: un paquete de cartas con una cinta verde, ya deslucida. No deshizo el lazo; reconocía esas cartas, todas de 1941 y 1942, restos de un noviazgo fracasado de Adriana, su primer y único noviazgo. Consideró disparatado que conservara todavía esas cartas, diez años después de la ruptura.

Amelia pensaba todo esto mientras sacaba el Diario de la caja. El exterior no podía ser más banal y prosaico. Era un vulgar cuaderno de notas como los que usan los escolares. Obedientemente, Adriana había escrito en la portada, con su mejor letra, aparte del nombre completo en la línea que estaba destinada a ese fin, la palabra DIARIO en mayúsculas, con un cierto airecito gótico, al mismo tiempo pueril y aplicado. Debía de estar mordiéndose la lengua mientras las diseñaba, como alguien que emplease todo su saber caligráfico. La primera página tenía la fecha de 10 de enero de 1950, más de dos años antes.

Amelia comenzó a leer, pero enseguida notó que allí no había nada interesante. Saltó decenas de páginas, todas escritas con la misma letra vertical y angulosa, hasta llegar al último día en que la sobrina escribió. En las primeras líneas, sintió que encontraba algo. Adriana hablaba de un hombre. No indicaba el nombre, empleaba la palabra *él* para designarlo. Era un colega, eso lo entendía bien, pero nada hacía sospechar la falta grave que Amelia esperaba. Leyó las páginas anteriores. Quejas de indiferencia, asomos de revuelta contra la debilidad de amar a una persona que, concluía, no era digna, todo entremezclado con pequeños acontecimientos de la vida doméstica, apreciaciones sobre la música oída, en fin, nada positivo, nada que justificase las sospechas. Hasta que llegó al punto en que Adriana hablaba de la visita que la madre y la tía hicieron el 23 de marzo a las primas de Campolide. Amelia leyó atentamente: el día fastidioso... La sábana bordada... La confesión de la fealdad... El orgullo... La comparación con Beethoven, que también era feo y no fue amado... «Si yo viviera en su tiempo, sería capaz de besarle los pies, y apuesto a que ninguna mujer hermosa lo haría.» (Pobre Adriana, ella habría amado a Beethoven, le habría besado los pies como si fuera un Dios...) El libro de Isaura... El rostro de Isaura, contento y dolorido... El dolor que causaba placer o el placer que causaba dolor... Amelia leyó y releyó. Tenía el vago presentimiento de que allí estaba la explicación del misterio. Ya no pensaba en la existencia de una falta grave. Adriana quería a un hombre, sin duda, pero ese hombre no la amaba... «¿Cómo va a intentar darme celos, si no sabe que me gusta?» Aunque Adriana, aquella noche, le hubiese hablado de su amor a la hermana, no podría haberle dicho más de lo que allí estaba escrito. Y, aunque temiendo una indiscreción, no escribiese en el Diario todo lo que pasaba, no diría que *él* no la amaba. Por menos sincera que fuera al escribir, no ocultaría toda la verdad. Para ocultarla, de nada le serviría el Diario. Un Diario es un desahogo. Sin embargo, el único desahogo que allí existía era el dolor de un amor no correspondido y, para colmo, ignorado. ¿Dónde estaba, entonces, el motivo de la frialdad, de la separación de las dos hermanas?

Amelia siguió leyendo, retrocediendo en el tiempo. Siempre las mismas quejas, las rutinas profesionales, la historia de una suma equivocada, música, nombres de músicos, los enfados de las viejas, *su* enfado por la cuestión del sueldo... Se sonrojó al leer las apreciaciones de la sobrina sobre ella: «Tía Amelia está hoy más protestona...». Pero a continuación se conmovió. «Quiero a la tía. Quiero a madre. Quiero a Isaura.» Y, otra vez, Beethoven, la máscara de Beethoven, el dios de Adriana... Y, siempre constante e inútil, constantemente inútil, *él*... Más páginas hacia atrás: días, semanas, meses. Las quejas desaparecían. Ahora era el amor que nacía y dudaba de sí mismo, demasiado pronto para dudar de *él*. Las páginas anteriores a aquellas en que *él* aparecía por primera vez, sólo banalidades.

Con el cuaderno abierto sobre las rodillas, Amelia se sentía realizada y, al mismo tiempo, satisfecha. Nada había, pues, de malo. Un amor escondido, encerrado en sí mismo, fracasado como el amor que el paquete de cartas atado con cinta verde recordaba. Siendo así, ¿dónde estaba el secreto? ¿Dónde estaba la razón de las lágrimas de Isaura y del disimulo de Adriana?

Hojeó el cuaderno hasta encontrar de nuevo la página del 23 de marzo: Isaura tenía los ojos rojos... Parecía que había llorado... Nerviosa... El libro... El placer-dolor o el dolor-placer...

¿Estaría ahí la explicación? Guardó el cuaderno dentro de la caja. La cerró. Cerró el cajón. De allí no había nada más que sacar. Adriana, finalmente, no tenía secretos. Pero había un secreto. ¿Dónde?

Todos los caminos estaban sellados. El libro... ¿Cuál fue el último libro que Isaura leyó? La memoria de Amelia también parecía sellada, con todas las puertas cerradas. Después, de repente, se abrieron y aparecieron nombres de autores y títulos de novelas. Ninguno era el que le interesaba. La memoria mantenía una puerta cerrada, una puerta de la que no se encontraba la llave. Amelia recordaba todo. El pequeño libro forrado sobre la mesa de la radio. Isaura dijo de qué iba y quién era el autor. Después (lo recordaba bien) habían oído *La danza de los muertos,* de Honegger. Recordaba la música zumbona en casa de los vecinos y la discusión con la hermana.

Pero... quizá Adriana lo hubiera escrito en el Diario. Volvió a abrir la gaveta, buscó el día y lo encontró. Ahí estaban Honegger y *él.* Nada más.

Cerrado nuevamente el cajón, miró las llaves en la palma de la mano. Se sentía avergonzada. Había cometido, ella sí, una falta grave. Conocía lo que no era para saberse: el amor frustrado de Adriana.

Salió de la habitación, fue a la cocina, abrió la ventada de la *marquise.* El sol seguía alto y luminoso. Luminoso el cielo, luminoso el río. Lejos, los montes de la otra orilla, azulados por la distancia. Un nudo de tristeza se le vino a la garganta. Así era la vida, su vida, triste y apagada. También ella tenía ahora un secreto para guardar y callar. Apretó las llaves con fuerza. Enfrente había unos edificios más bajos. Sobre el tejado de uno, al sol, se desperezaban dos gatos. Con mano firme y decidida, lanzó, una tras otra, las llaves.

Ante aquel bombardeo inesperado, los gatos huyeron. Las llaves rodaron por el tejado y cayeron en el canalón. Se acabó. Y fue en ese instante cuando

Amelia pensó que todavía le quedaba una posibilidad: abrir el cajón de Isaura. Pero no: sería inútil. Isaura no tenía Diario, y aunque lo tuviese... Se sintió súbitamente cansada. Regresó a la cocina, se sentó en un banco y lloró. Estaba vencida. Jugó y había perdido. Y menos mal que perdió. No sabía, no quería saber. Incluso aunque recordara el título de la novela, no iría a buscarla a la biblioteca para leerla. Haría todo lo posible para no recordar, y si la puerta cerrada de la memoria se abriese, volvería a cerrarla con todas las llaves que pudiese encontrar, menos con las falsas que tiró lejos... Llaves falsas... Secretos violados... Nunca más. Estaba demasiado avergonzada para repetir el acto.

Se enjugó las lágrimas y se levantó. Tenía que preparar la cena. Isaura y la madre no tardarían y se quedarían sorprendidas con el retraso. Fue al comedor en busca de un utensilio que necesitaba. Sobre la radio estaba el ejemplar del programa de Radio Nacional de esa semana. Recordó que hacía tiempo que no oía música con oídos de oír. Tomó el folleto, lo abrió y buscó el programa del día. Noticias, conferencias, música... De repente, los ojos se clavaron en una línea, fascinados. Leyó y releyó tres palabras. Tres palabras sólo: un mundo. Despacio, soltó el programa. Los ojos siguieron fijos en un punto perdido en el espacio. Parecían esperar una revelación. Y la revelación llegó.

Apresuradamente se quitó el delantal, se calzó unos zapatos, se puso una chaqueta. Abrió su cajón particular, sacó una pequeña joya, un alfiler de oro, antiguo, que representaba una flor de lis. En un trozo de papel escribió: «He tenido que salir. Haced vosotras la cena. No os asustéis, que no es nada grave. Amelia».

Cuando regresó, ya cerca de la noche, tan cansada que apenas podía arrastrar las piernas, traía un paquete que guardó en su cuarto. Se negó a explicar la razón de esa salida de casa.

—Pero vienes tan cansada... —notó Cándida.

—Pues sí.

—¿Alguna novedad?

—Es un secreto, por ahora.

Sentada en una silla, miró a la hermana sonriendo. Sonriendo miró a Isaura y Adriana. Y era tan dulce la mirada, tan afectuosa la sonrisa, que las sobrinas se conmovieron. Repitieron las preguntas, pero ella, en silencio, movía la cabeza negativamente con la misma mirada y la misma sonrisa.

Cenaron. Después, llegó la velada. Pequeños trabajos, largos minutos. Una carcoma royendo en algún lado. La radio silenciosa.

Cerca de las diez, Amelia se levantó.

—¿Ya te vas a acostar? —preguntó la hermana.

Sin responder, puso la radio. La casa se llenó de sonidos, unos sonidos de órgano que nacían y fluían como un torrente inagotable. Cándida y las hijas levantaron la cabeza, sorprendidas. Algo en la expresión de Amelia las intrigó. La misma sonrisa, la misma mirada. Después, como una catedral que se desmorona, el órgano se calló, tras un final de elocuencia barroca. Silencio de segundos. El locutor anunció la emisión siguiente.

—¡La *Novena*! Qué bueno, tía —exclamó Adriana aplaudiendo como una niña.

Todas se acomodaron mejor en sus sillas. Amelia salió de la sala y regresó instantes después cuando ya comenzaba el primer movimiento. Traía el paquete, que depositó sobre la mesa. La hermana la miró interrogante. Quitó de la pared uno de los retratos que la decoraba. Despacio, como si cumpliese un rito, desenvolvió lo que traía. La música, un poco olvidada, continuaba. El sonido del papel molestaba. Un movimiento más, el papel cayendo al suelo, y apareció la máscara de Beethoven. Se diría que era el final de un acto. Pero el telón no bajó. Amelia miró a Adriana y explicó mientras colgaba la máscara en la pared:

—Te vengo oyendo decir, desde hace tiempo, que te gustaría tener su máscara... Ésta es la sorpresa.

—¡Querida tía!

—Pero... Pero ¿el dinero? —preguntó Cándida.

—Eso no importa —respondió la hermana—, es secreto.

Ante esta palabra, Adriana e Isaura miraron a la tía furtivamente. Pero en los ojos de ella no había ya sospechas. Tenían sólo una inmensa ternura, una ternura que se transparentaba a través de algo que podría parecerse a las lágrimas, si la tía Amelia fuese persona de llorar...

35

—Abel se retrasa. ¿Quieres cenar?

—No. Esperaremos un poco más.

Mariana suspiró:

—Puede que no venga. Dos esperando a uno...

—Si no viniera a cenar, habría avisado. Pero si no quieres esperar, cena tú. Yo no tengo hambre.

—Ni yo...

Al oír la puerta abrirse, los dos tuvieron un sobresalto. Cuando Abel apareció:

—¿Cómo ha ido? —preguntó Silvestre.

—Nada.

—¿No ha conseguido nada?

El muchacho tiró de una banqueta y se sentó:

—Fui a la oficina. Le dije al ordenanza que era un cliente y que quería hablar con el administrador Morais. Me mandaron entrar en una sala y poco después llegó él. En cuanto le dije a lo que iba, tocó una campanilla, y cuando el ordenanza apareció le pidió que me acompañara a la puerta. Pese a todo, intenté hablar, explicarme, pero él me dio la espalda y salió. En el pasillo me encontré con la chica del segundo piso: me miró con aire de desprecio. En fin, me echaron a la calle.

Silvestre dio un puñetazo sobre la mesa:

—Ese tipo es un canalla.

—Fue lo que me llamó cuando le telefoneé a casa. Me llamó canalla y colgó.

—¿Y ahora? —preguntó Mariana.

—¿Ahora? Si él no fuera un viejo, le daba dos bofetadas. Pero así, ni eso puedo hacer...

Silvestre se levantó y recorrió la cocina con pasos rápidos.

—Esta vida... Esta vida es un muladar. Porquería, porquería y nada más. ¿No hay, entonces, ningún remedio?

—Me temo que no. Haré lo que debo hacer.

Silvestre frenó en seco.

—¿Lo que debe? No lo entiendo...

—Es muy sencillo. No puedo seguir aquí. Todo el vecindario sabe lo que ha pasado. Mi permanencia aquí sería como el colmo de la caradura. Además, es lógico que ella no se sienta bien sabiéndome aquí y sabiendo lo que los vecinos dicen.

—¿Qué? ¿Que se quiere ir?

Abel sonrió, con una sonrisa un poco cansada:

—¿Que si me quiero ir? No, no quiero, pero debo hacerlo. Ya he encontrado una habitación. Mañana haré la mudanza... No me miren de esa manera, por favor...

Mariana lloraba. Silvestre avanzó hacia él, le puso las manos sobre los hombros, quiso hablar y no lo consiguió.

—Vamos... Vamos... —dijo el joven.

Silvestre forzó una sonrisa:

—Si yo fuera mujer, también lloraría. Pero como no lo soy... Como no lo soy...

Se giró bruscamente hacia la pared, como si no quisiese que Abel le viera la cara. El joven se levantó y le hizo volverse:

—¿Y esto? ¿Vamos a llorar todos? Sería una vergüenza...

—Tengo tanta pena de que se vaya... —sollozó Mariana—. Ya estábamos acostumbrados. Era como si fuese parte de la familia...

Abel la oía, conmovido. Miró a uno y a otra y preguntó, serenamente:

—Seamos sinceros: ¿creen que debo quedarme?

Silvestre dudó un segundo y respondió:

—No.

—¡Silvestre! —exclamó la mujer—. ¿Por qué no dices que sí? A lo mejor se quedaba...

—Eres tonta. Abel tiene razón. Nos va a costar mucho, pero qué le vamos a hacer...

Mariana se limpió los ojos y se sonó con fuerza. Intentó sonreír:

—Pero vendrá por aquí de vez en cuando a hacernos una visita, ¿verdad, señor Abel?

—Sólo si me promete una cosa...

—¿El qué? Yo le prometo todo...

—Que deja de una vez para siempre lo de señor Abel, y me llama Abel, sin señorío. ¿Está de acuerdo?

—Estoy de acuerdo.

Se sentían, al mismo tiempo, felices y tristes. Felices por amarse, tristes por separarse. Fue la última cena en común. Habría otras, sin duda, más tarde, cuando todo se calmara y Abel pudiera regresar, pero serían diferentes. Ya no se trataría de la reunión de tres personas que viven bajo el mismo techo, que comparten las alegrías y tristezas, como el pan y el vino. La única compensación estaba en el amor, no en el amor obligatorio del parentesco, tantas veces un fardo impuesto por las convenciones, sino el amor espontáneo que de sí mismo se alimenta.

Terminada la cena, mientras Mariana lavaba los platos, Abel fue a preparar su equipaje con Silvestre. Acabaron el trabajo rápido. El joven se tumbó sobre la cama con un suspiro.

—¿Triste? —preguntó el zapatero.

—No es para menos. Como si no fuera suficiente para atormentarnos el mal que hacemos conscientemente... Como ve, el simple hecho de existir puede ser un mal.

—O un bien.

—En este caso, no lo ha sido. Si yo no hubiera venido a vivir a su casa, quizá esto no habría sucedido.

—Tal vez... Pero si la persona que escribió la carta estaba decidida a escribirla, habría encontrado la manera de hacer la denuncia. Usted ha sido un pretexto tan bueno, para ese efecto, como cualquier otro.

—Tiene razón. Pero pasó conmigo...

—Con usted, que ha tenido el mayor cuidado, que corta todos los tentáculos...

—No bromee.

—No estoy bromeando. Cortar tentáculos no basta. Usted se va mañana, desaparece, corta el tentáculo. Pero el tentáculo se queda aquí, en la amistad que yo siento por usted, en la transformación en la vida de doña Lidia.

—Es lo que le estaba diciendo. El simple hecho de existir puede ser un mal.

—Para mí fue un bien. Lo conocí y me convertí en su amigo.

—¿Y qué ha ganado con eso?

—Amistad. ¿Le parece poco?

—No, seguro...

Silvestre no respondió. Acercó la silla a la cama y se sentó. Sacó del bolsillo del chaleco la caja de tabaco y el papel y se lió un cigarro. Miró a Abel a través de la nube de humo que se levantaba y murmuró, como quien juega:

—Su mal, Abel, es no amar.

—Soy su amigo y la amistad es una forma de amor.

—De acuerdo...

Hubo otro silencio, durante el que Silvestre no dejó de mirar al muchacho.

—¿En qué piensa? —preguntó éste.

—En nuestras viejas discusiones.

—No veo qué relación...

—Todo se relaciona... Cuando le he dicho que su mal era no amar, ¿ha supuesto que me refería al amor por una mujer?

—Es lo que he pensado. Efectivamente, me han gustado muchas, pero no he querido a ninguna. Estoy seco.

Silvestre sonrió:

—¿A los veintiocho años? Déjeme reír, espere a mi edad.

—Así sea. Entonces ¿no se refería al amor por una mujer?

—No.

—¿A qué, entonces?

—A otra especie de amor. ¿Nunca ha sentido, al ir por la calle, un deseo repentino de abrazar a las personas que lo rodean?

—Si quisiera ser gracioso, le diría que sólo me ha apetecido abrazar a las mujeres, y no siempre, ni a todas... Pero, espere... No se enfade. Nunca me ha pasado eso, palabra de honor.

—Ahí está el amor del que yo hablaba.

Abel se levantó sobre los codos y miró al zapatero con curiosidad:

—Sería usted un buen apóstol, ¿sabe?

—No creo en Dios, si es ahí donde quiere llegar. A lo mejor me considera un blandengue...

El joven protestó:

—De ningún modo.

—Quizá piense que esto es efecto de la vejez. Si es así, siempre he sido un viejo. Siempre he pensado y sentido de la misma manera. Y si hoy creo en algo, es en el amor, en este amor.

—Es..., es hermoso oírle decir eso. Pero es una utopía. Y una contradicción también. ¿No ha dicho hace poco que la vida es un muladar y una porquería?

—Y no me desdigo. La vida es un muladar y una porquería porque unos cuantos así lo quisieron. Ésos han tenido, y tienen, sucesores.

Abel se sentó en la cama. La conversación comenzaba a interesarle:

—¿También abrazaría a ésos?

—No llevo la blandenguería hasta ese punto. ¿Cómo podría amar a los responsables del desamor entre los hombres?

La frase, tan cargada de sentido, despertó una reminiscencia en Abel:

—*Pas de liberté pour les ennemis de la liberté...*

—No lo entiendo. Parece francés, pero no lo entiendo...

—Es una frase de Saint-Just, uno de los hombres de la Revolución Francesa. Quiere decir, más o menos, que no debe haber libertad para los enemigos de la libertad. Aplicándolo a nuestra conversación, podría decirse que debemos odiar a los enemigos del amor.

—Tenía razón ese...

—Saint-Just.

—Eso. ¿No está de acuerdo conmigo?

—¿En cuanto a la frase o con el resto?

—En ambas cosas.

Abel pareció concentrarse en el pensamiento. Después respondió:

—En cuanto a la frase, lo estoy. Pero, en el resto... Nunca me he encontrado a nadie que pueda amar con ese amor. Y mire que he conocido a mucha gente. Son todos a cual peor. Tal vez la persona que usted es sea la excepción. No por lo que me está diciendo, sino por lo que sé de usted y de su vida. Comprendo que pueda amar de ese modo, yo no puedo. Me han dado muchas patadas, he sufrido demasiado. No haré como el otro, que ponía la mejilla izquierda a quien le abofeteaba la derecha...

Silvestre interrumpió con vehemencia:

—Yo tampoco. Antes le cortaría la mano a quien me agrediera.

—Si todos actuaran de esa manera, no habría en el mundo nadie que tuviera dos manos. Quien es golpeado, si no ha golpeado aún, golpeará un día. Es una cuestión de oportunidad.

—A esa manera de pensar se le da el nombre de pesimismo, y quien piensa así ayuda a los que quieren el desamor entre los hombres.

—Disculpe si le hiero, pero todo esto es una utopía. La vida es una lucha de fieras, a todas horas y en todos los sitios. Es el «sálvese quien pueda», y nada más. El amor es el pregón de los débiles, el odio es el alma de los fuertes. Odio a los rivales, a los competidores, a los candidatos al mismo pedazo de pan, o de tierra, o al mismo pozo de petróleo. El amor sólo sirve como chanza o para que los fuertes tengan la oportunidad de disfrutar con las debilidades de los débiles. La existencia de los débiles es ventajosa como recreo, sirve como válvula de escape.

Silvestre no pareció haber entendido la comparación. Se quedó mirando muy serio a Abel. Después sonrió bruscamente y preguntó:

—¿Y usted pertenece al bando de los fuertes o al bando de los débiles?

El joven se sintió pillado en falso:

—¿Yo? Esa pregunta es desleal...

—Pues le ayudo. Si pertenece al bando de los fuertes, ¿por qué no hace como ellos? Si está con los débiles, ¿por qué no hace como yo?

—No sonría con ese airecito de triunfador. No es leal, repito.

—Pero responda.

—No sé responder. Quizá haya una especie intermedia. A un lado, los fuertes; a otro, los débiles; y en el medio, yo y...

Silvestre dejó de sonreír. Lo miró fijamente y el otro respondió, con lentitud, dispuesto a contar con los dedos las afirmaciones que hacía:

—Entonces, se lo diré yo. Usted no sabe lo que quiere, no sabe hacia dónde va, no sabe lo que tiene.

—En suma: no sé nada.

—No se haga el gracioso. Lo que estoy diciéndole es muy importante. Cuando, hace tiempo, le dije que tenía que descubrir por sí mismo...

—La utilidad, ya lo sé —interrumpió Abel impaciente.

—Cuando se lo dije, estaba lejos de suponer que se iba a ir tan pronto. También le dije que no podría aconsejarle. Se lo repito todo. Pero se va mañana, tal vez nunca más volvamos a vernos... Pienso que si no puedo aconsejarle, por lo menos puedo decirle que la vida sin amor, la vida así como la ha descrito hace poco, no es vida, es un estercolero, es una ciénaga.

Abel se levantó, impulsivo:

—Es todo eso, sí, señor. ¿Y qué le vamos a hacer?

—¡Transformarla! —respondió Silvestre, levantándose también.

—¿Cómo? ¿Amándonos los unos a los otros?

La sonrisa de Abel se desvaneció ante la expresión grave de Silvestre:

—Sí, pero con un amor lúcido y activo, un amor que venza al odio.

—Pero el hombre...

—Oiga, Abel: cuando oiga hablar del hombre, acuérdese de los hombres. El Hombre, con H mayúscula, como a veces lo veo en los periódicos, es una mentira, una mentira que sirve de tapadera para todas las villanías. Todo el mundo quiere salvar al Hombre, nadie quiere saber nada de los hombres.

Abel se encogió de hombros, en un gesto de desaliento. Reconocía la verdad de las últimas palabras de Silvestre, él mismo lo había pensado muchas veces, pero no tenía esa fe. Preguntó:

—¿Y qué podemos hacer nosotros? ¿Yo? ¿Usted?

—Vivimos entre los hombres, ayudemos a los hombres.

—¿Y usted qué hace para ayudarlos?

—Les arreglo los zapatos, ya que otra cosa no puedo hacer ahora. Usted es joven, es inteligente, tiene una cabeza sobre los hombros... Abra los ojos y vea, y si después de eso todavía no ha comprendido, enciérrese en casa y no salga hasta que el mundo se le venga encima.

Silvestre había elevado la voz. Sus labios temblaban de conmoción mal reprimida. Los dos hombres estaban uno frente al otro, ojos en los ojos. Circulaba entre ellos un fluido de comprensión, un permutar silencioso de pensamientos más elocuentes que todas las palabras. Abel murmuró con una sonrisa forzada:

—Tendrá que darme la razón en que lo que dice es un poco subversivo...

—¿Así lo cree? No me lo parece. Si esto es subversivo, todo es subversivo, hasta la respiración. Siento y pienso así como respiro, con la misma naturalidad, la misma necesidad. Si los hombres se odian, nada se puede hacer. Todos seremos víctimas de los odios. Todos nos mataremos en guerras que no deseamos y de las que no tenemos responsabilidad. Nos pondrán delante de los ojos una bandera, nos llenarán los oídos con palabras. ¿Y para qué? Para crear la simiente de una nueva guerra, para crear nuevos odios, para crear nuevas banderas y nuevas palabras. ¿Para esto vivimos? ¿Para hacer hijos y lanzarlos a la batalla? ¿Para construir ciudades y arrasarlas? ¿Para desear la paz y tener la guerra?

—¿Y el amor resolverá todo eso? —preguntó Abel, sonriendo con tristeza, donde también se percibía una punta de ironía.

—No lo sé. Es lo único que todavía no se ha experimentado...

—¿Y llegaremos a tiempo?

—Tal vez. Si los que sufren se convencieran de que es ésta la verdad, tal vez llegaríamos a tiempo... —se interrumpió, como si una preocupación le asaltara el espíritu—: Pero no se olvide, Abel: amar con un amor lúcido y activo. Que la actividad no le haga olvidar la lucidez, que la actividad no le haga cometer villanías como las que cometen los que quieren el desamor entre los hombres. Activo, sí, pero lúcido. Y lúcido sobre todo.

Como un muelle que se quiebra tras una tensión excesiva, el entusiasmo se calmó. Silvestre sonreía:

—Habló el zapatero. Si otra persona me oyera, diría: «Habla demasiado bien para zapatero. ¿Será un doctor disfrazado?».

A su vez, Abel rió y preguntó:

—¿Será un doctor disfrazado?

—No, soy sólo un hombre que piensa.

Abel dio algunos pasos por el dormitorio, silencioso. Se sentó en la maleta donde guardaba los libros y miró al zapatero. Silvestre parecía confundido mientras revolvía el tabaco suelto.

—Un hombre que piensa... —murmuró el joven.

El zapatero levantó los ojos, con expresión interrogante.

—Todos pensamos —prosiguió Abel—. Pero sucede que pensamos mal la mayor parte de las veces. O bien hay un abismo entre lo que pensamos y lo que hacemos... O hicimos...

—No comprendo adónde quiere llegar —observó Silvestre.

—Es fácil. Cuando me contó su vida, tuve la percepción clara de mi inutilidad y sufrí por eso. Me siento en este momento un poco compensado. Al final, mi querido amigo, cayó en una actitud tan negativa como la mía o tal vez más. En la actualidad usted no es más útil que yo...

—Creo que no me ha comprendido, Abel.

—Le he comprendido, sí. Lo que piensa le sirve sólo para convencerse a sí mismo de que es mejor que los otros.

—No me juzgo superior a nadie.

—Se juzga. Tengo la certeza de que se juzga.

—Le doy mi palabra.

—Sea. Lo creo. De todas formas, eso no importa. Lo que importa es que cuando usted pudo actuar no pensaba de ese modo, su creencia era diferente. Hoy, que la edad y la circunstancia lo obligan al silencio, intenta engañarse con ese amor casi evangélico. ¡Ay del hombre que tiene que sustituir los actos por las palabras! Acabará oyendo simplemente su voz... La palabra «actuar» en su boca, querido amigo, es apenas un recuerdo, una palabra vacía...

—Un poco más y me dirá que no soy sincero.

—De ningún modo. Pero ha perdido el contacto con la vida, está desenraizado, cree estar en el combate, cuando la verdad es que lo que tiene en la mano es sólo la sombra de una espada y a su alrededor no hay nada más que sombras...

—¿Desde cuándo piensa de mí de esa manera?

—Desde hace cinco minutos. Después de lo que vivió, y ¡acabó cayendo en el amor!

Silvestre no respondió. Con las manos trémulas lió un cigarrillo y lo encendió. Parpadeó cuando el humo le alcanzó los ojos y se quedó a la espera.

—Me ha llamado pesimista —prosiguió Abel— y me ha acusado de ayudar con mi pesimismo a quienes quieren el desamor entre los hombres. No le quitaré la razón. Pero note que su actitud, meramente pasiva como es, no los ayuda menos, porque, casi siempre, esos a quienes se refiere también usan el lenguaje del amor. Las mismas palabras, las suyas y las de ellos, anuncian o esconden objetivos diferentes. Incluso diría que las suyas solamente sirven a los objetivos que ellos tienen, porque no creo que usted hoy tenga ningún objetivo concreto. Se contenta diciendo: amo a los hombres, y eso le basta, olvidando que su pasado exige algo más que una simple afirmación. Dígame, por favor, cómo puede interesarle al mundo esa frase, aunque sea proferida por millones de hombres, si les faltan, a esos millones de hombres, todos los medios necesarios para hacer de ella algo más que el resultado de un impulso emocional.

—Está hablando de una manera que casi no lo entiendo... ¿Olvida que dije: amor lúcido y activo?

—Otra frase más. ¿Dónde está su actividad? ¿Dónde está la actividad de esos que piensan como usted y que no tienen la vejez como disculpa de la inactividad? ¿Quiénes son?

—Ha llegado su turno de darme consejos...

—No tengo esa pretensión. Los consejos no sirven de nada, ¿no es eso lo que dijo? Una cosa me parece verdadera: el gran ideal, la gran esperanza de la que me habla no serán nada más que palabras si pretendemos concretarlos recurriendo al amor.

Silvestre se apartó hacia una esquina de la habitación. Desde allí, preguntó bruscamente:

—¿Qué va a hacer?

El muchacho no respondió enseguida. En el silencio que siguió a las palabras de Silvestre se oyó, procedente quién sabe de dónde, un canto de voces numerosas.

—No sé —respondió—. Actualmente soy un inútil, acepto su acusación, pero prefiero esta inutilidad temporal a la supuesta utilidad de su actitud.

—Se invierten los papeles. Ahora usted me censura.

—No lo censuro. Lo que dice acerca del amor es hermoso, pero no me sirve.

—Olvidé que entre nosotros existen cuarenta años de diferencia... No me puede entender...

—Tampoco el Silvestre de hace cuarenta años entendería al Silvestre de ahora, querido amigo.

—¿Quiere decir que es la edad la que hace pensar así?

—Tal vez —sonrió Abel—. La edad puede mucho. Trae la experiencia, pero trae también el cansancio.

—Oyéndolo hablar, nadie diría que hasta hoy no ha hecho otra cosa que no sea vivir para usted mismo...

—Es cierto. Pero ¿para qué censurarme? Tal vez mi aprendizaje tenga que ser más lento, tal vez tenga que acumular muchas más cicatrices hasta convertirme en un verdadero hombre... De momento soy uno al que llamaron inútil y se calló porque sabía que era así. Pero no lo seré siempre...

—¿Qué piensa hacer, Abel?

El muchacho se levantó lentamente y se dirigió hacia Silvestre. A dos pasos, le respondió:

—Algo muy simple: vivir. Salgo de su casa más seguro de lo que estaba cuando entré. No porque me sirva el camino que me ha apuntado, sino porque me hizo pensar en la necesidad de encontrar el mío propio. Será cuestión de tiempo.

—Su camino será siempre el pesimismo.

—No lo dudo. Sólo deseo que ese pesimismo me desvíe de las ilusiones fáciles y envolventes, como el amor...

Silvestre lo tomó por los hombros y lo sacudió:

—Abel: ¡todo lo que no sea construido sobre el amor generará odio!

—Tiene razón, amigo mío. Pero tal vez tenga que ser así durante mucho tiempo... El día en que sea posible construir sobre el amor no ha llegado todavía...

Sobre el autor

José Saramago (Azinhaga, 1922-Tías, Lanzarote, 2010) es uno de los escritores portugueses más conocidos y apreciados en el mundo entero. En España, a partir de la primera publicación de *El año de la muerte de Ricardo Reis,* en 1985, su trabajo literario recibió la mejor acogida de los lectores y de la crítica. Otros títulos importantes dentro de su narrativa son *Manual de pintura y caligrafía, Levantado del suelo, Memorial del convento, Casi un objeto, La balsa de piedra, Historia del cerco de Lisboa, El Evangelio según Jesucristo, Ensayo sobre la ceguera, Todos los nombres, La caverna, El hombre duplicado, Ensayo sobre la lucidez, Las intermitencias de la muerte, El viaje del elefante* y *Caín.* Alfaguara ha publicado también *Poesía completa, Cuadernos de Lanzarote* I y II, *Viaje a Portugal,* el relato breve *El cuento de la isla desconocida,* el cuento infantil *La flor más grande del mundo,* el libro autobiográfico *Las pequeñas memorias, El Cuaderno* y *José Saramago en sus palabras,* un repertorio de declaraciones del autor recogidas en la prensa escrita.

José Saramago recibió el Premio Camoens y el Premio Nobel de Literatura.

EL VIAJE
DEL ELEFANTE
José Saramago

A mediados del siglo XVI el rey Juan III ofrece a su primo,
el archiduque Maximiliano de Austria, un elefante asiático.
Esta novela cuenta el viaje épico de ese elefante llamado
Salomón que tuvo que recorrer Europa por caprichos reales
y absurdas estrategias.

El viaje del elefante no es un libro histórico, es una
combinación de hechos reales e inventados que nos hace
sentir la realidad y la ficción como una unidad indisoluble,
como algo propio de la gran literatura. Una reflexión sobre la
humanidad en la que el humor y la ironía, marcas
de la implacable lucidez del autor, se unen a la compasión con
la que José Saramago observa las flaquezas humanas.

Escrita diez años después de la concesión del Premio Nobel,
El viaje del elefante nos muestra a un Saramago en todo su
esplendor literario.

Alfaguara es un sello editorial del Grupo Santillana

www.alfaguara.com

Argentina
www.alfaguara.com/ar
Av. Leandro N. Alem, 720
C 1001 AAP Buenos Aires
Tel. (54 11) 41 19 50 00
Fax (54 11) 41 19 50 21

Bolivia
www.alfaguara.com/bo
Calacoto, calle 13 n° 8078
La Paz
Tel. (591 2) 279 22 78
Fax (591 2) 277 10 56

Chile
www.alfaguara.com/cl
Dr. Aníbal Ariztía, 1444
Providencia
Santiago de Chile
Tel. (56 2) 384 30 00
Fax (56 2) 384 30 60

Colombia
www.alfaguara.com/co
Carrera 11A, n° 98-50, oficina 501
Bogotá DC
Tel. (571) 705 77 77

Costa Rica
www.alfaguara.com/cas
La Uruca
Del Edificio de Aviación Civil 200 metros
Oeste
San José de Costa Rica
Tel. (506) 22 20 42 42 y 25 20 05 05
Fax (506) 22 20 13 20

Ecuador
www.alfaguara.com/ec
Avda. Eloy Alfaro, N 33-347 y Avda. 6 de
Diciembre
Quito
Tel. (593 2) 244 66 56
Fax (593 2) 244 87 91

El Salvador
www.alfaguara.com/can
Siemens, 51
Zona Industrial Santa Elena
Antiguo Cuscatlán – La Libertad
Tel. (503) 2 505 89 y 2 289 89 20
Fax (503) 2 278 60 66

España
www.alfaguara.com/es
Torrelaguna, 60
28043 Madrid
Tel. (34 91) 744 90 60
Fax (34 91) 744 92 24

Estados Unidos
www.alfaguara.com/us
2023 N.W. 84th Avenue
Miami, FL 33122
Tel. (1 305) 591 95 22 y 591 22 32
Fax (1 305) 591 91 45

Guatemala
www.alfaguara.com/can
26 avenida 2-20
Zona n° 14
Guatemala CA
Tel. (502) 24 29 43 00
Fax (502) 24 29 43 03

Honduras
www.alfaguara.com/can
Colonia Tepeyac Contigua a Banco Cuscatlán
Frente Iglésia Adventista del Séptimo Día,
Casa 1626
Boulevard Juan Pablo Segundo
Tegucigalpa, M. D. C.
Tel. (504) 239 98 84

México
www.alfaguara.com/mx
Avda. Río Mixcoac, 274
Colonia Acacias, C.P. 03240
Benito Juárez, México D.F.
Tel. (52 5) 554 20 75 30
Fax (52 5) 556 01 10 67

Panamá
www.alfaguara.com/cas
Vía Transísmica, Urb. Industrial Orillac,
Calle segunda, local 9
Ciudad de Panamá
Tel. (507) 261 29 95

Paraguay
www.alfaguara.com/py
Avda. Venezuela, 276,
entre Mariscal López y España
Asunción
Tel./fax (595 21) 213 294 y 214 983

Perú
www.alfaguara.com/pe
Avda. Primavera 2160
Santiago de Surco
Lima 33
Tel. (51 1) 313 40 00
Fax (51 1) 313 40 01

Puerto Rico
www.alfaguara.com/mx
Avda. Roosevelt, 1506
Guaynabo 00968
Tel. (1 787) 781 98 00
Fax (1 787) 783 12 62

República Dominicana
www.alfaguara.com/do
Juan Sánchez Ramírez, 9
Gazcue
Santo Domingo R.D.
Tel. (1809) 682 13 82
Fax (1809) 689 10 22

Uruguay
www.alfaguara.com/uy
Juan Manuel Blanes 1132
11200 Montevideo
Tel. (598 2) 410 73 42
Fax (598 2) 410 86 83

Venezuela
www.alfaguara.com/ve
Avda. Rómulo Gallegos
Edificio Zulia, 1°
Boleita Norte
Caracas
Tel. (58 212) 235 30 33
Fax (58 212) 239 10 51

Esta obra se terminó de imprimir en febrero de 2012
en los talleres de Litográfica Ingramex, S.A. de C.V.
Centeno 162-1, Col. Granjas Esmeralda,
C.P. 09810, México, D.F.